LES PERCE-NEIGE S'ÉVEILLENT SOUS LES FLOCONS

De la même autrice, aux éditions Charleston :

D'un commun accord, poche, 2023
Le Dernier Sommeil de l'ourse, 2023
Cherche jeune femme avisée, poche, 2023
Les tortues ne fêtent pas Noël sous la neige, poche, 2022
M'asseoir cinq minutes avec toi, poche, 2022
Les étoiles brillent plus fort en hiver, poche, 2021

76, boulevard Pasteur
75015 Paris – France
www.editionscharleston.fr

ISBN : 978-2-38529-055-9
Maquette : Patrick Leleux PAO

Pour suivre notre actualité, rejoignez-nous sur Facebook (Éditions.Charleston), sur Twitter (@LillyCharleston) et sur Instagram (@editionscharleston) !

Charleston s'engage pour une fabrication écoresponsable ! Amoureux des livres, nous sommes soucieux de l'impact de notre passion et choisissons nos imprimeurs avec la plus grande attention pour que nos ouvrages soient imprimés sur du papier issu de forêts gérées durablement.

Sophie Jomain

LES PERCE-NEIGE S'ÉVEILLENT SOUS LES FLOCONS

Roman

POCHE
CHARLESTON

Prologue

Décembre ne sera pas là avant quelques semaines et pourtant, la neige est déjà au rendez-vous. Les toits sont d'un blanc immaculé et la température extérieure ne laisse pas présager une fonte prochaine. Plus un brin d'herbe vigoureux ni une épine de sapin visibles, l'hiver s'est installé sur la plaine avec plusieurs semaines d'avance, et le paysage semble littéralement mourir de froid.

Dans le petit bureau du rez-de-chaussée où un feu de cheminée brave les rafales se faufilant jusque dans le conduit, l'ambiance paraît si tendue, qu'on pourrait presque croire qu'ici aussi l'air glacial est parvenu à s'engouffrer.

— Comment ça, vous êtes trop fatigués ?

La question paraît pourtant simple, et pourtant les six paires d'yeux en colère ne semblent pas comprendre l'étonnement suscité. Bien sûr qu'ils sont fatigués, épuisés même ! Tous alignés en rang d'oignons, le cou fièrement dressé et la posture catégorique, les meneurs de fronde n'en démordent pas.

— Puisqu'on vous le dit !

Leur interlocuteur n'en croit pas ses oreilles.

— Si c'est une plaisanterie, sachez qu'elle ne fait rire que vous. Vous savez quel mois nous sommes ? Personne ne peut se payer le luxe d'être fatigué à cette période, croyez-moi ! Vous avez vu le temps qu'il fait dehors et qui immobilise tout ? Ne compliquez pas les choses plus que ça, s'il vous plaît.

Les six révoltés se renfrognent, se réunissent pour se consulter et, finalement, font une nouvelle fois face à leur chef, plus déterminés que jamais.

— Vous nous demandez de penser à tout, et nous, on prépare, on exécute, on sue, et sans jamais obtenir la moindre gratification. Nous en avons ras le bol !

— Sans aucune gratification ? Comme vous y allez… Il me semble ne jamais avoir oublié de vous remercier.

— Nous remercier ? Jamais de la vie, nous sommes dirigés par un tyran !

— Mais c'est affreux ce que vous me dites là, je ne suis pas du tout comme ça !

Le tyran présumé se tourne vers Elizabeth et Claude, ses plus anciens et fidèles collaborateurs. Les seuls ayant préféré rester en retrait. Eux vont prendre son parti et le soutenir, c'est évident.

— Elizabeth, Claude, vous êtes les moteurs de cette équipe, nous nous connaissons depuis une éternité, dites-moi que vous n'adhérez pas à de tels propos…

Mais voilà qu'ils tournent la tête comme s'ils n'étaient pas concernés. Ah non, pas eux !

L'accusé a du mal à digérer ce qui est en train de se passer… Pourtant, il va bien falloir calmer le jeu, sans quoi il ira au-devant de gros ennuis.

— Bon, essayons de discuter. Nous pouvons sûrement trouver une solution. Qu'attendez-vous de moi ?

— Des vacances.

Un battement de cils, une bouche qui s'entrouvre de surprise, un mouvement de recul… Le corps tout entier du responsable semble soudain se pétrifier.

Des congés ? Maintenant ? Ils sont tous tombés sur la tête !

— C'est hors de question.

Évidemment, la protestation est générale.

— Qu'est-ce qu'on disait ? Vous êtes un tyran, un dictateur, un autocrate !

— Mais non, enfin ! Ce n'est juste pas le bon moment, et vous le savez très bien.

Les protestations s'élèvent, impossible d'en placer une.

— Toujours des excuses !

— Nous ne sommes pas des esclaves !

— Vous avez intérêt à nous écouter, sinon, on vous prévient, il n'y aura plus personne pour faire le sale boulot à votre place !

Bon sang, quelle mouche les pique à la fin ? Jamais pareille mutinerie n'a eu lieu dans son équipe, c'est de la folie. Il lève les mains et tente de reprendre le contrôle de la situation en esquissant un sourire bienveillant.

— Calmez-vous, calmez-vous… Je vous entends, vous êtes fatigués, je le comprends et je vais même vous faire une confidence : moi aussi je le suis.

Des éclats de rire cyniques envahissent la pièce.

— Vous aussi ? Mais vous passez tout votre temps derrière votre bureau à donner des ordres pendant qu'on s'échine à travailler pour vous !

— Ce n'est pas vrai, vous êtes injustes…

— Nous sommes tout à fait raisonnables au contraire ! Nous voulons des vacances, un point c'est tout, crie l'un.

— Oui, des vacances ! ajoute un autre.

— On le mérite !

— Des vacances, des vacances ! scandent-ils tous en chœur.

À part soupirer, que pourrait bien faire le propriétaire ? Ils sont tous tellement entêtés…

— Je suis désolé, c'est impossible. Pas maintenant, conclut-il.

— Dans ce cas, vous devrez vous débrouiller sans nous, nous rendons notre tablier.

Il ne leur faut pas deux minutes pour mettre leur menace à exécution. Les six écorchés vifs tournent les talons, direction la sortie !

— Hé, mais revenez tout de suite ! Où allez-vous ?

— En Chine, au Japon, au Brésil, n'importe où sauf ici, et surtout, loin de vous !

— Quoi ? Mais non, vous ne pouvez pas faire ça, j'ai besoin de vous ! Revenez, revenez je vous dis !

Elizabeth et Claude secouent la tête, dépités. Tout ceci était tellement prévisible.

— Mais… Je n'en reviens pas ! Vous deux, pourquoi ne réagissez-vous pas ? vocifère l'abandonné. Vous auriez quand même pu les retenir !

— Ils ne nous auraient pas écoutés, dit Elizabeth.

— Mais enfin, étaient-ils si épuisés que ça ? Ils auraient dû m'en parler plus tôt, je tombe des nues !

Claude affiche un regard insupportablement blasé.

— Ils ont essayé, mais vous êtes toujours trop occupé.

Le calendrier accroché au mur ne peut leur donner tort. Pas une case sans annotations écrites au stylo rouge. Car, contrairement à ce que pense le reste de son équipe, il travaille beaucoup. Trop. Tout le temps. Mais chacun ici le sait, on ne construit pas l'avenir en tongs sur une plage de sable chaud !

Le propriétaire soupire.

— Que puis-je faire ? Il n'y a pas pire période que celle-ci…

— Acceptez qu'ils prennent quelques jours de congé, suggère Claude. Ou trouvez des intérimaires…

— Former une nouvelle équipe maintenant ? C'est de la folie…

— Allez, juste quelques jours, insiste Elizabeth d'une voix douce. D'ailleurs, vous avez besoin de repos vous aussi.

— Moi ? Certainement pas ! Et pour partir où d'abord ?

Le regard de Claude s'illumine quand il s'apprête à répondre.

— Et si je vous disais qu'il existe un endroit tout indiqué ? Un lieu rêvé que toute l'équipe saura apprécier ? Je suis certain que tout rentrera dans l'ordre ensuite.

La perplexité du responsable a atteint son comble, mais vu la situation, qu'a-t-il à perdre ?

— Je t'écoute, Claude, à quoi penses-tu ?

Elizabeth bat des cils, Claude sourit, tandis que jamais oreilles de tyran n'auront été aussi grandes ouvertes.

1

Chamonix n'est pas seulement la capitale très fréquentée de l'alpinisme, c'est aussi un centre pittoresque, des rues piétonnes fleuries, la Avre s'écoulant le long des quais surmontés de terrasses chauffées quand il fait froid, et de vieilles bâtisses de la Belle Époque et des Années folles. Boutiques, restaurants, magasins de souvenirs, bars animés, un téléphérique ouvert toute l'année et un adorable train à crémaillère qui vous conduit jusqu'aux glaciers. Rien ne manque, même la proximité des sommets de plus de 4 000 mètres d'altitude surplombant la ville et qui semblent parfois s'étirer jusqu'aux toits.

À l'approche de Noël, les balcons se couvrent de houx, de branches de sapin, de guirlandes et de pampilles argentées. Un voile d'étoiles lumineuses s'étend le long de la rue principale et des centaines de flocons éclatants suspendus au-dessus des passants dansent tel un ciel enneigé. Dès la tombée du jour, le village de Noël embaume la cannelle et les marrons chauds et la ville swingue sous les rires des enfants, les airs de Frank Sinatra et de *Let It Snow*.

Chamonix a tout pour elle, quelle que soit la saison, mais aussi accueillante soit-elle, cette immense station de sports d'hiver restera toujours le point Godwin des plus grandes irritations de Liia Josserand.

La jeune femme lève les yeux sur l'enseigne du *slow-food* le plus populaire de la ville, « Chez Matt ». D'aucuns diront que c'est ici qu'on sert les meilleurs burgers à des kilomètres à la ronde, il n'y a qu'à voir la queue sur le trottoir, alors qu'il est à peine 11 h 30. Toutefois, Liia ne fera jamais partie de ces nombreux affamés. Elle est végétarienne et Matt Cottet ne sera jamais du genre à proposer des nuggets de tofu, pas même pour lui faire plaisir.

Elle prend une profonde inspiration et pousse la porte du restaurant.

— Bonjour ! lance-t-elle aux deux saisonniers occupés derrière le comptoir.

— Matt est dans son bureau, l'avertit Rita.

La jeune femme revient chaque hiver, et c'est sans doute la raison pour laquelle elle prend un air aussi blasé en répondant à Liia. Toutes les deux semaines, le samedi matin depuis cinq ans, c'est le même refrain.

— Matt ? appelle Liia en poussant la porte entrouverte.

Le grand blond aux yeux bleus, en sweat Eden Park et à l'allure de rugbyman est au téléphone et lui fait signe de s'asseoir.

— Je comprends bien le problème, mais c'est de la picanha Black Angus que je veux, pas un simple morceau de rumsteck. Allons, allons, monsieur

Carret… Vous savez très bien que ce n'est pas la même chose. La découpe en picanha rend la viande tendre et juteuse à souhait, et son épaisse couche de gras nécessaire lui donne un goût unique. Or, ce que vous m'avez livré, c'est pas ça.

Liia grimace. Au-delà du fait qu'elle aime profondément les animaux, elle ne comprendra jamais qu'on puisse autant s'extasier à manger du cadavre.

Matt fronce les sourcils et serre les mâchoires.

— Non, mais vous plaisantez ? Je ne propose pas un burger à 20 euros pour servir de la bidoche de brasserie. Personne ne fera illusion, alors voilà ce qu'on va faire, monsieur Carret : vous faites revenir votre camion avant ce soir avec cinq kilos de picanha, vous reprenez le colis de viande que je n'ai pas demandé, et moi, je continue à me fournir chez vous.

Il y a un blanc, puis Matt affiche ce petit sourire en coin qui a toujours profondément fasciné Liia, celui du vainqueur absolu…

— Voilà, faisons comme ça. Je compte sur vous, monsieur Carret. À bientôt.

Et il raccroche.

Matt soupire et se laisse aller sur le dossier de sa chaise comme s'il venait de mener un round essoufflant. Il n'en est rien, Matt a toujours – ou presque – le dernier mot et sans trop d'effort. En réalité, c'est parce qu'il ne transige pas avec grand-chose. L'espace entre tout et rien lui est totalement inconnu. Négocier avec Matt est aussi difficile qu'essayer de planter des graines dans un champ d'orties.

— Tim est à l'étage, dit-il en se frottant les yeux. Il a été particulièrement difficile hier soir.

Liia hausse les épaules.

— Je ne sais plus quoi faire avec lui.

— On ne va pas avoir cette conversation éternellement, Matt, mais si ton fils agit ainsi, c'est parce qu'il s'ennuie.

— Qu'est-ce que tu racontes ? Il a tout ce qu'il faut pour être bien. Jeux vidéo, télé géante, Bluray, jeux de société, BD, crayons, feutres… Tim ne manque de rien et crois-moi, c'est loin d'être le cas de tous les gamins de son âge !

Liia prend une profonde inspiration, elle déteste quand il fait ça. Matt est toujours là pour les décisions importantes, les papiers, les obligations, l'argent, mais dès qu'on touche à l'émotionnel, à l'humain, il n'y a plus personne, il passe à côté.

— Je ne comprends pas que tu ne comprennes pas… C'est pour être avec toi qu'il vient ici, et au final, il est toujours tout seul. Ce n'est pas normal, Matt.

— Et que veux-tu que je fasse ? s'énerve-t-il. Que j'arrête de bosser ? J'ai une entreprise à faire tourner et je ne peux pas me permettre de tout plaquer du jour au lendemain parce que mon fils de dix ans s'ennuie ! Il n'a qu'à faire comme les autres gamins et se contenter de ce qu'il a.

— Mais il n'est pas comme les autres gamins. Et juste pour te rafraîchir la mémoire, moi j'ai tout abandonné pour m'occuper de lui à plein temps.

Matt soupire en secouant la tête.

— Et tu vas remettre ça… Personne ne t'y a obligée, c'était ton choix. Le mien est de continuer à avoir une vie sociale et professionnelle. Tu gères comme tu veux la tienne, mais ne viens pas me reprocher d'avoir sacrifié ton existence pour notre fils.

— Je ne te reproche pas de ne pas avoir fait la même chose que moi, et pour ta gouverne, je n'ai rien sacrifié, j'ai juste fait ce que j'avais à faire et je ne regrette rien. Mais tu sais ce que je te reproche, Matt ? De ne pas respecter l'accord décidé entre nos avocats. Au départ, on devait partager la garde, ensuite Tim ne venait plus que le week-end, et maintenant, un week-end sur deux et tu le laisses chaque vendredi soir devant la télé pendant que tu restes ici dans ton bureau ou que tu donnes des ordres en salle, les samedis et dimanches aussi. Il n'a que dix ans. Écoute, je ne veux pas me battre avec toi, mais à un moment donné, il va falloir que tu comprennes qu'à force de le négliger, il ne voudra plus venir du tout et je ne m'y opposerai pas. Ce n'est pas normal que je doive venir le chercher plus tôt chaque week-end qu'il passe chez toi parce qu'il se sent seul et qu'il en ras le bol d'avoir comme père un écran plasma !

— LED, le plasma, c'est dépassé.

Liia bat des cils.

— Tu te fous de moi ?

Matt se lève et prend un air désolé.

— Non, Liia... Je sais bien que tu as raison. C'est juste que je ne m'en sors pas. Je ne sais pas m'y prendre avec lui. Il est assez renfermé sur lui-même et a des centres d'intérêt auxquels je n'arrive pas à m'intéresser. Écoute... j'ai vraiment du travail pardessus la tête et Tim n'a pas envie d'être avec moi. Tu penses que je l'abandonne toute la journée, mais c'est faux, tu pourras lui demander. Il ne veut jamais rien faire de ce que je lui propose.

— Si c'est une partie de Mario Kart, il en a fait le tour depuis longtemps. Le cinéma ? Le bowling ?

Les lieux publics ? Tu sais bien que ça le met mal à l'aise. Ce qu'il veut, c'est marcher avec toi, voir les glaciers, skier, faire une promenade en raquettes, prendre des photos, manger des crêpes et faire des bonshommes de neige.

— Tout ce que je déteste. Il ne pourrait pas être comme tous les gosses de son âge ?

— Il ne l'est pas ! tonne soudain Liia en se levant à son tour.

La jeune femme respire fort. Elle a conscience que les mots de Matt sont plus maladroits qu'autre chose, mais elle ne veut plus les entendre, elle ne peut plus les supporter.

— Liia…, tente-t-il de s'excuser.

Mais Matt sait qu'il a exagéré. La jeune femme est à bout de nerfs.

— Laisse tomber. Je ne vois pas pourquoi je m'échine à vouloir t'expliquer la situation, tu refuses de comprendre. Je suppose que Tim est dans sa chambre ?

Penaud, Matt hoche la tête.

— Je t'accompagne…

Ils n'ont pas besoin de traverser la salle pour rejoindre les escaliers. Tant mieux, les employés comme les clients ont dû entendre l'éclat de voix de Liia. Elle n'a aucune envie d'affronter leurs regards gênés et de passer pour la folle de service qui vient emmerder le patron.

Ils rejoignent Tim dans l'appartement. Le jeune garçon attend dans le canapé de la pièce où il dort, un livre sur les chamois posé sur les genoux, son sac de voyage à ses pieds. Sa tête blonde aux cheveux trop longs est tout ébouriffée. Il ne s'est pas coiffé et n'a sûrement même pas pris de douche.

— Hé…, chuchote Liia, tu es prêt ?

— Ouais.

Il saute du canapé, range son livre et passe devant son père pour rejoindre les escaliers.

— À plus.

— Oh, oh, oh ! Minute, papillon, le retient Matt. Tu ne m'embrasses pas avant de partir ?

Tim s'arrête tout net, regarde le mur devant lui et se tourne finalement pour poser un baiser pincé sur la joue de Matt.

— Allez, mon gars, on fera mieux la prochaine fois. On s'offrira un tour de funiculaire, si tu veux.

Tim hausse les épaules et Liia a le cœur serré. Il sait que d'ici deux semaines, son père aura oublié et prétextera avoir trop de travail.

Matt fouille dans sa poche et en ressort un billet de vingt euros.

— Tiens, tu t'achèteras ce que tu voudras.

Tim prend l'argent sans dire merci et le remet à sa mère. Ce n'est pas ce qu'il voulait.

— On y va maintenant ? dit-il de sa petite voix curieuse.

— Oui, on y va.

***

Les trente-cinq minutes de route jusqu'à Megève vont s'écouler dans un silence pesant.

Dans la voiture, Liia ne cherche pas à provoquer la conversation, elle connaît Tim par cœur et elle sait ce qu'il ressent. Elle sourit à son fils, lui dit qu'il peut retirer le masque en tissu Spider-Man qu'il ne quitte presque jamais pour que personne ne le voie, puis elle démarre.

Comme chaque fois qu'elle ressort de chez Matt, elle ne peut s'empêcher de songer à ce qu'ils sont devenus. Ils se sont rencontrés à Grenoble quand elle faisait ses études d'art et de design. Lui était en école de commerce et rêvait déjà d'ouvrir un restaurant traditionnel de burgers. Ce sont des amis communs qui les ont présentés. Liia le trouvait beau, grande gueule, arrogant et irrésistible ; Matt la voyait comme la fille parfaite : grande, blonde, jolie, originale, dynamique et drôle. Ils se sont mis ensemble presque tout de suite, ont pris un appartement au bout de six mois, ils ont terminé leurs études, ont eu leur premier job et ont vécu comme deux jeunes gens insouciants peuvent vivre : entièrement. Liia a été enceinte l'année de ses vingt-quatre ans, elle venait de perdre sa mère et travaillait comme pattern designer dans un atelier d'artistes qui revendaient leurs aquarelles et peintures à de gros fabricants de tissu. Elle adorait son métier. Cette future naissance, Matt et elle ne l'avaient pas préméditée, mais ils se réjouissaient malgré tout et faisaient des tas de projets.

La grossesse de Liia, alourdie par le décès de sa maman, puis la naissance de Tim ont été compliquées. L'échographie avait diagnostiqué une fente labiale bilatérale qui lui atrophiait la bouche et une partie du nez, mais c'était bien pire que ça. Leur bébé souffrait aussi d'une malformation crâniofaciale et palatine. Une dysplasie sévère. Tim avait le visage horriblement déformé, les yeux désaxés et ne pouvait pas respirer ou se nourrir normalement. Il a fallu l'opérer en urgence, alors qu'il avait à peine quelques heures.

Les interventions chirurgicales ne se sont jamais arrêtées, il en a déjà subi une vingtaine, dont plusieurs greffes osseuses pour lui redresser la mâchoire et les joues. Alors oui, Tim est un enfant pas comme les autres, déscolarisé, solitaire, avec des idées qui n'appartiennent qu'à lui et des envies immenses de liberté, d'espaces et de vastes étendues où personne ne le montrerait du doigt, mais il est surtout, aux yeux de Liia, un petit garçon exceptionnel, rempli de courage et d'espoir. Il va avoir dix ans et Liia l'admire plus que quiconque.

La jeune femme a arrêté de travailler pour s'occuper de lui et l'accompagner dans son long parcours médicalisé, mais la pression, la douleur quotidienne de leur fils, les médecins, la charge mentale plus importante de jour en jour ont généré une tension intenable entre Liia et Matthieu. Les disputes, les angoisses et les crises se succédaient, toujours plus fréquentes, et le couple a fini par se séparer. Tim approchait les cinq ans.

Matt aime son fils, c'est indéniable, mais Liia ne comprend pas qu'il ne voie pas combien son désinvestissement, faute de savoir comment s'y prendre, creuse un fossé de plus en plus profond entre Tim et lui. C'est même en train d'échapper à Liia. Tim grandit et prend ses propres décisions.

— On peut manger des crêpes ce soir ? demande-t-il sans quitter la route des yeux.

Liia lui jette un coup d'œil de côté, il est encore si tendu, dépité sans doute de voir que rien ne change dans sa relation avec son père… Mais Liia sait exactement comment décoincer la machine pour le reste de la journée.

— Juste des crêpes ? Je dirais plutôt des centaines de crêpes !

Bingo ! Tim sourit, montrant une rangée de dents très en avant et très désordonnées. Les canines et les incisives se chevauchent dans une totale anarchie. Cette étrange denture proéminente lui donne une drôle de voix avec un zozotement excessif, mais il y aura d'autres interventions chirurgicales, d'autres séances de rééducation et d'autres orthophonistes, et bientôt, Tim pourra sourire à la Terre entière sans se cacher derrière un masque.

— Non, des milliers ! renchérit-il.

— Tu as un estomac assez grand pour ça ?

— Énorme !

— Alors vendu ! Au sucre ?

— Non, au fromage et à la saucisse !

Liia grimace. Dans leur maison, c'est la seule à ne pas manger de viande ni de poisson, mais puisque Tim veut des saucisses, il aura des saucisses, elle ne s'opposera jamais à ses choix alimentaires. Tant que ce n'est pas elle qui les cuisine…

— Et au chocolat fondu !

— Ça va de soi, s'amuse-t-elle. Du moment que ce n'est pas en même temps !

— Beurk !

Liia est contente, son petit perce-neige a retrouvé sa bonne humeur.

— Papa a voulu m'en acheter une au marché de Noël, hier, mais je n'ai pas voulu y aller.

— Pourquoi ?

— Pour pas qu'on me regarde manger. Tu sais bien qu'on voit tout ce qu'il y a dans ma bouche, et quand ça arrive, on se moque toujours de moi.

Liia essaie de ne plus dramatiser quand elle l'entend parler ainsi, elle fait même tout le contraire et tente de désamorcer les stigmates du traumatisme.

— C'est vrai, mais tu sais ce qui est formidable quand on a une bouche comme la tienne ?

Tim secoue la tête.

— On peut manger comme un cochon et postillonner sur les crétins qui nous entourent, personne ne dira jamais rien ! La prochaine fois, ne te gêne pas et demande double ration de chocolat ! On verra sur qui tous les regards seront braqués après ça.

Tim est content. Il donne un peu de mou à sa ceinture de sécurité et bascule sur le côté pour poser la tête sur l'épaule de sa maman.

— Il faut toujours que je me cache si on voit la police ?

Surprise par sa question, Liia met quelques secondes à comprendre.

— Oh ! Parce que tu es devant ? Tu sais, tu auras dix ans dans quelques semaines, on ne me jettera pas en prison pour ça. Et puis, tu as l'air tellement plus grand ! ajoute-t-elle pour flatter son ego.

Ce qui est vrai, de toute façon.

— Alors tu dois arrêter de m'appeler ton « petit perce-neige ».

Liia éclate de rire. Il ne perd jamais le nord.

— Tu peux toujours courir !

Tim se frotte un peu plus contre sa mère et donne l'impression de ronronner.

— Tu es ma maman pour toute la vie.

Liia détache une main du volant et lui caresse le sommet du crâne.

Pour la vie et au-delà.

2

Le refuge du Perce-neige s'étend sur plusieurs hectares au cœur du massif du Mont-Blanc, à 1 113 mètres d'altitude, entre pâtures et forêts de pins luxuriantes, cours d'eau et chemins de randonnée. C'est une ferme pédagogique ouverte au public. Ici, on soigne et chouchoute des moutons ainsi qu'un troupeau de soixante et un rennes et leurs petits qui évoluent librement sur neuf hectares de terre clôturée. Le refuge existe depuis plus de trente ans, et Liia et son père se démènent pour faire de ce domaine et ses environs le lieu le plus authentique et le plus respirable de France. Et ce, quoi qu'il en coûte. Mais surtout, cet endroit a vu grandir Liia et son fils. Aux yeux de la famille Josserand, le refuge est leur bien le plus précieux.

Le chemin d'accès est caillouteux et enneigé – il est encore tombé vingt centimètres cette nuit. Les engins de la ville ne viennent pas jusqu'ici, il faut se débrouiller tout seul ou avec l'aide des fermes voisines pour rendre la petite route praticable. Mais le 4 × 4 affronte la poudreuse sans ciller.

— Papy est là ? demande Tim lorsque le véhicule passe devant le panneau qui annonce le domaine.

— Bien sûr ! Où veux-tu qu'il soit ?

— Avec les moutons ou avec les rennes ?

— Tim… comment veux-tu que je le sache ? Je suis là avec toi.

Son fils reste silencieux un instant puis reprend son interrogatoire.

— Ils tètent encore ?

Il faut quelques secondes à Liia pour comprendre qu'il parle des rennes.

— Tu sais, l'habitude alimentaire des faons n'a pas changé entre ton départ vendredi matin et ton retour vingt-quatre heures plus tard !

— Ah, oui, dit-il simplement.

Liia lui caresse la joue. Elle sait que lorsque Tim est chez son père, le temps lui paraît très long, comme s'il était parti une semaine entière.

— Oui, ils tètent encore, répond-elle finalement en souriant, mais plus pour très longtemps. Ils ont déjà cinq mois et c'est vraiment parce qu'ils ne sont pas en totale liberté que leurs mères les nourrissent encore.

— Dans la nature c'est moins long ?

— Quatre mois environ.

Tim tressaute sur son siège en même temps que le 4 × 4 bondit sur les cailloux.

— Moi tu n'as pas pu m'allaiter, pas vrai ?

Liia jette un coup d'œil à son fils. Tim pose souvent ce genre de question, alors qu'il connaît pourtant la réponse. Même s'il n'avait pas été opéré aussitôt après sa naissance, elle n'aurait pas pu lui donner le sein, sa bouche était bien trop déformée.

— Non… Tu as été alimenté avec une sonde, le temps que tes cicatrices se referment.

— Il paraît que quand on allaite son enfant, on est plus proche de lui. C'est Rita, la serveuse de papa qui a dit ça.

— Je ne suis pas du tout d'accord avec elle, s'insurge Liia. Tiens, j'ai un exemple ! Quand Millie la renne a eu son premier petit l'année dernière, tu t'en souviens ? À cause de son traitement contre les parasites, elle n'a pas pu le nourrir elle-même et nous avons donné le biberon à Jason.

— Plusieurs fois par jour et par nuit ! renchérit Tim.

— Exactement. Trouves-tu que Millie et Jason ne sont pas spécialement proches ?

Tim secoue la tête.

— Jason est toujours collé à sa mère, admet-il.

— Tu vois ? Et il a bientôt un an. Pour toi et moi, c'est la même chose. Allaiter n'est pas une condition *sine qua non* pour créer des liens entre une mère et son enfant. Je n'ai pas pu le faire, mais chaque fois que je t'ai serré contre moi, c'était un peu plus de nous deux qui se construisait, ajoute-t-elle avec une certaine émotion en repensant à tous ces moments doux-amers, tant son fils souffrait.

Comme Tim ne répond rien, elle tourne la tête vers lui.

— Oh ! Papy est là ! crie-t-il soudain, excité comme une puce. Il va déjà donner à manger aux rennes, regarde. Arrête-toi, je veux y aller avec lui !

— Mais tu n'es pas habillé pour ça, tu vas tacher tes nouvelles baskets.

— Mes bottes sont dans la grange. Allez, arrête-toi !

Liia s'exécute, alors qu'ils sont à moins de dix mètres de la maison. En souriant, elle regarde Tim courir vers son grand-père comme s'il ne l'avait pas vu depuis des siècles, et lui sauter dans les bras.

Ce n'est pas pour rien si elle surnomme Tim son perce-neige. Cet endroit et lui, c'est une histoire d'amour extraordinaire. Il y est né, comme elle, et son fils ne se sent aussi bien nulle part ailleurs, entouré des siens, d'animaux, et de montagnes à perte de vue.

Le refuge a été créé par les parents de Liia en 1988, l'année de sa naissance, mais cette aventure exceptionnelle a commencé en Laponie, sur le territoire sami, où la mère de Liia avait ses racines. Fille du peuple sami, Ronja Saarelmaa a toujours connu les rennes et les grands espaces enneigés. Les Samis constituent encore aujourd'hui le dernier peuple autochtone et éleveur de rennes en Scandinavie. Ils ont bien failli disparaître avec l'industrialisation, mais ce sont les quinze dernières années du vingtième siècle qui les ont sauvés. C'est précisément lors de cette période de réhabilitation que les parents de Liia se sont rencontrés. Les familles samies avaient reçu une subvention de l'État pour s'équiper de téléphones portables, de motoneiges et d'ordinateurs qui leur faciliteraient le travail et leur permettraient de faire perdurer leur tradition d'éleveurs tout en restant nomades. Le père de Liia était reporter, il venait filmer, avec son équipe, l'évolution vers la modernité de ce peuple ancestral.

Jack Josserand n'est pas revenu seul. Contrairement à ses ancêtres, la mère de Liia était en marge de la communauté. Elle refusait d'élever les rennes pour leur viande, ce qui était impensable pour un Sami dont c'était la raison d'être. Mais si elle était profondément attachée à la tradition culturelle des siens, Ronja était toujours en décalage et inadaptée à leur mode de vie. Elle rêvait de modernité, de voyages, « d'autrement ». Ses parents ne l'ont jamais comprise et ont encore moins accepté son choix de tout quitter par amour et par besoin de liberté. Mais en réalité, Ronja l'affirmait toujours : avec ou sans Jack, elle aurait fini par partir.

Jack et Ronja se sont installés en Haute-Savoie et ont acheté des terres. Ils y ont implanté un immense chalet au cœur du massif du Mont-Blanc, une étable, une grange, huit rennes, une future bergerie pour les moutons, et ont fait grandir ensemble le refuge du Perce-neige pendant vingt-quatre ans, jusqu'à la mort de Ronja. Aujourd'hui encore, au refuge, l'éthique de Ronja est respectée. Ce qu'elle voulait, c'était un endroit où les bêtes s'épanouiraient, un lieu de dépaysement où les visiteurs pourraient découvrir la nature et le contact privilégié des rennes, si importants dans sa vie et qu'elle trouvait si majestueux.

Depuis, Liia et son père n'ont de cesse d'essayer de donner un avenir à ce lieu, se démenant chaque jour dans un monde où vivre de sa passion et de ses rêves est de plus en plus compliqué.

Au tout début, Ronja et Jack ne voulaient pas faire de commerce, mais une fois les travaux terminés, il a bien fallu qu'ils revoient leur idéal. Ils ont d'abord créé une ferme pédagogique où les visiteurs réguliers, parents, enfants et scolaires, leur permettaient de nourrir les bêtes. Eux-mêmes vivaient de l'argent que Jack avait mis de côté et des quelques reportages qu'il faisait de temps en temps. Puis, plusieurs années après la mort de Ronja, Marcus Bianchi, leur comptable, a convaincu Liia et son père d'ouvrir deux chambres d'hôtes et d'organiser des goûters pour améliorer la situation financière du refuge et lui apporter davantage d'attrait et d'animation. Jack étant d'un naturel sauvage et n'aimant rien de mieux que la solitude, il n'était pas spécialement ravi quand la décision a été prise, mais ils n'avaient pas trop le choix, et Liia avait envie de tenter l'expérience. Alors depuis quatre ans, le refuge du Perce-neige a été réaménagé et fait également office de *bed and breakfast,* dont Liia s'occupe. L'activité leur rapporte quelques centaines d'euros chaque mois, hélas insuffisants pour joindre les deux bouts, surtout depuis la longue période de contraintes sanitaires imposée par la pandémie. Mais ces entrées d'argent sont précieuses, alors Liia veille à soigner chacun de ses hôtes pour leur donner envie de revenir.

Elle se gare dans la cour tandis que Tim essaie de pousser vers l'enclos la brouette pleine de mousse et de feuilles grasses pour le repas des femelles allaitantes et de leurs petits. Jusqu'à leurs treize mois, les faons et les mères sont mis en retrait. Pendant cette période, leur espace est réduit à un demi-hectare fermé et peu boisé, insuffisant pour trouver le lichen nécessaire à leur nutrition, ce pourquoi il faut les nourrir.

Le petit troupeau de douze rennes s'est tassé non loin de l'étable ouverte sur l'extérieur, laquelle les accueille le soir quand ils en ont besoin. Il est encore tôt pour un retour au bercail, mais il suffit parfois qu'ils aperçoivent le père de Liia au loin pour qu'ils accourent. Quant aux cinquante autres toujours en liberté, ils reviennent invariablement à la tombée du jour, au son du cor qu'ils entendent de très très loin.

— Hé ! lance Liia à son père en les rejoignant. Je me change et je viens vous aider.

— On n'a pas besoin de toi ! crie Tim devant l'enclos. On peut vider les brouettes tout seuls. En plus, papy a dit qu'il y a du monde qui arrive demain et lundi, tu dois préparer la chambre et le kota !

Liia lève les yeux au ciel.

— Dis-moi surtout que ça t'arrange ! Bonjour, papa, ça va aller ou je viens avec vous ? insiste-t-elle en allant l'embrasser.

Jack Josserand est un homme d'un bon mètre quatre-vingt-dix, aux cheveux gris mi-longs, que la soixantaine bien tassée ne semble pas avoir encore atteint. Liia l'a toujours connu en pleine forme. Il frotte son menton piqueté de poils mal rasés et regarde sa fille de ses immenses yeux noirs.

— Tim a raison, on devrait pouvoir se débrouiller.

— Et ton dos ? lui demande-t-elle.

La veille, il s'était levé un peu voûté.

Il se redresse en s'étirant, paraissant encore plus grand, si c'est possible.

— Tout va bien ! C'était juste un mauvais tour de reins.

Liia fronce les sourcils. Elle doit le surveiller de près, son père n'a jamais été du genre à reconnaître sa faiblesse. Il a toujours dit que quand on est aussi haut que lui, c'est pour affronter le monde, pas pour se plaindre.

— Maman, papy ! crie Tim. Regardez, Jason boite !

Jack et Liia le rejoignent et pénètrent dans l'enclos avec une longe et un licol. Aussitôt, les femelles s'approchent et se regroupent autour d'eux.

— Tim, va mettre la nourriture dans les mangeoires pendant qu'on fait sortir Jason, lui demande son grand-père en passant le licol autour du museau du faon plutôt docile. Et fais attention à ne pas laisser traîner tes doigts !

Liia est confiante, ses rennes ne sont pas agressifs et le petit a l'habitude.

Jason renâcle de mécontentement en sortant de l'enclos tandis que sa mère, pas paniquée pour deux sous, se concentre sur les délicieuses mottes de mousse et feuilles tendres que Tim est en train de distribuer.

Pendant que Liia tient solidement le faon qui n'a pas encore de bois, Jack lui soulève la patte et observe la fente du sabot qui sépare les onglons.

— Il y a une grosse écharde.

— Tu as besoin d'une pince ?

Il hoche la tête.

Alors, Liia l'abandonne et récupère ce qu'il faut dans la grange. Les cervidés, comme les bovins, développent souvent des infections, des dermatites qui touchent toute la peau autour du sabot, jusqu'au talon. Les non-initiés pourraient trouver idiot qu'on apporte autant d'attention aux petites lésions. Mais en réalité, au-delà du fait que Liia et Jack adorent leurs bêtes et feraient n'importe quoi pour qu'elles restent en bonne santé, moins la vétérinaire vient, plus leur porte-monnaie reste en forme.

Habitué au problème, il faut une poignée de secondes à Jack pour retirer l'écharde et désinfecter la plaie. Jason retrouve sa mère, Tim est rassuré, la vie peut reprendre son cours.

— Tu as terminé tes devoirs ? demande Jack à son petit-fils.

— Je n'avais que ça à faire chez papa, alors oui…

Jack échange un regard avec Liia, mais ne relève pas.

— Si ta mère est d'accord, je te propose de venir vérifier les clôtures avec moi.

— Ouais ! s'écrie Tim, fou de joie. Dis oui, maman, dis oui !

— D'accord, mais tu vas te changer. Moon Boots, anorak, gants et bonnet !

Tim hoche la tête et s'en va en courant, faisant s'épanouir un sourire sur le visage de Liia. Son fils n'aime rien de mieux que les promenades en pleine nature. Une tenaille à la main et un peu de fil barbelé, avec son grand-père, ils peuvent partir en vadrouille durant plusieurs heures.

— Allez, je file m'occuper de la chambre d'hôte, annonce-t-elle. Papa, pense à prendre ton téléphone portable cette fois.

Jack fouille dans sa poche et montre son mobile.

— Dis à Tim que je l'attends dans la grange et ne t'inquiète pas, je serai plus malin pour essayer de le perdre cette fois ! plaisante-t-il.

N'importe quoi !

Elle lui fait un signe de la main et marche en direction du chalet. Il est aussi beau que le paysage qui l'entoure. Au début, il ne faisait que cinquante-huit mètres carrés, étage compris ! Au fil des ans, Jack et Ronja l'ont considérablement agrandi. Il y a désormais plusieurs structures connectées entre elles : le petit chalet d'origine au centre, un autre bien plus grand pour les appartements privés des Josserand d'un côté, un vaste kota finlandais de l'autre pour prendre les petits déjeuners et les goûters de l'après-midi, ainsi qu'un sauna traditionnel à proximité, mais hélas inutilisable et qu'il faudrait rénover. Le tout bardé de planches de pin qu'il faut entretenir d'année en année, car ici, la neige, la pluie et le vent ne pardonnent pas.

Liia regarde l'état de la cour leur servant de parking et lève le nez au ciel. Le temps devrait les laisser tranquilles deux ou trois jours pour déneiger, saler et… recommencer ! Ainsi va la vie en montagne.

La jeune femme entre dans le chalet central accueillant les chambres d'hôtes, et réactive le feu dans l'âtre de la pièce principale. Durant la haute saison d'hiver, c'est un peu le clou du spectacle pour leurs visiteurs. Elle occupe tout le rez-de-chaussée, et outre l'immense bibliothèque de bois brut, les nombreux fauteuils, coussins, canapés et meubles scandinaves, les murs en bois sont décorés de tapisseries samies et de vêtements traditionnels aux couleurs chatoyantes hérités de la famille de Ronja. Liia n'a hélas pas de contact avec ses parents de Laponie – elle n'a jamais connu ses grands-parents maternels, et ses oncles et tantes ont migré aux quatre coins du globe depuis longtemps –, et quand bien même elle n'est pas aussi pointue qu'elle le voudrait en culture samie, elle aime ces objets qui lui rappellent d'où elle vient par moitié. Sa mère ne s'en servait presque jamais et a très vite adopté les habitudes d'Europe occidentale, mais quand elle était petite, Liia se rappelle l'avoir vue porter son vêtement traditionnel à certaines périodes, et confectionner un châle sur un métier à tisser, lequel est aujourd'hui exposé dans le salon. Il y a même encore des fils de coton accrochés dessus.

Liia soupire, un peu nostalgique, et monte dans la mezzanine qui distribue les deux chambres d'hôtes. Leurs fenêtres donnent sur une partie de la forêt ainsi que sur le pic du Mont-Blanc dont les cimes enneigées sont visibles été comme hiver. Son seul visiteur d'avant les fêtes a appelé la veille, au petit bonheur la chance, il arrivera lundi et ne restera que trois jours, mais vu la situation de leur compte en banque, tout est bon à prendre.

Normalement, à cette période de l'année, le refuge affiche déjà complet jusqu'à la fin de la saison hivernale. Pas cette fois, le plus gros des réservations ne commence qu'après Noël, les gens sont plus frileux depuis la pandémie. Le manque à gagner se faire sentir, mais même si c'est financièrement très compliqué en ce moment, Liia ne boude pas la tranquillité qui s'offrira à elle en décembre pour profiter pleinement de sa famille.

Elle s'occupe de faire le lit dans l'une des pièces, de ranger des serviettes-éponges dans la salle de bains attenante, et de passer un coup d'aspirateur sur le parquet en chêne. Elle dispose des biscuits à la cannelle à côté de la théière et regarde d'un air satisfait la chambre qui était la sienne petite. Elle y a passé des moments merveilleux à lire, jouer, dessiner et écrire dans son journal intime.

Elle ouvre l'armoire en pin pour vérifier que rien n'est resté à l'intérieur et s'apprête à sortir de la pièce lorsqu'elle entend un étrange bruit de clochettes provenant de l'extérieur. Elle fronce les sourcils, se remet à la fenêtre et voit arriver un traîneau rouge tiré par huit rennes aux bois aussi majestueux qu'intacts, parfaitement inattendus pour la saison. À leur tête, un homme – à en croire sa carrure – est emmitouflé dans une combinaison matelassée trop serrée, capuche et masque de ski comme s'il faisait -20 °C dehors et un blizzard du tonnerre.

Mais qui est ce monsieur et par où est-il arrivé ?

Liia regagne le rez-de-chaussée, enfile sa doudoune en vitesse et rejoint l'homme, son père et Tim qui ne sont pas encore partis. Si Liia est éberluée par la présence de leur visiteur et de ses rennes, ce n'est rien en comparaison de la tête que fait Tim en voyant le nouveau venu sauter de son traîneau, retirer sa capuche et laisser échapper une abondante barbe blanche. Le garçon est tellement surpris qu'il n'a même pas songé à se cacher le visage, alors que c'est la première chose qu'il fait quand il se retrouve face à un étranger.

Lequel retire ses lunettes et se fend d'un sourire hollywoodien.

— Bonjour, à tous, et merci pour votre accueil, je suis Nicolas Claus !

3

Liia dévisage l'inconnu avec l'impression d'avoir raté un épisode. Avant d'aller chercher Tim chez son père, le matin même, elle a consulté le registre de début de saison. Leur premier visiteur de décembre n'est supposé arriver que le lundi en début d'après-midi, et surtout, il ne s'appelle en aucun cas Nicolas Claus, mais Baron Verrier. Elle s'en souvient très bien tant elle avait trouvé son prénom surprenant.

— Maman…, chuchote Tim en lui tirant la manche, il ressemble au père Noël.

— Chut…

— Ne vous inquiétez pas, dit joyeusement M. Claus, qu'importe le nom qu'on me donne du moment qu'on me reconnaît !

Et il finit sa phrase par un « oh, oh, oh ! » plus vrai que nature.

Liia regarde en direction de son père, Jack est captivé par les huit rennes qui accompagnent ce drôle de personnage. Ils ont encore tous leurs bois, alors qu'à cette période, les bêtes de leur propre troupeau les ont perdus depuis longtemps. Leur pelage aussi est tout sauf commun. Tandis que selon les espèces, la plupart des rennes sont dotés d'une robe brune ou grise, ceux de M. Claus sont d'un beige presque doré avec un collier et une tête couleur caramel. À l'exception des deux rennes de tête, non moins singuliers, à la fourrure d'un blanc immaculé et aux iris exceptionnellement bleus.

Et que dire du traîneau auquel ils sont harnachés ? Un bois rouge carmin et doré tout en volutes sculptées et arabesques gravées. Liia ne comprend pas trop ce que cette équipe stupéfiante fait chez eux, mais ils donnent l'impression de sortir tout droit d'un tournage de Walt Disney.

Oh, et bien sûr, le cliché ne serait pas complet si les rennes ne portaient pas tous un énorme grelot autour du cou. À l'exception des deux rennes de tête qui arborent de jolies clochettes. Il ne manquerait plus que l'un d'entre eux ait un nez rouge !

Liia inspire et tend une main polie à Nicolas Claus.

— Bonjour, monsieur Claus, Liia Josserand, mon père Jack et mon fils Tim. Pardonnez-moi si je suis cavalière, mais que pouvons-nous faire pour vous ? Sauf erreur de ma part, vous n'avez réservé aucune chambre d'hôte, n'est-ce pas ?

L'homme au visage rose et aux yeux translucides tire sur la fermeture Éclair de sa combinaison, s'en défait en gesticulant et dévoile une tenue encore plus inattendue que tout le reste. Il porte un jean, un blouson en cuir noir tendu sur son ventre rond, et une paire de santiags rouge pétant qui ne le laisseront pas au sec bien longtemps s'il reste dans la neige.

— C'est exact, dit-il, et je vous prie de m'excuser pour mon inqualifiable manque de savoir-vivre. Il se trouve que je n'avais pas du tout prévu cette petite incursion dans les Alpes, mais mes rennes m'ont fait savoir qu'ils avaient besoin de vacances, et votre refuge semblait tout indiqué pour leur offrir quelques jours de repos avant la nuit de Noël.

Il s'interrompt et regarde ses rennes avec beaucoup de tendresse.

— Personne n'imagine l'énergie que demande la distribution d'autant de cadeaux, croyez-moi sur parole ! ajoute-t-il avec un sérieux déconcertant.

Liia entrouvre les lèvres, incertaine de la réponse qu'il convient de donner.

— Nous resterions deux bonnes semaines, précise Nicolas Claus, et votre prix sera bien entendu le nôtre.

— Nous ? répète Liia pour être sûre. Vous et votre attelage ?

— C'est tout à fait ça ! Tornade, Danseuse, Fringant, Furie, Comète, Cupidon, Tonnerre, Éclair et moi !

Tim secoue la manche de sa mère de plus belle. Il est si excité qu'on dirait qu'il a été branché sur une pile électrique.

— Ce sont les rennes du père Noël !

Nicolas Claus sourit de toutes ses dents blanches, faisant ressortir un peu plus le rebondi de ses joues, puis il se penche comme pour parler à l'oreille de Tim.

— Je vais te confier un secret. Ce n'est pas vraiment comme ça qu'ils s'appellent, mais c'est ainsi que les nomment la plupart des gens.

— Alors c'est quoi leurs vrais prénoms ?

M. Claus se redresse et se tapote le ventre.

— Ils sont imprononçables, c'est pourquoi j'éviterai de t'écorcher les oreilles !

Les deux rennes de tête se mettent à souffler bruyamment en donnant des coups de sabot dans la neige.

— Pardon, pardon ! s'écrie Nicolas Claus comme si ses bêtes s'étaient adressées à lui. À part les vôtres, bien sûr ! Claude et Elizabeth sont un peu susceptibles, veuillez les excuser.

— Renne Claude et renne Elizabeth ? intervient Jack en haussant un sourcil. Vous ne manquez pas d'humour…

Liia claque la langue, un peu déconcertée par la situation.

— Monsieur Claus, vous aimeriez une chambre ainsi qu'un espace pour vos rennes, c'est bien ça ?

— Parfaitement ! J'ai ouï dire que l'endroit était charmant – ce dont je peux attester en regardant autour de moi –, que les propriétaires étaient très sympathiques – j'en ai la preuve aussi –, et qu'il vous restait une chambre libre. Mes amis et moi serions ravis de pouvoir séjourner chez vous.

Liia ne peut s'empêcher de sourire. Quelqu'un qui parle de ses animaux comme faisant partie de son proche entourage est forcément une bonne personne.

— Pouvez-vous nous donner une minute, monsieur Claus ? Je dois m'entretenir avec mon père.

— Mais bien évidemment, pendant ce temps, je vais donner quelques carottes à mes huit gourmands, ils l'ont bien mérité.

— Oh, je peux vous aider ? demande aussitôt Tim.

— Mais volontiers, mon garçon !

Nicolas Claus tire un grand sac en toile de l'arrière de son traîneau et se tourne vers Tim en souriant. Lequel semble décidément très à l'aise avec le nouvel arrivant. C'est même assez rare pour le noter, le jeune garçon est d'un naturel plutôt méfiant. Mais il faut dire que M. Claus n'a pas tiqué un seul instant ou montré la moindre surprise en voyant le visage de Tim. C'est peut-être bien la première fois que quelqu'un le regarde comme s'il n'avait rien de spécial. Ce qui encourage Liia à mettre une encoche supplémentaire dans la case « tout va bien ».

De toute façon, c'est un peu comme ça que la jeune femme fonctionne avec tout le monde, elle écoute son instinct. Quand elle a un client au téléphone ou qu'elle le rencontre pour la première fois, elle sait tout de suite si le feeling passera entre eux ou non. Mais jusque-là, le refuge du Perce-neige a eu cette chance d'avoir toujours de merveilleux visiteurs. Malgré tout, les clients qui ont eu l'occasion de rencontrer Tim sont peu nombreux. Son fils ne sort de sa chambre que lorsque les convives sont partis. En ce sens, Nicolas Claus n'a aucune idée du miracle qu'il vient d'accomplir.

— Maman, je peux ? demande quand même Tim.

Elle hoche la tête et fait signe à Jack de le suivre jusque dans la maison. Elle ouvre la porte, retire ses bottes pleines de neige et se tourne vers son père.

— Mais enfin, d'où vient-il avec son traîneau ?

— De Laponie ?

— Papa ! s'exaspère Liia qui n'aime rien de mieux que garder les pieds sur terre.

Jack soupire.

— Comment veux-tu que je sache d'où il vient ? Du village ?

— Avec ses rennes ?

Jack hausse les épaules.

— Je suppose que oui.

— C'est insensé…, rumine Liia en secouant la tête.

— Moins que si c'était un touareg avec ses dromadaires qui nous avait rejoints, il me semble…

— Hum…

Liia jette un coup d'œil à travers l'une des fenêtres de la pièce à vivre.

— Il lui ressemble quand même un peu, pas vrai ?

— Au père Noël ? C'est évident, il en porte même le prénom. Mais ce n'est pas le premier ni le dernier qui joue le grand jeu. Regarde les fans de Johnny.

— Tu dis ça à cause des santiags ? se moque Liia. En tout cas, il donne vraiment l'impression de se prendre pour lui. Non, mais tu l'as entendu ? « Qu'importe le nom qu'on me donne du moment qu'on me reconnaît ! Oh, oh, oh ! » ; « Personne n'imagine l'énergie que demande la distribution d'autant de cadeaux. »

Jack s'approche pour regarder dehors lui aussi. Nicolas Claus et Tim sont en train de distribuer les carottes. Tim est comme un poisson dans l'eau, il a retiré ses gants et éclate de rire lorsque les rennes lui lèchent les doigts. Quant à l'étrange M. Claus, il semble avoir une profonde affection pour ses bêtes dont il inspecte les sabots pour s'assurer qu'aucune n'est blessée.

— Il n'a pas l'air méchant, dit Jack, et ses rennes sont de toute beauté. Ils ont encore tous leurs bois, pas un de cassé. C'est fabuleux…

— Certes, mais je le vois quand même mal arriver en traîneau jusqu'ici, insiste-t-elle.

— Et pourquoi pas ? Il a bien neigé et les collines ne sont pas si inaccessibles que ça. Il a peut-être emprunté le domaine de ski de fond ? Tu ne crois tout de même pas qu'il est arrivé par les airs, si ?

— Papa... Ne te moque pas trop, non plus ! Bon, que faisons-nous ? Il y a une chambre libre jusqu'au 26 décembre au moins, donc pour M. Claus, ça ira, mais que fait-on pour les huit rennes ? On ne pourra pas les mêler au troupeau, les mâles ne vont pas les accepter. Et d'un autre côté, on ne peut pas se permettre de refuser.

Jack se frotte le menton.

— On n'a qu'à les installer dans l'ancienne étable qui donne sur le moyen enclos, on avisera pour le reste du séjour. Les bêtes de ce monsieur sont domestiquées, je doute qu'elles se mêlent naturellement aux autres ou essaient d'empiéter sur leur territoire. Je suis certain qu'elles sauront garder leurs distances quand on les laissera vagabonder à leur guise.

— D'accord, c'est toi le spécialiste. Et pour le prix, que fait-on ?

— Ça, ma fille, c'est ton job, pas le mien !

— Papa... Je sais bien, je te demande juste ton avis, dit-elle en souriant. Ce refuge, c'est d'abord le tien.

— Demande à Marcus Bianchi, il te suggérera sûrement de réclamer le maximum, se moque-t-il en la gratifiant d'un clin d'œil.

Liia grimace. Marcus Bianchi, leur comptable, a une caisse enregistreuse dans le ventre et des billets de 500 euros à la place du cœur. Elle n'a jamais beaucoup apprécié ce type, mais son père ne jure que par lui depuis qu'il a sorti le refuge d'une situation difficile dans les années 1990. Mais Liia va se passer de ses services sur ce coup-là, et fait un rapide calcul. Quatorze nuits en chambre d'hôte, plus le refuge pour les rennes, nourriture et soins compris leur rapporteront au minimum 1 700 euros. Leurs comptes sont au rouge, ils en ont tellement besoin…

— Allez, c'est réglé ! Je te laisse lui montrer l'enclos ? Je vais préparer sa chambre. Je me dépêche au cas où vous auriez besoin de moi pour détacher l'attelage.

Liia regarde une nouvelle fois dehors et sourit.

Finalement, cette première quinzaine de décembre sera plus animée que prévu.

***

Nicolas Claus semble satisfait de son installation. Ses rennes se sont tous regroupés dans l'étable sans oser mettre le nez dehors, tandis que les femelles de l'enclos voisin se sont immédiatement agglutinées contre la clôture, braillant et grattant le sol de leurs sabots pour intimider les intrus. Mais les rennes de Nicolas Claus sont aussi étonnants que lui et ne semblent pas intimidés pour deux sous. Liia les a longuement observés. Claude et Elizabeth, les rennes de tête, donnent l'impression d'agir comme un aimant canalisateur sur le reste de la troupe. Ils vont sur la droite, les six autres aussi, ils vont sur la gauche, le groupe suit. Les rennes sont certes des animaux grégaires et sociaux, mais jamais Liia n'a vu une telle cohésion. Et puis, elle a presque l'impression qu'ils font des mouvements de tête pour communiquer. L'un pointe son museau quelque part, les sept autres regardent dans la même direction. Si la mère de Liia était encore en vie, elle dirait qu'il ne leur manque que la parole.

— Dis, demande Tim lorsque Liia vient le voir dans sa chambre pour lui souhaiter une bonne nuit. Tu crois que M. Claus est le vrai père Noël ?

— Qui sait ?

— Moi je trouve qu'il lui ressemble.

— Ah oui ?

— Surtout sa barbe et son gros ventre.

— Tu lui as demandé si c'était bien lui ?

Tim secoue la tête.

— Oh non ! Je n'ai pas encore osé.

— Essaie, tu verras ce qu'il te dit.

Avec les poings serrés, Tim se frotte les yeux comme quand il était petit.

— Allez, c'est l'heure de dormir maintenant, lui dit Liia avec douceur. Demain, une famille a réservé un goûter dans le kota et une visite du domaine.

— J'aime pas quand des gens viennent chez nous.

— Je sais… Mais c'est grâce à leurs visites que nous pouvons nous occuper de nos rennes, et de toi ! ajoute-t-elle en lui appuyant sur le bout du nez.

— Je ne veux pas les voir !

Liia lui sourit.

— Tu n'y es pas obligé.

Tim fixe sa mère dans le bleu des yeux. Ils ont les mêmes, et quand ils se regardent, c'est un océan d'amour infini qui se crée.

— Je l'aime déjà beaucoup, M. Claus.

Elle laisse échapper un petit rire.

— Mais vous venez à peine de vous rencontrer.

— Oui, et je l'aime déjà beaucoup, répète-t-il d'une voix ensommeillée.

Tim se met à bâiller, si fort que Liia en profite pour inspecter sa denture. Elle est loin d'être parfaite et ne lui permet pas encore de parler sans zozoter ou de ne pas mâcher avec les dents de devant tel un castor, comme Tim aime le dire, mais c'est tellement mieux que ce qu'il a connu. Il a fallu lui arracher des incisives qui s'étaient implantées sur son palais et le faisaient souffrir quand il mangeait.

Depuis deux ans, les progrès de son petit garçon sont spectaculaires et s'il se cache encore parce qu'il n'a pas confiance en lui, Liia en est certaine, d'ici quelques années, toutes ces épreuves seront loin et feront de lui un homme extraordinaire.

Tim attrape son doudou, un vieux body qu'il portait lorsqu'il avait six mois et qui est tout déchiré à force d'avoir été manipulé. Ce morceau de coton était son réconfort quand il dormait à l'hôpital pendant ses longues nuits de convalescence. La journée, Liia passait des heures à le garder enroulé autour du cou pour qu'il porte son odeur et que son bébé se sente plus rassuré quand elle n'était pas avec lui. Tim ne pouvait pas s'endormir sans, et pas davantage aujourd'hui.

Il agrippe un bout de tissu dans une main et se met le reste du vêtement sur le nez pour en respirer l'odeur si particulière.

— Bonne nuit, maman.

— Bonne nuit, mon petit perce-neige.

4

Pendant l'été, les touristes et les randonneurs affluent pour visiter la bergerie et profiter de l'arrivée des agneaux. On les caresse, on les photographie, tout comme on s'extasie devant les faons nés au mois de mai. C'est la période de l'année où le refuge est le plus fréquenté, il ne se passe pas un jour sans que plusieurs voitures se garent dans la cour pour jouir du dépaysement qu'offre cette ferme si particulière. En revanche, l'hiver, c'est surtout le gîte qui est occupé. Bien des touristes passent une semaine au ski, et ne veulent pas entendre parler d'hôtel ou d'appartement à louer dans les stations. Et quel que soit le mois de l'année, le dimanche reste le jour où les familles de Grenoble, Chambéry et même Lyon viennent prendre un bol d'air en pleine montagne.

Jack et Ronja ont spécialement installé le kota finlandais dans ce but. Traditionnellement, ces petits chalets hexagonaux en rondins de bois sont des abris ordinaires dans les pays scandinaves, c'est pourquoi Ronja ne voyait pas trop comment s'en passer. Les Samis les construisent très vite et les utilisent pour se protéger de la rudesse du froid du Grand Nord pendant les longues périodes de chasse et de pêche. Celui du refuge du Perce-neige est en planches de pin, solide, confortable, très grand aussi, avec un toit en ardoises et de jolies fenêtres à croisillons. Et puisque personne ne chasse ou ne pêche dans le domaine, on l'utilise pour servir les petits déjeuners et organiser des goûters lors de ces fameux dimanches en famille.

Celle d'aujourd'hui a réservé une table pour 15 heures. Liia a préparé toutes sortes de gâteaux traditionnels finlandais dont les recettes lui ont été transmises par sa mère. Des *pannukakkus*, des tartelettes salées de Calérie, des roulés à la cannelle qui enchantent les enfants, et des crêpes au four accompagnées d'une confiture de baies forestières. Il lui faut une matinée entière pour cuisiner tout ça, et bien qu'il ne lui soit jamais venu à l'idée d'en faire son métier, d'aussi loin qu'elle se souvienne, Liia a toujours éprouvé un plaisir ressourçant à se mettre aux fourneaux et à partager ses pâtisseries.

Il est 14 h 30, l'intérieur du kota et la longue table en bois prennent des allures de Noël avant l'heure avec ses branches de sapin et de houx disposées contre les murs, ses étoiles dorées parsemées çà et là sur le plateau et ses petits rennes en résine avec lesquels les enfants ne manquent jamais de repartir. Liia s'essuie les mains dans son tablier et va retrouver Tim dans le petit chalet, il a décidé de prendre de l'avance sur ses devoirs dans la pièce à vivre. Elle en a d'abord été surprise, mais elle a vite compris que c'était pour avoir la chance de croiser

Nicolas Claus. Il est fasciné par ce monsieur et s'est mis en tête que c'était le père Noël en personne. Liia et son grand-père ont beau avoir essayé de lui expliquer que la ressemblance n'était que physique, Tim n'en démord pas.

Liia le retrouve assis à même le tapis, il travaille sur la table basse, devant la cheminée.

— Il revient bientôt, M. Claus ? demande-t-il à sa mère.

— Ton grand-père l'a déposé à Megève pour qu'il puisse louer un véhicule, je ne sais pas s'il reviendra tout de suite après. Tim, ajoute-t-elle en s'asseyant dans un fauteuil à côté de lui, il ne va pas falloir le harceler. J'ai compris que tu l'aimes bien, mais c'est un client comme un autre et il faut respecter ses vacances.

Tim se renfrogne et fait la moue.

— Pourquoi tu dis ça ? C'est lui qui a voulu jouer au Uno hier soir, je l'ai même laissé gagner. Je suis bien élevé, moi !

Liia sourit en lui caressant la joue.

— Oh, je sais, je m'en suis chargée moi-même ! C'est juste que quand tu aimes, tu ne comptes pas, et qu'il peut t'arriver d'être…

— Un peu envahissant ? termine-t-il en regardant sa mère de ses grands yeux bleus.

— Un tantinet !

Tim hausse les épaules.

— Oui, mais j'ai jamais personne pour jouer avec moi ! Et j'ai pas d'amis.

— Tu as Thibault et Sonia.

— Ils ont cinq ans de plus que moi et puis on ne les voit presque jamais.

Liia regarde son fils avec un mélange de tendresse et de regrets. Le refuge est un endroit merveilleux pour lui, mais les voisins sont rares. Thibault et Sonia sont les jumeaux d'Ophélie, son amie d'enfance. Ils adorent Tim, et c'est réciproque, mais son fils a raison, ils ont aujourd'hui quinze ans, sont en première au lycée polyvalent de Chamonix, ne viennent pas souvent, et quand ils sont là, ils font davantage office de baby-sitter que de camarades.

Son fils n'est jamais allé à l'école, ses nombreuses opérations ne lui ont pas permis de créer des liens, alors c'est vrai, il n'a pas d'amis. Et il faut ajouter à ça sa peur incontrôlable d'être repoussé. Liia ne lui jette pas la pierre, ça lui noue le ventre à elle aussi, et sans doute que si elle n'a jamais scolarisé Tim durant les mois d'accalmie médicale, c'est parce qu'elle non plus n'était pas capable de supporter le regard des autres sur son fils. Liia a beaucoup mûri en ce sens et a appris à juguler son stress et à l'affronter, mais aujourd'hui encore, et trop souvent, quand Tim croise des enfants de son âge, il les effraie ou les rebute, et hélas, la rencontre ne dure jamais suffisamment longtemps pour qu'un lien se crée au-delà des apparences. Tim n'est pas asocial par nature, mais c'est devenu un réflexe de protection, alors oui, quand quelqu'un le trouve sympathique et ne voit en lui que le petit garçon plein de vie qu'il est, il déborde.

— En plus, ajoute-t-il, il m'a dit vouloir me présenter tous ses rennes ! Avec leurs vrais prénoms !

— D'accord, d'accord…, dit Liia, mais tu vas devoir prendre ton mal en patience et attendre que M. Claus te le repropose. Tu sais, il va forcément revenir pour nourrir ses bêtes.

— C'est long…

Liia lui ébouriffe les cheveux.

— Cet après-midi nous recevons une famille, tu te souviens ? Je ne sais pas exactement quel âge a leur fils, mais tu pourrais peut-être mettre ton masque et m'aider pour le service ? Tu verrais du monde et prendrais la température.

— Que je prenne la température du garçon ? demande très sérieusement Tim

Lequel semble tellement horrifié par cette perspective que Liia éclate de rire.

— Mais non, mon gros bêta ! C'est une image. Je me dis que ce garçon sera sûrement content d'avoir un camarade, et qu'il aura peut-être envie de découvrir le refuge avec toi et caresser les faons ? suggère-t-elle avec l'espoir qu'il veuille bien essayer. Ici, c'est ton univers, c'est toi le chef !

Tim sort un crayon de couleur de sa trousse.

— J'ai pas envie.

Liia soupire, c'était prévisible.

— C'est toi qui décides. Je dois te laisser, ils vont arriver d'une minute à l'autre. Si tu changes d'avis, passe par l'arrière-cuisine du kota. La porte sera ouverte.

Tim fait comme s'il n'avait pas entendu et se concentre sur son dessin. Liia le connaît par cœur, la peur ne le fera pas bouger d'ici.

***

La famille qui a réservé se gare dans la cour. Ils viennent du Rhône. Liia grimace en voyant deux garçons d'une dizaine d'années sortir du véhicule avec des luges. Ici, les pâtures sont occupées par le troupeau qui apprécierait moyennement autant d'animation. Elle va forcément faire des malheureux.

— Bonjour ! accueille-t-elle néanmoins les nouveaux venus. Bienvenue au refuge du Perce-neige. La route n'a pas été trop mauvaise ?

Le père, très souriant, serre la main que Liia lui tend.

— Non, c'était parfait, tout était dégagé. À part votre chemin d'accès, mais vous nous aviez prévenus, s'amuse-t-il.

— Bonjour, la salue la mère, nous avions réservé pour trois, mais mon neveu a voulu nous accompagner, j'espère que ça ne pose pas de problème ?

— Pas le moins du monde ! lui assure Liia. Il y a des pâtisseries pour douze personnes au moins.

Puis elle regarde les chaussures de ses invités. À part les enfants et le père qui ont mis des Moon Boots, la mère semble avoir négligé qu'ils se rendaient à la montagne.

— Vous avez de quoi vous chausser pour marcher dans la neige ?

— Moi oui, répond le mari, mais j'ai bien peur que ma femme ait oublié ses bottes à la maison.

— Nous espérions en trouver à Megève, mais un dimanche hors saison, tout est fermé ! précise cette dernière.

Liia sourit, ça arrive tout le temps.

— Nous allons vous dégoter quelque chose.

— Les enfants, crie le mari à l'attention des deux garçons, restez dans la cour et ne touchez à rien, nous en avons pour une minute.

— On peut faire un bonhomme de neige ?

Liia lève un pouce pour leur donner son accord et demande au couple de la suivre dans la grange. Elle y trouve une paire de bottes de marche, une pointure au-dessus de celle de sa cliente, mais elles feront l'affaire pour la journée.

Les enfants les rejoignent assez vite pour la visite du refuge et la rencontre tant attendue avec les rennes. Ils sont très dissipés, les parents peinent à les faire tenir en place. Ils hurlent, sifflent, grimpent sur la clôture et tentent à plusieurs reprises de passer par-dessus. Liia essaie de les canaliser du mieux qu'elle peut pour ne pas énerver les femelles toujours très protectrices avec leurs petits, mais ce n'est pas une mince affaire, elle sait combien les plus jeunes sont toujours très excités au contact des rennes qu'ils assimilent aussitôt au père Noël. De fait, elle est bien contente que Nicolas Claus ne soit pas revenu de Megève et que son traîneau soit garé dans le hangar derrière la maison. Elle ose à peine imaginer l'ébullition des deux garçons s'ils les avaient vus.

— Je suis désolée, s'excuse la mère. Dorian est bien plus calme que ça d'habitude, mais quand il est avec son cousin, il est intenable. Ils ont à peine cinq mois d'écart et chaque fois qu'ils se voient, ils rattrapent le temps qu'ils n'ont pas passé ensemble.

— Ne vous inquiétez pas. J'ai moi-même un fils qui a presque le même âge.

— Oh, quel bonheur ce doit être pour lui de vivre ici au contact de la nature et des animaux.

Liia acquiesce.

— Il dit souvent qu'il ne pourrait pas être ailleurs, mais nous verrons bien quand il aura une quinzaine d'années et que l'appel de la ville sera plus fort !

— Votre fils est ici, aujourd'hui ?

Liia hoche la tête.

— Oui, mais il est du genre discret.

— Dites, ose son invitée, j'ai vu sur votre site Internet que vous exposiez des objets de la culture samie. Vous portez vous-même un prénom finlandais, n'est-ce pas ?

— Oui, ma mère était samie.

— Oh ! Que ce devait être merveilleux toutes les histoires qu'elle a dû vous raconter sur sa culture !

— Oui, ça l'était.

— Mon mari et moi vouons une fascination à la Scandinavie. Pensez-vous qu'il soit possible de voir les souvenirs samis de votre maman ?

Prise au dépourvu, Liia pense d'abord à Tim qui se trouve dans la pièce à vivre et qui attend désespérément M. Claus, puis elle se reprend.

— Euh… oui, bien sûr. Après le goûter peut-être ? D'ailleurs, nous pourrions y aller, des pâtisseries vous attendent.

C'était la phrase magique pour que les enfants accourent sans rechigner.

Tout le monde s'installe dans le kota pendant que Liia prépare les boissons chaudes dans l'arrière-cuisine. La jeune femme regarde derrière elle la porte qui donne sur le couloir menant au chalet central. Elle aimerait que Tim fasse une rapide apparition et vienne partager une part de gâteau, mais elle sait qu'il ne le fera pas. Alors, après avoir servi tout le monde, Liia dispose quelques crêpes et un peu de confiture dans une assiette, verse un chocolat chaud dans un mug, et rejoint son fils qui est toujours installé dans la pièce à vivre, il dessine sur la table basse en attendant encore Nicolas Claus.

— Tiens, mon petit perce-neige, c'est l'heure du goûter.

Tim lève la tête, faussement intéressé, mais finit par se laisser séduire par les crêpes. Il adore ça.

— La famille aimerait bien que je leur montre les objets samis de ma maman.

— Tout de suite ?

— Après le goûter.

Comme un diable qui sortirait de sa boîte, il se lève et rassemble ses affaires.

— Je vais manger mes crêpes à la maison. Je ne veux pas les voir.

— Tim…, commence Liia en soupirant.

Mais alors qu'elle s'apprête à dire à son fils qu'il est chez lui et qu'il n'a pas à s'en aller, la porte donnant accès au kota s'ouvre. Le cœur de Liia tressaute. Depuis le couloir qui communique avec le kota, il y a un double accès : un dans l'arrière-cuisine et un autre dans la salle où sont pris les goûters et petits déjeuners. Pour que les visiteurs de l'après-midi n'entrent pas dans le chalet, Liia veille toujours à laisser la porte fermée à clé jusqu'au lendemain matin, les enfants sont passés par la cuisine et tombent nez à nez avec Tim.

Son assiette dans les mains, il se statufie. Quant aux garçons, ils ne sont pas moins surpris en découvrant le visage si particulier de Tim.

— Qu'est-ce que vous faites ? Revenez tout de suite ! intervient derrière eux la mère de famille avant de bloquer devant le pas de la porte elle aussi.

Liia devine ce que ressent Tim. Il ne voulait pas les voir, et il en a assez qu'on le regarde de cette façon. Dans la rue, il est habitué, mais ici, c'est chez lui…

— Partez ! hurle-t-il soudain. Partez ! Dehors !

Et à la surprise de Liia, Tim se met à rugir comme un animal, faisant de grands gestes et poussant des cris épouvantables.

Les deux garçons reculent et se cognent à leur mère.

— Ça va aller, leur dit-elle doucement. Dorian, va rejoindre papa, et Mathéo, suis-le, s'il te plaît.

— Que se passe-t-il ? demande le père depuis le couloir.

— Papa, il y a un garçon qui ressemble à Quasimodo ! crie Dorian.

— Les enfants, allez-y…, murmure la mère qui se crispe davantage.

Elle les pousse vers son mari, puis s'avance dans la pièce et referme la porte derrière elle.

Mais Tim recommence avec ses cris. Même si le cœur de Liia s'est déchiré en entendant à qui son petit garçon était comparé, elle se fâche.

— Ça suffit ! Tim, qu'est-ce qui te prend ? Ce ne sont pas des façons de faire !

— Je m'en fiche, je suis chez moi, je fais ce que je veux ! Et je ne suis pas Quasimodo, d'abord ! Ce sont eux les moches tous pourris !

Liia le regarde et prend une profonde inspiration, refusant qu'il se donne davantage en spectacle.

— Va dans ta chambre, s'il te plaît, nous en reparlerons plus tard.

Tim jette à sa mère un regard assassin.

— J'ai pas besoin que tu me demandes d'y aller, j'y vais tout seul ! Et puis d'abord, elles sont dégoûtantes tes crêpes. Je suis sûr que ta maman les faisait mille fois mieux que toi !

Ça, c'est le genre de punition dont écope toujours Liia quand son fils estime qu'elle n'a pas pris sa défense. Liia sait que quand il réagit avec autant d'agressivité, c'est qu'il est profondément blessé et lassé par ces situations qui se répètent éternellement.

— Moi aussi je t'aime de tout mon cœur, Tim. Maintenant, va dans ta chambre, je te rejoins dans un moment.

Tim grimace, ce qui lui donne un visage encore plus étrange, et passe par la porte menant à leur maison. Il la claque aussi fort que possible, laissant derrière lui un silence presque mortuaire.

— Je suis désolée, commence Liia.

Son invitée s'approche, mortifiée.

— Oh non, non, ne le soyez pas, c'est moi qui suis sincèrement navrée.

Liia se sent soudain épuisée, vidée et triste.

— Vos enfants ont eu la réaction de tout le monde, vous savez… Il n'y a rien d'anormal à ça.

— Bien sûr que si, ça l'est. Ils n'avaient pas à entrer dans cette pièce sans votre accord et mon fils à parler du vôtre comme il l'a fait. C'est inqualifiable.

— C'est un enfant…

— Votre petit garçon aussi. Que… que lui est-il arrivé ?

Liia fait fi de tout son savoir-vivre et se laisse tomber sur une chaise.

— Il est né ainsi. Enfin non… c'était bien pire que ça. Écoutez, je… suis désolée que ça vous ait gâché la journée. Tim est un écorché vif. Il a toujours été moqué ou rejeté par les autres enfants et il parvient de moins en moins à faire comme s'il s'en fichait.

— Et c'est tellement normal... Je peux ? demande-t-elle en désignant une chaise à côté de Liia.

— Je vous en prie.

— Mon frère est né avec une malformation du bras. À la place de la main droite, il a un moignon surmonté d'un unique doigt minuscule. Bien sûr, il lui suffisait de le cacher dans une poche pour qu'il ne se voie plus, mais il en a bavé lui aussi du regard des autres. Je me rends compte aujourd'hui que je n'ai pas assez parlé à mon fils de ces situations. Si je l'avais fait, il n'aurait pas réagi ainsi.

— C'est gentil de vous préoccuper de ça, mais votre Dorian n'a fait que montrer tout ce qu'il y a de plus merveilleux et terrifiant à la fois chez un enfant : de la spontanéité. Je suis sûre que cet épisode le marquera et que vous saurez trouver les mots justes pour les prochaines fois où il rencontrera un petit Quasimodo.

Sur ces mots, Liia ne peut empêcher sa voix de se faire toute petite. Son interlocutrice le remarque et, bien qu'elles ne se connaissent pas depuis plus de deux heures, pose sa main sur celle de Liia.

— Nous reviendrons vous voir, si vous acceptez de nous recevoir une nouvelle fois, et Dorian n'aura plus du tout la même réaction, je vous le promets.

Liia hoche poliment la tête. Le nombre de fois où elle a entendu ce genre de chose... Les gens font toujours preuve de bons sentiments, mais aussitôt partis, ils oublient leurs promesses. Néanmoins, ils se remémoreront sans aucun doute ce petit garçon horriblement défiguré qui a fait que leur propre enfant leur a collé la honte de leur vie.

***

La famille de ce dernier dimanche de novembre est partie presque aussitôt l'épisode terminé. Tim n'a pas rejoint Nicolas Claus lorsque celui-ci est rentré de Megève, il n'a pas non plus eu envie de nourrir les rennes avec son grand-père ni même de descendre dîner. Liia lui a préparé un sandwich au jambon et au Kiri qu'elle a laissé sur son bureau tandis que son fils était caché sous le lit, comme chaque fois qu'il a vécu une injustice.

Une de plus.

Tim est né la nuit de Noël et dans vingt-cinq jours, il aura dix ans. Quand on lui demandera ce qu'il veut pour son anniversaire, il répondra invariablement : je veux être aimé.

5

Le premier jour de décembre s'est levé avec un manteau blanc à perte de vue. Il a bien dû tomber vingt centimètres de neige pendant la nuit.

Un mug de café au lait à la main, Liia regarde en grimaçant le chemin d'accès au refuge. Ils vont devoir appeler les Specht, leurs voisins les plus proches, pour les aider à déblayer, parce qu'avec les bourrasques qui soulèvent la poudreuse et rendent la visibilité très mauvaise, Liia n'est pas certaine que l'hôte qui doit les rejoindre en début d'après-midi s'aventurera au-delà du panneau.

— Il est déjà levé, M. Claus ? demande Tim en descendant.

En pyjama et encore tout ensommeillé, c'est donc le premier truc qui lui vient à l'esprit, et même pas le calendrier de l'Avent en bois que Liia a rempli et accroché à côté de la porte d'entrée. Elle sourit et s'approche de son fils pour l'embrasser.

— « Bonjour, ma petite maman chérie de mon cœur, bien dormi ? »

Tim traîne des pieds et va s'asseoir à sa place habituelle, en bout de table.

— Bonjour, ma petite maman chérie de mon cœur quand je te vois tu me fais peur, j'ai bien dormi ! se moque-t-il. Il est déjà réveillé, M. Claus ?

— Je vais t'apprendre un secret... Je n'ai pas dormi avec lui, alors je n'en sais rien.

Tim hausse les épaules, un peu déçu. La veille déjà, il avait espéré le croiser au petit matin, mais M. Claus était déjà parti à Megève.

Tim attrape le paquet de céréales devant lui et s'en sert un bol.

— Il a commandé son petit déjeuner à quelle heure ?

— Tu ne perds jamais le nord, toi, pas vrai ? Pour 9 heures !

Il regarde l'horloge de la cuisine et constate que c'est dans à peine trente minutes. Du reste, Liia a déjà préparé la table dans le kota.

— Je me dépêche, comme ça, je pourrai le rejoindre.

— Sûrement pas ! s'interpose Liia. Hé, Tim, regarde-moi.

Le petit garçon obtempère en posant ses grands yeux bleus sur sa mère.

— On ne dérange pas les visiteurs. M. Claus est ici en vacances, et s'il a pris des congés, c'est certainement parce qu'il a envie de se reposer, pas d'être accompagné d'une pie jacasse dès le lever du jour !

— Mais je ne vais pas le déranger, s'offusque Tim, je veux juste lui dire bonjour !

— Tu sais très bien que tu ne t'en contenteras pas. Tim, je suis sérieuse, tu le laisses tranquille.

Boudeur, le fan numéro un de Nicolas Claus s'enfourne une cuillère de Loops au chocolat dans la bouche tout en faisant la moue. Ça donne quelque chose de tout à fait singulier, Liia ne peut s'empêcher de sourire.

— Il veut absolument nourrir ses rennes lui-même et papy lui a préparé une belle brouette de foin. Attends qu'il y aille et rejoins-le.

En tournant la tête sur le côté, menton relevé et yeux légèrement fermés, Tim fait mine de n'avoir aucun intérêt pour ce que dit sa mère.

Liia détaille le profil de son fils avec tout l'amour du monde. L'une de ses plus grosses opérations a eu lieu quand il avait cinq ans. Pour pouvoir redresser l'orbite de son œil gauche, lui créer une pommette et redonner une symétrie un peu plus harmonieuse à ses oreilles, le chirurgien lui a prélevé un morceau de côte qu'il a ensuite greffé sur son visage. Tim a été hospitalisé de longs mois et a beaucoup souffert, alors quand elle le voit se donner des airs de monarque, Liia ne peut s'empêcher de penser qu'il a raison. Son petit garçon est un roi, courageux et téméraire, quoi qu'en disent tous ceux qui lui trouvent une drôle de tête.

— Papy n'a pas l'air content, dit-il soudain.

Liia se tourne vers la fenêtre. Son père avance à travers la cour, et à voir sa démarche il semble effectivement très contrarié.

— Papa, tout va bien ? lui demande-t-elle en ouvrant la porte.

— Non, il y a un gus qui s'est cru suffisamment malin pour s'enfoncer dans le chemin avec son suppositoire à camion. Sa bagnole ne tient pas la route. Est-ce que je traverse l'Atlantique sur une coquille de noix, moi ? Il n'a pas vu que la neige n'avait pas été déblayée ?

Liia fronce les sourcils, avance de quelques pas sur le perron et se penche un peu de côté pour regarder la route d'accès au refuge. Une petite voiture rouge semble coincée à l'entrée.

— Tu lui as parlé ? demande Liia.

— Non, je l'ai vu de loin et je ne sais pas depuis combien de temps il est là à pédaler dans la semoule. Encore un gars qui a dû vouloir faire demi-tour. Je vais chercher une pelle pour qu'il puisse au moins reculer. Bon sang, comme si je n'avais que ça à faire ce matin ! Je dois nourrir les bêtes, et des sangliers sont passés, il y a tout un pan de clôture à refaire.

— Je viens t'aider à déblayer, lui dit-elle en se tournant pour prendre ses bottes.

— Invite-le plutôt à venir ici pendant que je récupère le matériel dans la grange. Il doit crever de froid. Marre des amateurs !

Liia pince les lèvres et rentre dans la maison sans rien dire. Son père est un amour d'homme, mais il est doté d'un caractère bien trempé. Elle sait d'expérience qu'il ne sert à rien d'essayer de le calmer quand il a décidé que quelque chose l'énervait. Elle enfile ses bottes, son manteau et se tourne vers Tim.

— Je vais rejoindre le monsieur au bout du chemin. Tu sais quoi ? Je vais te donner une mission que tu vas adorer.

Tim sourit de toutes ses dents, il a compris tout seul.

— Je dois apporter le petit déjeuner de M. Claus !

Liia soupire.

— Exactement. Mais n'oublie pas de lui demander ce qu'il veut boire. J'ai laissé une Thermos de café, une de lait chaud et une autre d'eau pour le thé sur la table de l'arrière-cuisine, n'oublie pas de lui demander ce qu'il veut boire et de lui servir sa première tasse, d'accord ? Et bien sûr, laisse-le petit-déjeuner en paix, compris ? Ne le harcèle pas de questions.

Heureux comme un pape, Tim s'essuie les lèvres, se lève et se met au garde-à-vous.

— Bien, cheffe, oui, cheffe !

Liia sort de la maison, son téléphone portable à la main, et appelle les Specht en même temps qu'elle rejoint la voiture rouge au bout du chemin. Le couple d'agriculteurs élève des chèvres, leurs fromages sont connus dans toute la vallée blanche, mais peut-être pas autant que leur extrême gentillesse.

— Liia ! s'écrie Elena Specht en reconnaissant le numéro. Les grands esprits se rencontrent ! Jean vient juste de partir avec son tracteur, il sera chez toi dans vingt minutes.

— Ah ? Mon père vous a appelés ?

Mme Specht glousse.

— Pas du tout, mais quand Jean a vu le temps qu'il faisait, il s'est dit que vous auriez besoin d'un coup de main. D'autant que je crois que vous avez des visiteurs ! ajoute-t-elle, démontrant à Liia que même en pleine montagne, tout se sait toujours. Et je lui ai remis quelques fromages de chèvre bien secs.

— Elena, comment pourrions-nous nous passer de vous ? Vous êtes des anges.

— Ta maman est toujours dans nos cœurs, tu sais…

Liia ne peut empêcher ses yeux de briller en repensant à sa mère. Ronja aussi les aimait beaucoup. D'aussi loin que Liia se souvienne, même si les Specht sont plus âgés, ses parents les ont toujours côtoyés. Ils s'entraidaient, s'unissaient pour faucher les champs et rouler les bottes de foin, pour dresser les clôtures des deux domaines, agrandir leurs maisons, il leur arrivait même de fêter le réveillon de Noël ensemble au refuge lorsque leurs enfants n'étaient pas avec eux. La mort de Ronja a beaucoup affecté Elena Specht, et même si c'était il y a dix ans, l'affection qu'elle lui portait est toujours intacte et s'est aujourd'hui dirigée vers Liia.

— Merci, Elena. Je dois raccrocher, avec la neige qui est tombée cette nuit, un visiteur s'est embourbé au bout du chemin. Je vous appelais pour ça, mais puisque vous dites que Jean arrive.

— Oh ! Encore un Parisien qui pensait pouvoir rouler en Mini à la montagne ! se moque-t-elle. Embrasse le petit pour nous et on se revoit avant Noël, promis ?

— C'est promis !

Liia arrive vers la voiture rouge. Il s'agit d'une ancienne C3 immatriculée dans le 38, Grenoble, à en croire l'adresse du concessionnaire sur la plaque d'immatriculation. Ce n'est donc pas une Mini, mais elle est tout de même totalement inadaptée pour la montagne par temps de neige.

Les essuie-glaces s'activent à toute vitesse dans le vide et la voiture est agitée de soubresauts tandis qu'on entend le conducteur vociférer derrière ses vitres fermées. Il appuie sur l'accélérateur, fait vrombir le moteur, ne réussissant qu'à s'enliser davantage dans le faux plat du chemin. Sous la neige, la terre s'est transformée en boue bien grasse, c'est un carnage. Liia accourt en faisant de grands signes.

— Stop, stop ! Ça ne sert à rien de vous exciter comme ça sur la pédale, vous allez faire pire que mieux.

Le conducteur ouvre sa vitre électrique. Un monsieur à la peau métissée la regarde avec des yeux noir de jais reflétant toute la profondeur de son agacement.

— Bonjour et pardon, je n'ai rien entendu.

Liia sourit devant l'homme endimanché dans un costume trois pièces. Costume et petite voiture de ville pour gagner leur refuge. Il y en a vraiment qui ne craignent rien…

— Bonjour, monsieur. Je vous disais qu'il ne servait à rien d'appuyer sur l'accélérateur. Mon père est allé chercher une pelle à neige pour essayer de vous dégager, et le voisin arrive avec un tracteur. Il a toujours un treuil avec lui si besoin.

— Tout le village se réunit pour moi, quelle chance ! persifle-t-il.

— Megève est un peu plus qu'un village, vous savez, dit Liia en souriant.

Il se retourne en faisant mine d'inspecter les lieux.

— Oh, bien sûr, l'évidence m'avait échappé…

— Comme quoi ! se moque-t-elle à son tour. Ça fait longtemps que vous êtes coincé ?

— Un peu plus de vingt minutes. À quelques instants de me transformer en esquimau. On m'a dit qu'il avait neigé, mais je ne pensais pas que c'était à ce point.

Liia n'essaie même pas de se mordre la langue pour retenir son ironie. Après tout, c'est lui qui a commencé.

— Ce sont des choses qui arrivent à la montagne.

Le conducteur a les mâchoires crispées. Il coupe enfin le moteur, serre machinalement son frein à main et se tourne pour regarder Liia.

— J'ai emprunté la boîte à sardines de ma sœur pour venir. Ce n'était pas l'idée du siècle, mais je n'allais tout de même pas gâcher mes quelques jours de vacances pour si peu, n'est-ce pas ?

Liia écarquille les yeux. Un plus un font deux.

— Oh, vous êtes M. Verrier ?

— Lui-même.

— Je suis Liia Josserand. Nous avons discuté au téléphone et échangé par mail. Je vous avoue que nous ne vous attendions pas aussi tôt, en général, nos hôtes arrivent en début d'après-midi.

— J'avais un rendez-vous professionnel à Albertville, mais il a été écourté. Je me suis dit qu'arriver plus tôt ne vous dérangerait pas. Mais je peux revenir plus tard, si vous le souhaitez. Enfin… si je réussis à bouger d'ici. Dites, vous pensez que votre père et votre voisin arriveront avant la fonte des glaces ?

Liia n'a pas le temps de lui répondre. Jack les rejoint, une grosse pelle en métal à la main. Il grogne et ne cherche pas à cacher son irritation.

— On n'a pas idée de venir à la montagne en hiver avec une bagnole pareille !

— Techniquement, nous sommes encore en automne, semble bon de préciser Baron Verrier.

Liia prend tout de suite les devants, son père est un tantinet susceptible et ce monsieur semble embrasser la même particularité. Ça promet.

— Papa, je te présente M. Verrier qui restera trois jours chez nous. Tu sais, c'est le monsieur qui a réservé une chambre d'hôte.

Jack s'adoucit, mais ne perd pas la face pour autant.

— Je suis Jack Josserand, le propriétaire des lieux. Monsieur Verrier, la prochaine fois, vérifiez la météo avant de partir et de venir avec un véhicule inadapté. Ça vous évitera de vous retrouver dans cette situation, et moi de faire attendre mes rennes au moment de les nourrir.

— Ça va de soi, répond Baron Verrier. J'irai aussi consulter un marabout, et j'arriverai en tank, au cas où.

— Ou juste en tenue adaptée, ce sera déjà pas mal.

— La montagne et ses habitants n'aiment pas les kékés en cravate ? persifle le nouveau venu, passablement agacé par les leçons de morale de Jack.

— Allez savoir.

Les deux hommes s'affrontent du regard.

Liia sait tout du caractère bien trempé de son Haut-Savoyard de père, mais ce type-là, d'où qu'il vienne, n'a pas l'air de réaliser dans quoi il s'est fourré. Jack est un homme d'une gentillesse et d'une générosité exceptionnelles, mais la patience et la courtoisie n'ont jamais fait partie de ses qualités, la preuve en est. Ce pourquoi c'est toujours Liia qui accueille leurs visiteurs.

— Bon, annonce-t-elle à son père pour cesser les hostilités, Jean va arriver d'une minute à l'autre avec son tracteur. Je te propose de me laisser la pelle et d'aller nourrir les bêtes. Tim est avec M. Claus, ce ne serait pas plus mal que tu restes avec lui, je ne voudrais pas qu'il le dérange trop.

Et avant de lui laisser le temps de répondre, elle lui prend le manche des mains.

— Je me débrouille, allez, file !

Jack plisse les yeux en direction du visiteur, regarde sa fille et hoche la tête avant de tourner les talons.

— Je ne vais quand même pas vous laisser faire ça, proteste le conducteur en ouvrant la portière de la C3.

— Oh, j'ai l'habitude. En pleine saison nous déblayons tous les jours ou pres…

Liia s'interrompt tout à coup. Baron Verrier est immense. Non, plus que ça. On a l'impression qu'en sortant de cette minuscule voiture, son corps ne cesse de se dérouler et de s'étirer. Ne va-t-il jamais s'arrêter de se déplier ? Liia est pourtant loin d'être petite, mais à côté de ce monsieur, son mètre soixante-dix-huit a l'air minuscule.

Sans avoir besoin d'exagérer, elle lève la tête pour le regarder, se faisant violence pour ne pas laisser sa bouche s'entrouvrir de stupéfaction.

Baron Verrier baisse les yeux, tout à fait conscient de l'effet produit, lui prend la pelle des mains et arbore un très léger sourire en coin.

— Deux mètres zéro cinq, vous vous en remettrez, ma petite ?

Liia ne s'arrête pas sur la familiarité du ton employé, lui comme elle sont de toute façon partis du même pied, elle va plutôt jusqu'à renchérir.

— À la réflexion, je vais peut-être vous faire dormir dans l'étable, vous y aurez plus de place… Et laissez cette pelle, lui dit-elle en essayant de la récupérer, vous n'êtes pas habillé pour.

Il plisse les paupières.

— C'est vrai, mais il s'agit de ma voiture et il n'y a aucune raison pour que vous déblayiez à ma place, je me suis mis tout seul dans cette situation et je ne suis pas manchot.

Liia abdique en levant les mains et recule de quelques pas.

L'immense Baron Verrier, avec son costume et son corps de grande sauterelle, commence à planter la pelle dans la neige sans trop savoir où et comment la vider.

— Le bord du chemin pourrait être bien, suggère Liia.

Mais pour l'atteindre, il faut marcher dans vingt centimètres de poudreuse qui s'envole au gré du vent, et en mocassins à glands, c'est loin d'être pratique. Baron Verrier doit lever les genoux pour engager chaque pas, mais avec ses grandes jambes, le mouvement lui donne l'air d'un échassier peu habitué à son environnement.

— Vous êtes sûr de ne pas vouloir que je…

— Non merci, répond-il d'un ton déterminé sans même la regarder.

Têtu comme une mule et ignorant le froid, son pantalon de costume totalement trempé et ses chaussures couvertes de boue, il dégage sans ciller la neige autour des roues arrière. Liia doit bien l'avouer, depuis qu'elle travaille avec son père, elle n'a jamais eu affaire à un client doté d'autant de caractère et cherchant si peu à le cacher.

Quand il a terminé de libérer les pneus de la C3, les mains crispées par le froid, le visiteur redonne la pelle à Liia.

— Je vais tâcher de reculer pour mettre ma voiture sur le bas-côté.

— C'est inutile, je vous assure, un tracteur va arriver. Allez plutôt au chalet en attendant, vous y serez au chaud.

Il regarde la petite maison au bout du chemin.

— J'aurais dû prévoir une luge.

— Ou de bonnes chaussures… Vous en avez dans vos bagages ?

— Dans ma valise, oui.

— Vous devriez peut-être les mettre, suggère-t-elle.

Il acquiesce et avance tant bien que mal jusqu'au coffre. Il ouvre grand la bouche en regardant à l'intérieur.

— C'est pas vrai !

Puis il jette un œil sur le siège arrière de la C3 et se décompose littéralement.

— J'ai oublié ma valise chez ma sœur.

Un ange passe. Liia plisse les lèvres, désolée.

Son visiteur regarde ses pieds, l'état de son pantalon, et fronce les sourcils d'un air dépité.

— Je devrais trouver ce qu'il faut à Megève, je suppose ?

— Sans aucun doute.

Baron Verrier soupire.

— Je vais tout de même essayer de dégager la voiture, vous voulez bien m'aider ?

Liia sait que c'est parfaitement inutile, qu'il va faire pire que mieux, mais elle ne veut pas être insistante, il a l'air déjà bien assez contrarié comme ça.

— D'accord… Je me positionne sur le côté pour vous guider.

Tandis qu'il se remet au volant, elle avance de quelques mètres jusqu'au bord de la route et lui fait de grands signes pour qu'il recule. Mais il a beau s'échiner à appuyer sur l'accélérateur, il n'y a rien à faire, les pneus glissent et ne parviennent qu'à projeter de la boue que Liia évite de justesse.

— Quelqu'un m'en veut, c'est pas vrai ! gronde Baron Verrier à travers sa vitre ouverte.

Liia a quand même un peu pitié de lui.

— Mon voisin arrive, regardez, dit-elle en pointant la route du doigt. Il va vous sortir de là en un rien de temps.

Quand Jean Specht, avec sa bonhomie habituelle, descend de son tracteur pour les rejoindre, la jeune femme ne sait ce qui le surprend le plus : l'homme gigantesque en costume trois pièces qui se tient comme un épouvantail au beau milieu de la neige, ou l'état pitoyable de son costume.

Et sans penser à mal, tout en accrochant le treuil de son tracteur à l'attache-remorque de la C3, Jean en remet une couche.

— Votre pantalon est tout mouillé, mon pauvre monsieur !

Baron Verrier serre les poings. Pas besoin d'être devin pour savoir qu'il a envie de lui rétorquer que bon sang, il est déjà au courant, merci bien !

— Vous allez pouvoir la dégager ? demande-t-il à la place.

— En deux temps trois mouvements ! Remettez le contact, desserrez le frein à main et mettez-vous au point mort.

Ce que le nouveau client de Liia fait sans discuter. Et Jean tient sa promesse. En moins de cinq minutes, le véhicule est tracté sur le bord de la route principale, à l'abri de la neige.

— Je vous dépose ? demande-t-il à Liia.

Baron Verrier fronce les sourcils.

— Où veut-il qu'on aille ?

— Eh bien, jusqu'au chalet. À moins que vous préfériez marcher cent cinquante mètres dans la neige en mocassins ? Vous pourriez aussi attendre dans votre voiture que Jean ait fini de déblayer le chemin, mais ça va prendre un peu de temps et je ne voudrais pas que vous mouriez de froid, ajoute-t-elle avec un sourire mutin.

Vu la manière dont il tord la bouche, c'est non.

Alors, du plat de la main, Liia l'invite à monter dans le tracteur.

— Grimpez, monsieur Verrier, moi je vais y aller à pied. Bon voyage, et à tout de suite !

6

Barone Verroni, de son vrai nom, déteste se ridiculiser comme il vient de le faire, et surtout, il déteste lorsque les choses ne se passent pas comme il les avait prévues.

D'abord, le rendez-vous de ce matin à Albertville, avec le patron d'un hôtel réputé qui met en vente son restaurant. Baron – c'est ainsi que tout le monde le surnomme – est chef cuisinier à Grenoble, nouvellement étoilé de surcroît et, depuis quelques années, il projette d'ouvrir un second établissement en Haute-Savoie. Celui d'Albertville paraissait très prometteur. Or, la commune ne l'a pas séduit. Ensuite, il y a eu la neige, le vent, l'infernale voiture de sa sœur, puis sa valise oubliée, et toutes les raisons pour lesquelles il s'est donné en spectacle devant Liia Josserand. Alors maintenant, il espère bien que le motif de sa venue au refuge du Perce-neige sera rentable. Car il y a une bonne raison pour qu'un chef étoilé discret en visite en Haute-Savoie abandonne son restaurant et s'organise presque au dernier moment un séjour à Megève sous un faux nom : à Noël, il compte servir du renne à son menu. Et bien que sa source soit *a priori* des plus fiables et lui ait assuré que le refuge pratiquait un élevage exemplaire, il préfère vérifier par lui-même que tout est vrai. Ce matin, il était à Albertville, il aurait été trop bête de ne pas en profiter pour venir jeter un œil aux pratiques de ces éleveurs.

D'aucuns diraient qu'il faut être extrêmement tatillon pour aller aussi loin dans la démarche, mais Baron est un homme exigeant et il ne pourrait servir une viande médiocre et mal élevée. S'installer ici incognito est donc le meilleur moyen de savoir de quelle manière les animaux sont nourris et traités.

— Voilà, m'sieur, vous êtes arrivé !

Baron se tourne vers M. Specht et hoche poliment la tête.

— Je vous remercie, c'est bien aimable à vous.

— Faites attention en sortant, ça glisse !

Il lui offre un sourire crispé, essaie d'ouvrir l'immense portière sans avoir l'air trop maladroit, et pose un pied par terre, sa valise d'ordinateur à la main.

Lorsqu'il regarde autour de lui, malgré la neige qui ne cesse de tomber, Baron est pris aux tripes par le paysage. À Grenoble, tout le monde connaît le massif du Mont-Blanc, ces forêts, ces collines à perte de vue et cette montagne blanche gigantesque s'élevant avec une arrogance majestueuse, mais toute cette étendue le laisse bouche bée et lui fait oublier qu'il est arrivé dans une tenue ridicule et que ses orteils sont déjà congelés. Cet endroit est extraordinaire, il pourrait s'y installer sans aucun problème et peut-être même y passer le reste de ses jours. Quant au refuge du Perce-neige, il est si bien ancré dans le décor qu'il donne presque l'impression d'y être né en même temps que cette nature époustouflante.

— Remis de vos émotions ? lui demande Liia Josserand en sortant du chalet.

— J'ai survécu au tracteur !

Elle lui offre un sourire radieux.

— Bien ! Venez vous mettre au chaud. J'ai eu le temps de réunir quelques affaires en attendant que vous puissiez faire des courses à Megève. Brosse à dents, dentifrice, et quelques vêtements que mon père ne met plus. Ça vous aidera à tenir jusque-là.

— C'est très aimable à vous.

— Oh, et j'ai aussi trouvé une vieille paire de bottes en 47, ça ira ?

Il sourit en coin.

— Je chausse du 49, alors j'espère ne pas en avoir besoin et pouvoir sortir faire des emplettes au plus vite.

— D'accord, entrez ! l'invite-t-elle en ouvrant la porte.

Baron s'essuie les pieds, se frotte la tête couverte de flocons et obéit.

Si l'immensité des Alpes les entoure, les soixante mètres carrés de la pièce qui l'accueille ont l'air minuscules lorsqu'il pénètre à l'intérieur. Le plafond est suffisamment haut pour qu'il n'ait pas à baisser la tête, mais il se rend vite compte qu'il ne pourra passer sous aucun lustre sans dommage, ni même sous les embrasures de porte surmontées de rideaux en macramé rouge et orangé. Les deux fauteuils à bascule et ceux en tissu paraissent tout petits, le canapé, même en retirant les nombreux coussins, doit à peine recevoir deux personnes comme lui, et s'il lui vient à l'idée de prendre un verre sur la table basse, il aura les genoux repliés jusque sous le menton. Et que dire de la déco ? Lui qui n'apprécie rien de mieux que la modernité et la sobriété, le voici dans un milieu en totale contradiction avec ses aspirations. C'est un chalet, alors tout est rustique, c'est très logique, mais les tentures criardes et les costumes chamarrés suspendus aux murs, ainsi que la multitude de petits objets en bois exposés un peu partout lui arrachent presque une grimace. Il n'a aucune idée de la culture qui se rapporte à cet étonnant étalage, mais son hôtesse, la charmante Liia Josserand, semble très fière de cet endroit.

— Voici la pièce à vivre. La cheminée est toujours allumée et les livres à disposition. Vous trouverez une bouilloire électrique, des mugs, du thé et une machine à expresso derrière le bar. N'hésitez pas à vous servir. Les chambres sont à l'étage, et les petits déjeuners sont servis dans le kota finlandais. On y accède par la porte à droite de la cheminée.

Baron n'en revient toujours pas. Il a l'impression d'être entré dans la chaumière de Blanche-Neige et des sept nains. Le chalet est à l'orée d'un bois, il y a de la neige partout, des animaux tout autour du domaine, et l'intérieur ne ferait franchement pas honte à un décor de Walt Disney.

— C'est... original et coloré, dit-il sans parvenir à quitter les murs des yeux. Vous avez parlé de kota finlandais, tous ces objets sont scandinaves ?

— Samis. Ma mère était originaire de Laponie.

— Oh ! Ce sont les gens qui élèvent des rennes, c'est ça ?

Pendant que Baron trouve enfin un sens à tout ce bazar, elle sourit.

— Eux-mêmes.

— La tradition est donc allée jusqu'à vous ? s'amuse-t-il.

— Pas vraiment, mais j'essaie de faire honneur aux souvenirs.

Baron avance jusqu'au manteau de cheminée auquel sont accrochés un drôle de couteau à la lame courte et biscornue, ainsi qu'un fourreau de cuir noir.

— Qu'est-ce que c'est ?

— Une rénette. Son double tranchant permet d'entretenir les sabots des rennes pour leur éviter qu'ils s'abîment trop vite.

Baron pince les lèvres et écarquille les yeux, comme pour exprimer sa surprise. Il n'avait encore jamais vu un outil pareil.

— Vous vous en êtes déjà servi ?

— Pas précisément de celle-ci qui appartenait à ma mère. C'est même le seul objet de tradition samie qu'elle utilisait fréquemment. Cette rénette lui avait été offerte par son père. Parfois, elle cirait le cuir du fourreau, assise sur le rebord de la fenêtre tout en fredonnant des chants samis dont elle seule avait le secret.

Baron sent toute la nostalgie de la charmante Liia Josserand derrière ces mots. Il est même un peu surpris qu'elle se laisse aller à autant de précisions alors qu'ils viennent à peine de se rencontrer. Toutefois, lui aussi a perdu son père, alors il sait précisément ce qu'elle peut ressentir.

— Vous parlez sa langue ?

— Hélas non. Pas plus le sami que le finnois. Ma mère préférait ne parler que le français pour s'intégrer au maximum.

En réalité, Ronja avait un vrai problème avec son passé. Elle s'en était peu épanchée, mais Liia savait qu'en quittant la Finlande, elle avait choisi de presque tout laisser derrière elle pour adopter une nouvelle culture et une nouvelle langue, auxquelles elle voulait offrir toute son attention.

— Est-ce que vous croyez au père Noël ? demande Liia tout à trac comme pour mettre un terme au sujet.

Pris au dépourvu, Baron fronce les sourcils.

— Eh bien... non. Fêter Noël n'est pas culturel dans ma famille, le folklore qui va avec non plus, alors non. Mes parents n'étaient pas très conventionnels à ce niveau-là. Quant au père Noël, je pense même n'y avoir jamais cru. On m'a appris très tôt qu'il n'existait pas. Pourquoi cette question ?

— Figurez-vous que d'après mon fils, le père Noël est en ce moment même sous notre toit.

— Une chose est sûre, c'est qu'il ne parle pas de moi ! lance Baron. Je ne crois pas qu'on ait déjà vu un père Noël de deux mètres zéro cinq à moitié malien !

— Je ne faisais pas allusion à vous, lui assure-t-elle, un peu gênée, mais à votre voisin de chambre. Il est arrivé il y a deux jours avec ses rennes pour leur offrir un peu de repos et mon fils est convaincu qu'il s'agit de Santa Claus.

Baron hoche la tête, mais s'abstient de répondre pour ne pas être désobligeant. Un type qui prend des vacances avec ses rennes doit tout de même être un peu perché.

— Je vous montre le kota ? propose la maîtresse des lieux.

Il acquiesce et la suit à travers le couloir tapissé de tentures du même type que celles de la pièce à vivre. Il n'a pas fini d'avoir mal aux yeux.

Ils débouchent dans une salle où sont installés un poêle à bois, un rocking-chair, une seconde bibliothèque, deux fauteuils, ainsi qu'une très longue table pouvant accueillir une dizaine de convives. Avec la neige sur les bords de fenêtre, son large bardage de bois et son plancher en pin, cet endroit n'aurait même pas besoin d'être décoré de branches de sapin et de houx pour s'imposer aux fêtes de fin d'année tant il vous renvoie dans les steppes du Grand Nord. Mais pour Baron, le clou du spectacle, c'est le monsieur bedonnant, en jean, chemise à carreaux et bretelles, qui prend son petit déjeuner en bout de table. Sa barbe, épaisse et blanche, bouge presque autant que ses joues roses lorsqu'il mâche un morceau des immenses tranches de pain aux céréales posées dans l'assiette devant lui. Baron n'en revient pas, ce gars est l'archétype du père Noël. Collez-lui un manteau rouge, mettez-lui une hotte dans le dos et il fera illusion ! Baron est depuis longtemps habitué à être celui qu'on remarque le plus dans une pièce, mais il n'est pas certain que ce monsieur ne le battrait pas à plate couture s'ils se retrouvaient ensemble dans une salle bondée de monde.

— Bien le bonjour, lance le vieux monsieur en voyant entrer Baron. Vous ne souffrez pas de scoliose ?

Baron écarquille les yeux de surprise. Quelle entrée en matière !

— Pardon ?

— À cause de votre taille, vous ne souffrez pas de scoliose ?

Devant lui, Baron ne voit pas le visage mortifié de Liia. Cette dernière se retourne sur lui, un sourire exagéré aux lèvres.

— Monsieur Verrier, je vous présente M. Claus, votre voisin de chambre pour les trois prochains jours.

Baron est médusé. Cet homme ne fait pas que ressembler au père Noël, il porte aussi son nom. Puis il se souvient de ce que lui disait souvent sa mère, professeure de français, quand il était petit : « Les noms de famille prédestinent parfois les métiers ! On appelle ça un aptonyme. Regarde le charcutier, il s'appelle M. Jambon. Et l'ébéniste du village, c'est M. Commode. Quant à Édith Cresson, elle était ministre de l'Agriculture. » Ça le faisait beaucoup rire à l'époque. Quant à cette histoire de scoliose, de quoi je me mêle ?

Baron se plaît à faire preuve de tout autant de délicatesse.

— Enchanté. Monsieur Claus, pour votre information, je n'ai aucun problème de dos, mais c'est très aimable à vous de vous en soucier. On vous a déjà dit que vous ressembliez au père Noël ? En tous points, ajoute-t-il en se tapotant le ventre en faisant preuve d'autant de pudeur que lui.

Nicolas Claus boit une gorgée de café, s'essuie les lèvres et, rassasié, tire sur sa chemise déjà bien tendue. Puis il se lève pour serrer la main au nouvel arrivant.

— Vous m'en voyez ravi ! Mais à vous baisser ainsi chaque fois que vous passerez une porte, vous risquez une torsion de la nuque ! Et pour répondre à votre question, je *suis* le père Noël, il est donc tout à fait normal que je lui ressemble.

Baron échange un regard entendu avec son hôtesse et accepte la poignée de main de Nicolas Claus. De toute évidence, ce pauvre monsieur n'a plus toute sa tête.

— Dans ce cas, je ne manquerai pas de vous donner ma petite liste avant de partir !

— Mais avec grand plaisir, d'autant que je n'en ai reçu qu'une seule de vous.

Nicolas Claus fait mouche cette fois. En effet, si Baron n'a jamais cru au père Noël, il lui a cependant écrit une seule lettre dans sa vie, et c'était pour lui demander une kitchenette Ikea. Il avait six ans. Du reste il ne l'a jamais eue – son père, exploitant forestier, détestait la chaîne suédoise.

— Comment le savez-vous ? demande-t-il.

— Voyons, mon cher Baron, je suis le père Noël, je sais tout.

Baron allait en plus lui demander comment il connaissait son prénom, ne se souvenant pas que Liia Josserand l'ait prononcé, mais l'entrée subite d'un étrange garçon lui coupe la chique.

— Monsieur Claus, je peux venir avec vous, je suis…

L'enfant s'immobilise de stupeur en voyant Baron, lequel en a autant pour lui. Quel âge a-t-il ? Dix ans, à peine ? Il est atrocement défiguré. Baron n'a même jamais vu une chose pareille et a bien du mal à rester de marbre. Il le faut pourtant. Baron sait lui aussi ce que c'est que d'être dévisagé, et même si ce n'est pas pour les mêmes raisons, le résultat est identique, c'est foutrement désagréable.

Il s'accroche un sourire aux lèvres et tente une pointe d'humour pendant que le gamin s'empresse de se mettre un masque en tissu Spider-Man devant la bouche.

— Je sais, je sais, je parie que tu n'as jamais vu une personne aussi grande. Ça t'en bouche un coin, pas vrai ?

— Si, j'en ai déjà vu dans les équipes de la NBA.

— Ouais, ben je te jure que ce n'est pas moi, je suis aussi habile avec un ballon qu'avec une… comment ça s'appelle déjà ? Une grenouille !

Le garçon semble perplexe, de toute évidence, il ne comprend pas un traître mot de ce que Baron vient de dire.

— Une grenouille ?

— C'est une rénette, intervient Liia. Je vous présente Tim, mon fils. Tim, M. Verrier restera chez nous trois jours et aura la chambre à côté de celle de M. Claus.

— Vous mesurez combien ? demande le jeune garçon sans ambages.

— Tim ! s'insurge sa mère. Je passe sur le fait que tu n'aies pas dit bonjour, mais n'exagère pas non plus.

Baron lui sourit pour la rassurer.

— Ne vous inquiétez pas, en général, c'est la première question qu'on me pose quand on me rencontre. Enfin, presque, ajoute-t-il en regardant Nicolas Claus du coin de l'œil. Deux mètres zéro cinq et toi ?

Surpris par la question, Tim se tourne vers sa mère.

— Je mesure combien ?

— Un mètre trente-sept.

Baron compte sur ses doigts.

— Ça veut dire que par rapport à moi il te manque…

— Soixante-huit centimètres, l'interrompt Tim. Vous n'êtes pas très bon en maths, vous !

— Tim ! gronde sa mère.

— Il a raison, avoue Baron en riant. C'est d'ailleurs pour ça que je suis devenu cui… kinésithérapeute ! se reprend-il de justesse.

Parce qu'il y a bien trois choses que Baron ne veut pas qu'on sache : son véritable nom, son véritable métier et la raison de son séjour au refuge du Perce-neige. Mais par chance, personne ne relève, pas même l'intrigant Tim.

— Dommage que vous ne puissiez travailler sur votre propre corps, intervient M. Claus, vous auriez pu vous éviter une scoliose.

— Je n'ai pas de scoliose, monsieur.

— C'est vrai, suis-je bête ! s'amuse le sosie du père Noël. Mais vous auriez pu.

En réalité, Baron est un peu irrité par son insistance. Il n'a aucun problème de colonne vertébrale, mais ça n'a pas toujours été le cas. Trop grand, trop maigre, il a porté un corset de ses dix à ses treize ans. Trois années à subir la tyrannie de ses pairs. Noir, grand et bossu. Ce n'est pas un souvenir qu'il aime qu'on ravive.

— Tim, reprend M. Claus, si ta maman est d'accord, veux-tu m'accompagner ? Je vais aller nourrir mes rennes. Comme ça, ils ne pourront pas dire que je ne m'occupe pas d'eux ! ajoute-t-il avec un petit rire.

— Oh, oui ! Maman, tu dis oui ?

— Je dis oui, confirme cette dernière en souriant. Mais tu t'habilles en conséquence et tu ne pars pas sans me faire un bisou.

Tim obtempère et quitte la pièce avec M. Claus, laissant Baron seul avec sa mère.

— Tim a l'air d'être un chouette garçon.

— Il l'est. Et pardonnez-le, il ne voit pas grand monde. Ses problèmes de santé l'obligent à être scolarisé à la maison, alors il manque parfois de forme dans ses propos.

— On appelle ça le naturel, c'est précieux.

Elle passe une main dans ses boucles blondes et finit par se masser très brièvement la nuque. Baron devine alors une grande fatigue chez cette femme.

— Vous l'élevez seule ? demande-t-il, poussé par il ne sait quelle pulsion d'une horrible indélicatesse.

Elle semble même surprise par la question.

— Oh... je vous prie de m'excuser, je suis confus. Ça ne me regarde pas du tout !

Mais elle sourit.

— Je ne vous en veux pas, je sais que ça se voit comme le nez au milieu de la figure Son père et moi sommes séparés et Tim est avec moi la plupart du temps. Je vous montre votre chambre ?

Baron hoche la tête. Il ne s'est jamais senti aussi con. Il traverse le couloir de l'horreur en sens inverse et suit Liia à l'étage.

À un moment, il avait espéré dormir dans une pièce plus sobre que le reste de la maison : raté. Les rideaux et le couvre-lit en patchwork lui provoquent un spasme nerveux dans l'œil, quant à l'armoire et la commode en pin brut sculpté, elles lui donnent l'impression d'être entré dans la chambre de Bilbon Sacquet. Mais au moins, le lit est large... Une fois les jambes repliées, il n'aura pas les pieds qui dépassent. C'est l'histoire de sa vie.

— La salle de bains attenante est juste ici, lui indique son hôtesse en ouvrant une porte. Elle vient d'être refaite.

Il passe la tête à l'intérieur et réprime un soulagement. Le bac de douche est bien assez grand pour deux personnes de taille normale.

— Je vous laisse vous installer, monsieur Verrier. Est-ce que vous dînerez avec nous ce soir ? M. Claus sera des nôtres.

Baron est sans doute plus difficile à contenter que la moyenne des gens, mais comme son Italien de père le disait : « Quand on est à la campagne, on vit comme à la campagne. » Quant à l'adage africain de sa mère « Qu'importe ce qu'il y a dans ton assiette, remercie ton hôte et mange de bon appétit », rien n'est moins sûr.

— Avec plaisir, répond-il néanmoins.

— C'est parfait ! Le repas sera servi à 20 heures. Pour midi, avez-vous besoin de quelque chose ?

— D'une route déneigée ! dit-il en regardant par la fenêtre le tracteur de M. Specht toujours à l'œuvre.

— Ce sera fait ! À plus tard, monsieur Verrier.

La délicieuse Liia Josserand quitte la chambre en faisant tressauter sa queue-de-cheval, et referme délicatement la porte derrière elle.

Elle est jolie, c'est indéniable, et ses grands yeux bleus laissent deviner une femme de caractère. Elle semble prendre soin de son fils à la perfection. Baron espère qu'il en va de même pour ses rennes. Si les bêtes correspondent à ses critères gastronomiques, l'affaire devrait se régler sans problème.

Marcus Bianchi, le comptable des Josserand, le lui a assuré : ils ont besoin d'argent, ils ne discuteront pas son offre.

En aucun cas.

7

Rien ne se passe comme prévu pour Baron Verrier. Il s'est remis à neiger et les flocons ne cessent de tomber. Le sel qu'a répandu Jack va faire son travail, mais pour le moment, les bourrasques rendent la route impraticable. Liia lui a préparé des club sandwichs à midi, il ne mourra donc pas de faim jusqu'à ce soir, mais il a l'air très contrarié. De toute évidence, cet étrange personnage, tout en longueur, charisme et assurance, perd un peu de sa superbe à ne pas maîtriser les choses.

Il ne s'est pas encore changé et fulmine en regardant par la fenêtre de la pièce à vivre, à tel point que Liia se demande ce qui l'a poussé à prendre quelques jours de congé ici. Sa réservation date d'il y a trois jours à peine. Elle se souvient de leur conversation, il semblait presque avoir décidé de venir sur un coup de tête. Mais Liia ne posera pas de question, ce n'est pas son genre.

— Je vous sers quelque chose à boire ? lui demande-t-elle en rangeant les serviettes de table dans un placard.

Il se tourne vers elle et se force un peu à sourire.

— Non merci, c'est gentil. Vous pensez que la neige va tomber encore longtemps ?

— Au moins deux jours, répond Tim, en déposant devant sa mère une pile de serviettes propres qu'il vient de sortir du sèche-linge.

Baron Verrier est effaré.

— Deux jours !

Tim hausse les épaules.

— C'est mon papy qui l'a dit.

Liia ne peut s'empêcher de rire.

— Si les prédictions météo de ton grand-père étaient bonnes, ça se saurait !

En trente-quatre ans, Liia ne l'a jamais vu faire une prévision fiable, ça désespérait même sa mère qui racontait un peu partout qu'il était le plus mauvais baromètre de l'univers.

Tim hausse les épaules.

— Maman, je voudrais te demander quelque chose.

Liia sourit. Comme tous les enfants du monde, à la maison, Tim ne met la main à la pâte que s'il y a un avantage à la clé. Lui apporter des serviettes de table propres en est un exemple.

— Je t'écoute.

— M. Claus a dit qu'il allait sortir en traîneau dans quelques jours, je pourrai y aller avec lui ?

Baron Verrier s'étrangle à moitié.

— Parce qu'en plus il a un traîneau ?

— Comment le père Noël pourrait-il venir accompagné de ses rennes, sinon ? se moque Liia.

Tim insiste :

— Maman, je pourrai ?

Liia regarde les grands yeux bleus de son fils, coincés entre le rebord de son bonnet qu'il n'a pas retiré et celui de son masque Spider-Man.

— On en reparle le moment venu, tu veux bien ?

Tim jette un œil à Baron Verrier, un peu frustré, mais finit par acquiescer. Il a bien compris qu'avoir ce genre de conversation devant un visiteur n'était pas approprié.

— Je peux retourner dehors ?

— Oui, mais ensuite tu te mets à tes maths, OK ?

Il hoche la tête et disparaît derrière la porte vitrée qui donne sur les appartements privés.

— Quel âge a-t-il ? demande Baron Verrier.

— Il aura dix ans dans vingt-quatre jours.

— Oh, il est né le 25 décembre ?

— Tout juste ! répond Liia en pliant les dernières serviettes. C'était mon cadeau de Noël.

Elle termine de ranger le linge de table et sourit à son invité.

— Si vous changez d'avis et que vous voulez une boisson chaude, il y a tout ce qu'il faut derrière le bar. Je dois vous laisser, il faut que je change la litière des moutons et nourrisse les rennes.

— Je peux vous accompagner ?

Surprise, Liia ne peut s'empêcher de le détailler de la tête aux pieds.

— Volontiers, mais dans cette tenue ?

Gêné, il se frotte la tête. Il a les cheveux épais et d'une incroyable couleur brune aux reflets presque roux.

— Eh bien… j'avais l'intention de sortir pour refaire ma garde-robe, mais il me semble que rouler avec la voiture de ma sœur par un temps pareil sera impossible. Je vais aller mettre les vêtements et les bottes que vous m'avez gentiment prêtés.

Liia ne peut s'empêcher de se laisser aller à la curiosité.

— Veuillez pardonner mon indiscrétion, mais… vous disiez être venu pour le travail ?

Car en réalité, Liia se demandait ce qu'un kiné de Grenoble pouvait bien faire à Albertville.

— Oui, ce matin et j'ai voulu en profiter pour prendre quelques jours de congés. Je suis… compositeur, annonce-t-il, un peu mal à l'aise. Besoin de calme et de… calme !

— Ah ? J'ai cru que vous disiez être kinésithérapeute ?

— Euh oui ! Enfin, plus maintenant. Je suis désormais compositeur de musique. Je joue de la contrebasse ! La montagne me semblait appropriée pour laisser l'inspiration venir, continue-t-il. J'ai décidé de séjourner ici sans trop réfléchir, vous voyez ? J'ai besoin d'air.

Liia hoche la tête. Il est évident qu'il est en train d'improviser. La raison de sa présence doit être un peu plus compliquée que ça, mais elle n'a pas besoin d'en savoir plus. Dans ce métier, s'il y a bien quelque chose qu'elle a appris, c'est que la discrétion est la meilleure des vertus.

***

C'est affublé d'un jean dont les jambes sont trop courtes de dix centimètres, d'un anorak aux manches lui arrivant bien au-dessus des poignets et d'une paire de bottes dans laquelle il a été obligé de plier les orteils que Baron se présente à Liia Josserand. Elle est fraîche comme un gardon dans sa combinaison de travail verte qui enveloppe ses rondeurs à la perfection, alors qu'il a la désagréable impression d'être fringué comme un épouvantail, mais qu'importe, le but de l'opération est de voir de quelle façon elle nourrit ses rennes.

— Je suis prêt, dit-il en s'arrêtant devant elle.

Inévitablement, le regard de son hôtesse descend jusqu'à ses pieds.

— Pas trop petites ?

— Pensez-vous, ironise-t-il, elles sont pile à ma taille !

Liia lui sourit.

— J'espère que vous ne vous évanouirez pas en chemin.

— Quelle idée !

Elle lui remet un bonnet en laine et des gants de protection, puis ouvre la porte.

La météo semble se calmer un peu, mais marcher dans la neige s'avère plus compliqué qu'il ne le pensait, ses longues jambes lui paraissent lourdes comme des enclumes, alors que Liia Josserand avance aussi gracieusement qu'une gazelle. Un pantin désarticulé s'y prendrait mieux que lui. Il tâche de ne pas perdre l'équilibre, et serre les dents jusqu'à ce qu'ils soient arrivés dans la bergerie.

Malgré le temps de chien, tous les moutons sont dehors, dépités de ne pas trouver la moindre herbe à brouter. La propriétaire des lieux lui tend une fourche.

— Vous vouliez m'aider ?

Il acquiesce. Mais plutôt que de faire n'importe quoi, il la regarde planter son propre outil dans la paille souillée comme s'il s'agissait d'un plat de nouilles géant, avant de remplir une brouette.

— Qu'est-ce que vous en faites ensuite ? demande-t-il avec une vraie curiosité.

— On le dépose dans le bac à fumier qui est dehors. En temps ordinaire, M. Specht vient le récupérer une fois par semaine pour ses cultures, mais on ne fait pas d'épandage en hiver, alors on va le brûler.

— Pourquoi ?

— Pour ne pas augmenter les risques de pollution de l'environnement. À la fonte des neiges, le ruissellement vers les rivières et les ruisseaux est important.

Baron sourit, elle vient de marquer un point.

À deux, il ne leur faut pas plus de quinze minutes pour nettoyer la litière, remettre de la paille fraîche et disperser du foin dans les mangeoires. Baron sait qu'ils vont maintenant se concentrer sur les rennes, ce pour quoi il s'impose tout ce cirque, alors il ne cache pas son impatience.

D'aucuns pourraient penser qu'il exagère et qu'il n'a pas besoin d'être en totale immersion pour se faire une idée de la manière dont les animaux de cette ferme sont élevés, qu'il aurait pu se renseigner de façon moins intrusive, mais en réalité, Baron fait partie de ces gens pointilleux et exigeants. Pas seulement parce que son restaurant est très prisé, mais parce qu'il est ainsi fait. Il a besoin d'être dans le contrôle et s'assurer que s'il y a la moindre fausse note – et c'est hors de question –, elle ne viendra que de lui et de personne d'autre. Être le chef étoilé le plus en vogue de sa génération a un prix : celui d'approcher la perfection.

— Depuis combien de temps cet endroit existe-t-il ? demande-t-il alors qu'ils s'arrêtent devant l'enclos des rennes.

— Mes parents ont ouvert le refuge l'année de ma naissance, il y a trente-quatre ans. Ce n'était pas aussi grand à l'époque : un modeste chalet, une étable et une bergerie. Il n'en fallait pas plus pour les rendre heureux.

— Combien de rennes élevez-vous ?

— Une soixantaine, répond-elle en ouvrant l'enclos. Mais ils ne sont pas tous là. À cette heure de la journée, le reste du troupeau est dans les bois.

— Ils sont élevés en semi-liberté ?

— Tout à fait, mais pendant l'hiver, on isole les femelles et leurs petits du reste du groupe. Quand on les aura nourris, on les laissera courir dans la pâture. Je vous en prie, entrez.

Somme toute un peu intimidé, Baron pénètre à l'intérieur. Curieux, les animaux les observent. Aussi ne peut-il s'empêcher de faire un parallèle amusant : dans son restaurant aussi, les gens le regardent avec étonnement quand ils le voient arriver du haut de son double mètre, mais la deuxième pensée qui leur vient à l'esprit est sans doute la même que celle de ces rennes à ce moment précis : « Chef, on a faim ! »

— Vous pouvez vous approcher, ils ne vont pas vous manger, lui dit Liia Josserand.

Évidemment que non, c'est même tout le contraire !

— Prenez ça, ajoute-t-elle, ils en raffolent.

Elle sort une botte de carottes d'une énorme caisse posée au pied de la barrière et la lui tend. Baron s'en empare sans avoir besoin d'avancer, le petit troupeau a compris le signal. Les femelles d'abord, les faons ensuite.

Liia le rejoint avec plusieurs bottes de carottes qui lui sont automatiquement arrachées des mains. Baron a le mérite d'être grand, il lui suffit de lever les bras pour les distribuer sans risquer qu'on les lui vole.

— Je ne les voyais pas si hauts sur pattes, dit-il en touchant une femelle, ni même avoir le poil aussi doux !

— Leur fourrure d'hiver est plus épaisse. C'est une règle génétique, dans les steppes du Grand Nord, ils affrontent des températures négatives exceptionnelles.

— Ils ont des poils jusque sur le museau, constate-t-il avec étonnement. Bruns et duveteux.

Liia sourit et Baron se dit que ce genre de remarque, elle a dû l'entendre des centaines de fois. Tant pis, pour lui, c'est une grande première.

— C'est un cache-nez utile lorsque le renne cherche de la nourriture dans la neige, explique-t-elle. En pleine nature, et en hiver, il ne survit qu'en mangeant du lichen. Le reste du troupeau s'en délecte dans les bois, mais comme ce groupe-ci y va moins souvent, ils ont droit à des compensations.

Baron se penche pour ramasser un morceau de carotte tombé sur la neige, miraculeusement épargné par les rennes.

— Oh non ! s'exclame Liia, si j'étais vous, je ne ferais pas ça !

Baron n'a pas le temps de réagir, l'une des femelles, trouvant trop grande la tentation de ce fessier exposé, lui donne un coup de tête bien senti et l'envoie face la première dans les flocons.

Baron se redresse, ébaubi, alors que sa logeuse a bien du mal à conserver son calme. Mais la femelle renne, elle, a récupéré sa carotte.

— Tout va bien ? lui demande Liia en essayant de ne pas rire.

Assis dans la neige, Baron ne sait plus trop où il en est.

— J'aurais dû vous dire que Nokia ne résiste jamais à cette position. Je vous aide ?

C'est uniquement parce qu'il a les orteils en compote et qu'avec ses grandes jambes, il a du mal à se relever tout seul, qu'il l'accepte.

— Je suis confuse, lui dit-elle en lui époussetant l'anorak.

— On peut dire que Nokia a le sens de la communication… Comment faites-vous pour les reconnaître ? Pour moi, ils se ressemblent tous.

— Au-delà de leur comportement ? s'amuse-t-elle gentiment. Parfois, il m'arrive d'avoir un doute, mais en y regardant bien, ils ont tous une particularité. L'un est plus grand, l'autre plus petit. L'un a des oreilles plus courtes, un bout de queue brun, un jabot plus clair ou plus foncé, une tache sur l'arrière-train, de très longues pattes.

— Ah, ceux-là, je sais qu'on les remarque vite ! lance-t-il.

— En général, oui ! Et venez voir.

Elle s'enfonce un peu dans le troupeau et s'approche d'un faon au pelage bien plus clair que les autres.

— N'ayez pas peur, ils ne font pas de mal à une mouche, encore plus quand ils n'ont pas leurs bois, qu'ils perdent en hiver. Enfin, faites quand même attention, certains sont cassés, courts, mais bien pointus !

Peu rassuré, Baron s'approche pour caresser le jeune animal déjà grand.

— Regardez ses yeux, lui suggère Liia.

— Ils sont vairons !

Un marron et un bleu translucide, c'est fascinant.

— Une particularité pour chacun, lui rappelle-t-elle avec une tendresse qui l'émeut presque.

Cette femme aime véritablement ses bêtes. Et en la regardant, il ne peut s'empêcher de réaliser le crève-cœur que ça doit être de s'en séparer. Dans sa cuisine, Baron ne fait pas d'états d'âme, mais il n'est pas certain qu'il pourrait faire preuve d'une telle prouesse s'il devait élever des animaux.

— On vous a vu tomber ! dit soudain une petite voix derrière lui.

Baron se retourne prudemment au milieu des rennes, Tim et l'étrange M. Claus sont derrière l'enclos. Avec sa mine rose bonbon qu'on voit à dix mètres, dans sa large parka verte, son pantalon marron et ses bottes en caoutchouc couleur pistache, Nicolas Claus ne dénote pas de l'endroit, on dirait un sapin de Noël.

— Les aléas de la vie à la campagne, répond Baron avec le plus de dignité possible.

Tim est toujours caché sous son masque Spider-Man, mais Baron devine son sourire.

— Vous voulez voir les rennes de M. Claus ? Ils sont encore plus beaux que les nôtres !

— Vraiment ? fait mine de s'étonner Baron, mais comment est-ce possible ? Je n'ose y croire !

Puis il se tourne vers Liia.

— Vous permettez ?

— Je vous en prie, je vous accompagne, je vais aller chercher quelques bottes de foin.

Il suit Tim et M. Claus jusqu'à une étable perpendiculaire à la bergerie, dont la clôture extérieure donne sur l'enclos des femelles et de leurs petits. Tout au fond de l'étable, bien à l'abri du vent, huit rennes d'une beauté saisissante, grands, musclés, au pelage brillant presque doré et dotés de bois exceptionnels et vigoureux, sont en train de manger de l'herbe séchée. Ils portent des clochettes et des grelots autour du cou, et deux d'entre eux sont aussi blancs que la neige.

— Ils sont beaux, hein ! dit Tim avec autant de fierté que s'ils lui avaient appartenu.

— Très... et ils ont tous leurs bois.

— C'est parce que ce sont les rennes du père Noël, lui annonce Tim comme une évidence. Ils ne sont pas comme les autres.

M. Claus, jambes écartées, se met les mains sur les hanches tout en les regardant aussi.

— Ils sont beaux, mais bien moins élevés qu'il n'y paraît, de vraies têtes de cochon ! Savez-vous qu'ils m'ont obligé à prendre des vacances ? Ils étaient fatigués, figurez-vous, à quelques semaines de Noël ! On n'a jamais entendu une chose pareille en 1 700 ans... Est-ce que je suis fatigué, moi ? ajoute-t-il en se redressant, faisant ressortir un peu plus son ventre rebondi.

Liia jette un œil à Baron Verrier. Nicolas Claus est fort sympathique, aucun doute là-dessus, mais ses étranges réflexions sur le père Noël et son histoire pourraient en faire fuir ou gêner plus d'un.

Toutefois, son nouveau client semble rester de marbre.

— C'est évident, répond celui-ci avec un sarcasme mal dissimulé.

Mais Baron Verrier n'est pas au bout de ses surprises, les rennes de M. Claus, à l'exception des deux de tête, Claude et Elizabeth, relèvent le cou de la mangeoire, se tournent vers leur maître pour lui faire face et frappent leurs sabots sur le sol. Même Liia n'en revient pas, on dirait qu'ils se rebellent, c'est dingue !

— Ah, mais pas la peine de râler ! les avertit Nicolas Claus d'un ton paternaliste. Vous connaissez très bien mon point de vue. Venir ici est certes très agréable, mais c'est une perte de temps considérable sur le planning. Et vous le savez très bien, bande de mulets !

Et voilà que les rennes se mettent à bramer, alors que ce genre de cri n'est réservé qu'à la saison des amours. Dehors, les femelles sont dans tous leurs états, on les entend piaffer et s'agiter dans l'enclos.

Tim, impressionné, se colle contre sa mère, tandis que Baron Verrier n'en mène pas large lui non plus. Un renne ne pèse tout de même pas loin de cent quatre-vingts kilos, alors multiplié par huit, ça peut faire des dégâts.

— Oh là, oh là ! intervient Liia en levant les bras devant la horde mécontente.

Les bêtes semblent aussitôt se calmer, mais soudain, les rennes Claude et Elizabeth se détachent du groupe pour venir se positionner devant M. Claus. L'échange muet qui passe entre eux stupéfait tout le monde. L'espace d'un instant, Liia a l'impression qu'ils communiquent vraiment. Les rennes ne parlent pas, bien entendu, mais Nicolas Claus hoche la tête et lève les mains.

— D'accord, d'accord, je suis désolé. Vous n'êtes pas des mulets et je comprends que vous ayez droit à des congés, ça vous va ? Allez, sortez un peu au lieu de rester là, prendre l'air vous fera le plus grand bien.

Puis il se tourne vers Liia, Tim et Baron Verrier, un immense sourire aux lèvres.

— Ils sont assez susceptibles, veuillez les excuser. Je dois vous laisser, même en vacances j'ai du travail, moi, ajoute-t-il à l'intention de ses rennes, comme si ceux-ci pouvaient le comprendre.

Puis, en sortant son téléphone de la poche de sa parka vert sapin :

— Des milliers de courriels à ouvrir. La technologie, que voulez-vous…

Sur ce, il sort de l'étable et disparaît, suivi de ses huit magnifiques rennes peu décidés à avancer plus de dix mètres dans la neige.

— Cet homme est fou à lier…, articule Baron Verrier qui n'en revient toujours pas.

— Non c'est pas vrai, il n'est pas fou ! se fâche Tim. Et même qu'un jour, ce sera moi le nouveau père Noël, alors que vous, vous serez toujours une grande tige qui sait pas marcher dans la neige !

— Tim ! s'insurge Liia. Qu'est-ce que c'est que cette façon de parler ? Tu rentres tout de suite à la maison, nous allons avoir une petite discussion, toi et moi.

Tim plisse les yeux de mécontentement, jette un regard de tueur à leur invité et sort de l'étable à pas de mammouth en colère.

— Ce n'est pas grave, tente de la rassurer Baron Verrier. Et c'est vrai que je suis une grande tige qui ne sait pas marcher dans la neige.

Son sourire est tout ce qu'il y a de plus compréhensif, mais Liia ne peut pas laisser passer ça. Quelles que soient les difficultés sociales de son fils et malgré tout l'amour qu'elle lui porte, hors de question qu'elle le laisse agir ainsi.

— Vous êtes gentil, lui répond-elle, soulagée qu'il le prenne ainsi. Vous n'êtes peut-être pas le plus alerte, mais ce n'est pas une raison. Je vais distribuer le foin et retrouver mon fils. Je vous prie sincèrement de m'excuser, monsieur Verrier. Je suis mortifiée.

— Appelez-moi Baron, s'il vous plaît. Et n'ayez pas honte, mademoiselle Josserand, c'est la vie, tout simplement.

— Appelez-moi Liia.

Puis elle conclut avec un franc sourire :

— À tout à l'heure pour le dîner.

8

— Je ne veux pas y aller !

Au volant du 4 × 4, Liia se tourne vers son fils. On dirait qu'il a de nouveau cinq ans, bras croisés sur la poitrine, menton relevé et pointé en direction de la vitre.

— On en a déjà discuté, Tim, tes séances d'orthophonie sont indispensables.

— Ça ne change rien du tout, je parle toujours comme un canard à qui on aurait arraché les dents.

— Les canards n'ont pas de dents, ta comparaison n'est pas bonne.

— Et les miennes sont toutes pourries ! Et puis les canards, s'ils en avaient, tu trouverais ça ridicule, pas vrai ? Eh ben c'est comme moi, je suis ridicule quand je parle, orthophoniste ou pas, parce que j'ai une tête de monstre !

Cette petite démonstration de colère va durer jusqu'à ce qu'ils arrivent à Chamonix et qu'ils passent la porte du cabinet. Tim a raison, ses progrès ne sont pas folichons, mais c'est un cas si particulier qu'il faut des années pour que les résultats soient probants, et chaque fois qu'il y a une nouvelle intervention chirurgicale, il faut recommencer depuis le début. Il en a assez, elle ne peut pas lui en vouloir.

— Tu n'es pas un monstre…

— Et toi, tu n'es pas objective.

Liia hausse un sourcil. Tim utilise de plus en plus des mots de « grand » quand il veut exprimer sa désapprobation. Et s'il le fait, c'est parce que dans ce cas, il est plus difficile de trouver quoi dire, répondre, contrer. Oui, Tim est un monstre pour bien des gens, mais pas pour elle. Sauf qu'à cet instant précis, il s'en fiche.

— Eh bien, même les monstres ont besoin d'un petit coup de main, finit-elle par rétorquer, et te concernant, ce n'est pas discutable. Pas la peine de me resservir ton irritation chaque fois qu'on y va, je ne changerai pas d'avis.

Tim se renfrogne et s'enfonce un peu plus dans son siège.

— Ne fais pas la tête… Si tu veux, après l'orthophoniste, on ira rendre visite à Ophélie. Elle ne travaille pas le mardi et Thibault ne va pas au lycée avant 13 heures. On leur apportera des macarons de chez Richard, tu es d'accord ?

Il ne daigne même pas tourner la tête.

Liia soupire de lassitude. Elle est fatiguée, ce matin, elle aurait aimé que Tim ne vienne pas en rajouter. La veille, avant de se coucher, elle a reçu un SMS de Marcus Bianchi, leur expert-comptable. Il voulait que son père ou elle passe à son étude, et quand il exige de les voir, ce n'est jamais bon signe. Elle sait mieux que personne que les comptes du refuge ne sont pas au beau fixe, mais elle donnerait n'importe quoi pour ne pas croiser Bianchi et son air condescendant. Son père, pourtant asocial par nature, est bien plus compréhensif qu'elle et lui trouve beaucoup trop d'excuses. Ce type est d'une indélicatesse ahurissante, bavard, pédant et arrogant. Il aurait été préférable que Jack y aille lui-même, mais quand Ronja est décédée et que Liia a décidé de rester au refuge plusieurs jours par semaine avant que Matt et elle se séparent, il a été très clair avec sa fille, elle s'occuperait des comptes, du gîte et lui du reste. Jack, moins il est en contact avec les gens, mieux il se porte.

En vérité, ça n'a pas toujours été le cas. Jack était un homme affable et jovial, mais à la mort de sa femme, il n'avait plus goût à rien ni le cœur de continuer à faire vivre le refuge. Il ne voulait plus voir personne. Ronja est partie brutalement et sa vie s'est presque arrêtée à ce moment-là. C'est seulement quand Tim est né que l'existence a repris un sens pour Jack. Ce petit-fils, bien que défiguré, était son avenir, mais aussi le garant de son passé. Grâce à lui, ses souvenirs avec Ronja seraient transmis au-delà de Liia. Mais concernant les gens et leurs préoccupations, la plupart du temps, il ne veut pas en entendre parler.

Lorsque le couple de Liia a volé en éclats et qu'elle s'est définitivement installée au refuge avec son fils, il est devenu évident pour Jack qu'il fallait tout mettre en œuvre pour conserver cet endroit et en faire un héritage solide pour Tim et Liia. Il n'a reculé devant rien pour l'améliorer et lui donner une chance de perdurer. Mais deux ans de crise sanitaire ne les ont pas aidés. Aucune entrée d'argent pendant des mois, des dépenses et des dettes qui se sont accumulées, alors Liia sait précisément ce que Bianchi veut lui dire : le bilan comptable est mauvais, il faut trouver une solution d'urgence. Or, Liia ne cesse de retourner la question dans tous les sens et des solutions miracles, elle n'en voit pas.

Elle soupire, se concentre sur la route et essaie de penser à quelque chose de plus joyeux. La première image qui lui vient à l'esprit, c'est le dîner de la veille en compagnie de ses deux hôtes aussi étonnants que diamétralement opposés. Nicolas Claus donne l'impression de vivre dans les nuages la plupart du temps, là où Baron Verrier semble être l'homme le plus terre à terre de l'univers. Toutefois, leur compagnie était très agréable. Seul Jack a joué les ours mal léchés en n'ouvrant presque pas la bouche de la soirée. Trop de monde à sa table, trop de bruit.

Avoir à sustenter trois hommes d'un gabarit imposant avait constitué un véritable défi pour Liia. Même Tim a eu peur qu'il n'y ait pas suffisamment de nourriture pour lui, mais c'était sans compter sur l'incroyable faculté de sa mère à penser qu'il n'y aura jamais assez. Liia avait préparé un repas typiquement finlandais. Une *lohikeitto* végétarienne, en bon français, une soupe de saumon sans saumon, où elle avait mis des morceaux de pommes de terre, des carottes, des épices, de l'aneth, et de la crème fraîche. Ensuite, elle leur a servi un gratin de *makaronis* au fromage frais, délicieusement relevé de paprika et curry, et pour finir, une tarte aux pommes à la vanille de Madagascar.

C'est avec beaucoup de fierté que Liia cuisine les plats de son enfance, car la gastronomie finlandaise et son amour pour les rennes sont peut-être les seules traditions qu'elle a héritées de sa mère.

Par pudeur et sans doute parce que Ronja préférait avancer plutôt que rester dans le passé, elle n'aimait pas transmettre. Tout ce qu'elle sait, Liia l'a appris en la regardant faire.

Jack dit souvent que sa fille cuisine aussi bien que Ronja, et rien n'aurait pu lui prouver le contraire en voyant ses convives faire honneur à son repas. Nicolas Claus, son père et Tim ont dévoré, quant à l'étonnant Baron Verrier, il a semblé goûter chaque plat avec une curiosité et une délectation exceptionnelles. « Et là, vous avez mis quoi ? » « Quel temps de cuisson pour vos pommes ? C'est délicieux ! » Liia était aux anges. Elle a vraiment passé une soirée agréable.

Revigorée par ses pensées, elle se tourne vers son fils.

— Je t'avais bien dit que papy faisait des prévisions météo toutes pourries. Tu as vu ce ciel bleu ? Plus un flocon de neige en prévision !

Tim regarde le ciel à travers la vitre, puis sa mère et lui offre un timide sourire.

— Pistache et citron.

— Pardon ? Tu as voulu faire une rime ?

— Non, je dis juste que je mérite bien deux gros macarons !

Liia éclate de rire et ébouriffe les cheveux de son fils. Il est ce qu'il est, mais elle peut avoir l'assurance qu'il ne perdra jamais le nord.

***

La séance de Tim chez l'orthophoniste durera une bonne heure, Liia regarde sa montre en grimaçant. Elle aimerait bien ne pas passer tout ce temps chez le comptable. Même sa salle d'attente lui donne des boutons, et Bianchi a déjà dix minutes de retard.

— Ah ! Mademoiselle Josserand ! Entrez.

Pas un bonjour, pas un mot d'excuse, rien. Marcus Bianchi est grossier et jamais désolé de rien.

Liia n'est pas du genre à juger quelqu'un sur son physique, mais lui, elle ne peut pas s'en empêcher. Brun, petit, malingre, presque chauve et avec de grands lobes d'oreille, il lui a toujours donné des frissons. Elle accepte néanmoins la main qu'il lui tend et pénètre dans la pièce principale de l'étude. Sinistre, sombre et froide, comme son propriétaire.

— Asseyez-vous.

Elle s'exécute dans un parfait silence. Moins elle parlera, plus vite elle sera partie.

— Comme vous le savez, je me suis attelé au bilan annuel du refuge. Il n'est pas bon, mademoiselle Josserand, pas bon du tout…

— Mais encore ?

Il fait mine de chercher dans les documents posés devant lui, alors qu'il sait très bien ce qu'il en est, c'est même pour ça qu'il l'a fait venir.

— Fin 2020, vous accusiez un déficit de 10 000 euros, soit soixante pour cent de votre capital. Vous aviez deux ans pour rééquilibrer les comptes. Or, au premier décembre, hier donc, votre déficit était de 7 200 euros.

Liia baisse la tête.

— Je sais…

— Et ce n'est pas fini. Vous savez comme moi que décembre va de pair avec les nombreuses dépenses en fourrage. Votre modèle économique n'est pas bon, mademoiselle Josserand, pas bon du tout.

Liia se triture le bout des doigts. Que dire ? La pandémie et les mois de fermeture. Mais aussi les charges qui, depuis, ont considérablement augmenté. Tout est devenu plus cher, la paille et la nourriture pour les animaux, les soins vétérinaires, le fil barbelé pour les clôtures… Elle a bien sûr réévalué le prix des nuitées et des visites à la ferme, mais ça ne suffit pas.

— Sans salaire, reprend-il, une année entière vous coûte entre 20 000 et 25 000 euros, et je ne compte pas les travaux exceptionnels que vous pourriez engager. À ce jour, non seulement vous n'êtes pas capables de remettre vos comptes à l'équilibre, mais vous ne pouvez pas non plus assurer cette somme minimum chaque année.

Liia ne sait pas quoi dire.

— Si vous voulez continuer, il vous faut, dans un premier temps, combler le déficit avant le 31 décembre, sans quoi, je devrai vous déclarer en cessation d'activité.

— Quoi ?

— Un signalement sera fait au tribunal, lequel décidera si le refuge doit être en redressement judiciaire ou en liquidation. Je vais être très clair avec vous, un redressement ne sera envisageable que si les dépenses et les recettes sont proches de l'équilibre. Ce qui n'est pas le cas. À ce jour, les factures et les échéances à payer sont supérieures aux fonds dont vous disposez. Rien que pour l'année prochaine, avec votre salaire, il faudrait une rentrée d'argent substantielle. Pas moins de 65 000 euros pour permettre de faire tourner le refuge *et* de vous rémunérer.

— 65 000, c'est énorme…, murmure-t-elle. Nous n'y arriverons pas.

— Je le sais aussi bien que vous, c'est ce pourquoi je vous ai demandé de venir. Si vous réglez le montant du déficit avant le 31 décembre, mais que vous ne faites rien pour rester à l'équilibre, le refuge tiendra peut-être une année supplémentaire, mais pas davantage. Dans le meilleur des cas, vous serez obligés de vendre, mais selon l'éventualité la plus probable, vous vous dirigez vers une liquidation judiciaire. Et ce n'est pas bon, mademoiselle Josserand, pas bon du tout, répète-t-il comme un mantra.

Liia a l'impression que le sol se dérobe sous ses pieds.

— Entendons-nous bien, vous avez du mal à payer vos traites, et parce que le directeur de la banque est un ami de longue date de votre père, il n'est pas très regardant sur les échéances du prêt travaux que vous avez contracté il y a quatre ans pour aménager votre maison d'hôtes, mais ça ne va pas durer. Sans compter les cotisations sociales, mes honoraires et les factures qui tombent chaque mois.

— Vous nous avez conseillé de faire ce prêt, lui rappelle Liia. Vous étiez tellement persuadé qu'avoir des chambres d'hôtes serait la solution, mais ce n'est pas le cas. Ça nous aide à peine.

Bianchi aborde un petit sourire presque méprisant.

— Je ne suis quand même pas responsable de la pandémie et de votre mauvaise gestion financière.

— Notre gestion financière n'est pas en cause, monsieur Bianchi, et vous le savez très bien, puisque jusque-là, nous avons suivi vos conseils. Quant à la pandémie, nous sommes comme beaucoup, nous l'avons subie de plein fouet et il est dur de se relever.

Il gigote sur sa chaise en cuir et brasse les documents devant lui.

— Toujours est-il que vous n'avez pas beaucoup de solutions. Il en existe même une seule si vous voulez continuer par vous-mêmes : vous devez vendre vos rennes. Vous en avez trop.

— Les vendre ?

— Tout à fait. La viande sera toujours plus rentable que la visite d'une ferme dont tout le monde se moque, de toute évidence.

Liia se lève, outrée. Des idées farfelues, il en a déjà eu, comme proposer des balades à dos de renne aux enfants, ou organiser des courses de traîneau été comme hiver, avec paris à la clé, mais il ne lui avait encore jamais suggéré une chose pareille. Il sait pourtant très bien que ce n'est pas du tout la politique de la maison et que même si Jack n'est pas autant attaché à la cause animale qu'elle, jamais il n'arrivera à de tels extrêmes.

— Faire un élevage à viande ? Il en est hors de question. En trente-quatre ans d'existence, le refuge du Perce-neige n'a jamais eu recours à ces pratiques et ce n'est pas demain la veille que ça va commencer.

Le comptable s'appuie contre son dossier, le regard glacial.

— Il me semble pourtant que vous aviez déjà opéré une tractation sous mes conseils il y a sept ans.

— Pour les vendre à un parc animalier, pas à une boucherie !

Ils avaient accepté de céder trente rennes à une seule et unique condition, qu'ils soient en semiliberté, comme ici. Et c'était le cas. L'argent récolté les avait mis à l'abri pendant plusieurs mois, mais des transactions comme celle-ci ne courent pas les rues.

— Cette fois, vous ne devez pas seulement vous séparer de quelques bêtes, mademoiselle, mais en vendre régulièrement !

Liia n'en peut plus de cet homme, elle ramasse son sac et se dirige vers la sortie.

— J'en ai assez entendu. Nous ferons ce qu'il faut pour redresser la barre, mais je note que ça ne sera pas grâce à vous et à vos idées nauséabondes, monsieur Bianchi. Ne vous inquiétez pas pour vos honoraires de décembre, ils vous seront versés, mais il se pourrait bien que ce soient les derniers. Bonne journée.

— Vous ne tiendrez pas six mois ! hurle-t-il quand elle passe la porte. Vous viendrez pleurer pour que je vous aide ! Pleurer pour que ce soit moi qui vous rachète quand la liquidation judiciaire vous pendra au nez. Je le ferai et je les vendrai tous ! Tous, vous m'entendez ? Et vous irez les manger dans une chaîne de burgers !

Liia serre les dents et quitte les lieux.

L'entretien n'aura pas duré plus de trente minutes, mais ce trou du cul a réussi à la mettre hors d'elle. Vendre ses rennes pour faire de la viande ? Et puis quoi encore ? Quant à ses menaces, qu'il se les carre où il y a de la place. Sale type !

Mais quand elle regagne sa voiture pour repartir en direction de chez l'orthophoniste de Tim, une phrase lui passe en boucle dans la tête.

« Vous devez vendre vos rennes. Vous en avez trop. »

C'est vrai qu'ils se sont un peu laissé déborder par les naissances, elle le reconnaît volontiers, mais ils avaient un rêve avec Jack, offrir un espace magique, sauvage, où l'homme et l'animal pourraient communier en toute liberté. Ils se sont permis d'agrandir le cheptel parce qu'ils avaient espéré un millier de visiteurs par an et beaucoup de réservations pour la ferme pédagogique, par les entreprises et les écoles. Ils ont d'ailleurs communiqué dans ce sens : site Internet, flyers dans les magasins, dans les établissements scolaires et à l'office du tourisme, annonces radio, mais la situation sanitaire désastreuse de ces deux dernières années et demie a fait qu'ils en ont eu à peine trois cents et que tous leurs efforts n'ont servi à rien. Trois cents, c'est déjà très bien, et plus que ce que Jack et Ronja ont connu, mais ce n'est hélas pas assez. Il faudrait qu'ils triplent les visites de la ferme pour mieux s'en sortir, et quadruplent les réservations des séjours. Ou alors que Liia pioche dans sa propre réserve d'argent, mais c'est exclu. Tout ce qu'elle a mis de côté, c'est pour Tim. Les chirurgies plastiques ne sont pas toutes prises en charge et elles coûtent très cher. Elle veut pouvoir offrir à son fils toutes les chances d'avoir un visage normal, et cet argent qu'elle a économisé au prix de sacrifices importants, elle s'interdit de le dépenser ailleurs, Tim en a trop besoin. Mais qu'adviendra-t-il du refuge s'ils n'y arrivent pas ? Du labeur de toute une vie de ses parents, de la maison dans laquelle elle et Tim ont grandi, des rennes qu'il faudrait replacer ?

Liia ferme les yeux et secoue la tête, elle refuse d'y penser. Ils vont trouver une solution. Laquelle ? Elle ne sait pas, mais ils trouveront.

9

— Alors, verdict ?

Baron sourit, Rafaella s'embarrasse rarement en formules de politesse.

— Bonjour, petite sœur, tu as bien dormi ? Moi aussi, je te remercie. Mais non, penses-tu, tu ne me déranges pas le moins du monde ! se moque-t-il. Que puis-je faire pour toi ?

— Taratata ! Je pars bosser dans dix minutes et au lieu de me les réserver pour mieux me coiffer, je t'appelle et prends des nouvelles, tu devrais être reconnaissant, frangin. Alors, tu trouves ton bonheur ?

Baron se gratte la tête.

— Albertville ne m'a pas plu.

— J'en étais sûre ! C'est pas un endroit pour toi. Pourquoi tu ne cherches pas un village de montagne, plutôt ?

Il secoue la tête. Rafaella adore avoir raison.

— Voyons… Pour glaner du monde ?

— Et Megève, justement ?

— Déjà trois restaurants étoilés, j'ai envie d'un peu plus de…

— D'exclusivité ? l'interrompt-elle en se moquant.

— Comme si c'était mon genre… Non, de tranquillité.

— Je te charrie ! T'en es où avec ton histoire de viande ?

Baron soupire.

— Je ne sais pas trop. Pour le moment, je n'ai relevé aucun dysfonctionnement. Les animaux ont l'air d'être bien traités.

— Ils en ont l'air ou ils le sont ? C'est quand même pas pareil.

— Objectivement, je suis arrivé hier sous un temps de chien et je n'ai pas trop eu l'occasion d'investiguer.

— Eh bien, espérons que tu ne sois pas déçu. Par quelle pirouette t'en es-tu sorti, cette fois ? Tu es quoi ? Écrivain ? Banquier ? Responsable de la sécurité atomique et tu as besoin d'air pur ?

Baron ne peut s'empêcher de rire. Sa sœur vise juste. Ce n'est pas la première fois qu'il se prête au petit jeu de l'incognito. Mais c'est parce que chaque fois qu'il a prévenu une ferme de sa visite, les éleveurs mettaient les petits plats dans les grands et, finalement, on ne lui montrait que ce qu'on voulait bien qu'il voie. Se faire passer pour quelqu'un d'autre est plus contraignant, mais c'est aussi plus drôle et plus fiable.

— Je joue de la musique, répond-il. Je suis compositeur.

Rafaella éclate de rire.

— À part du piano de cuisson, tu n'as jamais touché un seul instrument !

— Je sais…

— Et ces gens, comment sont-ils ?

Baron fait mine de réfléchir.

— Hum, ils vivent modestement, presque à l'ancienne, sans machine agricole ou aide extérieure.

— Pas de télé dans les chambres, je parie !

— Non, mais pour ce que je la regarde… Pour être franc, la situation est peu commune. Le fils souffre d'une malformation atroce du visage, le grand-père est assez antipathique et leur autre client se prend pour le père Noël.

— Tu es tombé dans une maison de fous, en somme.

— Pas banale, disons.

— Tout ce que tu aimes !

— En théorie. Et toi, ça va à la maison ?

Rafaella ronchonne.

— Les filles veulent déjà faire le sapin de Noël, mais Sylvie n'est pas d'accord, elle dit que c'est trop tôt. De toute façon, comme elle n'est jamais là, on ne va pas se gêner.

Baron pince les lèvres, Rafaella et Sylvie sont mariées depuis six ans et leur couple bat de l'aile depuis la naissance de leur deuxième fille. C'est Rafaella qui les a portées et à ce titre, sa sœur s'approprie trop fréquemment la maternité de façon exclusive. Sylvie part beaucoup en déplacement, et Baron s'est souvent demandé si c'était pour échapper aux disputes avec sa sœur qu'elle préférait s'éloigner. Quant à Rafaella, elle ne lâche rien. Aussi têtue, autoritaire et déterminée que l'était leur père. Qu'il l'est lui aussi… Rafaella est sa cadette de quatre ans et ils ont précisément le même caractère. Du sang malien et italien coule dans leurs veines, et d'après leur mère, il n'y aurait pas de mélange plus explosif.

— Et le restaurant, demande-t-elle, tu survis loin de lui ?

En réalité, la seule raison pour laquelle Baron ne reste pas pendu à son téléphone toute la journée avec son second, c'est parce que son équipe ne supporterait pas d'être fliquée et qu'elle se débrouille très bien sans lui. Mais Baron bouillonne à l'intérieur de ne pas savoir tout ce qui se passe dans le moindre détail. Il le sait, il est ce genre de patron qui aime avoir un œil sur tout, vérifier, goûter, attester, guider. Il ne supporte pas le moindre accroc qu'il aurait pu éviter lui-même, et il n'y a même rien qu'il refuserait de faire si besoin, de la vaisselle à la pâtisserie la plus délicate, de l'utilisation de la serpillière au dressage d'assiettes. Il se souvient, quand il n'était alors qu'apprenti, qu'il s'était juré de ne jamais devenir un de ces chefs qui oublient par quoi ils ont commencé. Il n'y a pas de sous-métier en cuisine, chaque geste compte.

— Je survis ! répond-il sans s'attarder.

— Alors tant mieux ! Pouh, il est l'heure qu'il est, là ? Je dois te laisser, je vais être en retard. Et prends soin de Titine !

Sa voiture…

— Tu parles, c'est elle qui aura ma peau !

Rafaella raccroche en rigolant tandis que Baron, tout juste sorti de la douche, regarde la penderie ouverte dans laquelle il a rangé ses vêtements, et grimace. Son costume semble lui faire un pied de nez, quant aux vêtements que Jack Josserand lui a prêtés la veille, ils sont dans un tel état qu'il n'envisage pas de passer une nouvelle journée avec. La météo semble s'être calmée, il prendra le temps de descendre à Megève pour se trouver au moins une tenue de rechange. Dans deux jours, il sera parti, inutile de revenir avec une valise pleine à craquer.

Il enfile quand même le jean qu'on lui a donné, le tee-shirt et le sweat qui sentent encore le fumier, et s'approche de la fenêtre. Jack Josserand est en train de quitter le domaine avec son vieux pick-up, sa fille Liia est partie à Chamonix un peu plus tôt avec Tim, quant à Nicolas Claus, il a annoncé la veille qu'il irait faire une longue balade matinale à travers les pâturages. Baron se retrouve donc seul, exactement ce qu'il lui fallait pour observer de plus près l'élevage de rennes et de moutons.

Il descend en vitesse dans la salle commune, se prépare un café à la machine à expresso, l'avale en se brûlant la langue, puis il sort, couvert du vieil anorak de Jack Josserand.

Chaque fois qu'il sort du chalet, cet endroit lui fait le même effet. La montagne enneigée, les prairies toutes en courbes, les forêts de sapins, l'immensité... Pour être honnête, depuis qu'il s'est installé au refuge, il lui est arrivé à plusieurs reprises de se dire que l'espace proposé par le domaine serait propice à la création d'un restaurant. Il se demande d'ailleurs pourquoi les Josserand n'y ont jamais pensé. Liia n'est pas mauvaise cuisinière, et avec un peu de formation, elle pourrait faire quelque chose d'incroyable. Un établissement original dans un cadre exceptionnel, exactement ce qu'aiment les touristes. Plus Baron y pense et plus il se dit que c'est précisément dans un lieu comme celui-ci qu'il aimerait s'implanter.

Il marche jusqu'à l'enclos et regarde alentour. Hélas, le troupeau en semi-liberté n'a toujours pas daigné montrer le bout de son nez depuis qu'il est arrivé. À croire que les rennes de Nicolas Claus les dissuadent de s'approcher de leur propre maison. Difficile donc de juger sur la douzaine toujours présents dans l'enclos, car Baron sait d'expérience que la viande provient souvent de jeunes mâles en pleine force de l'âge qu'on ne voue pas à la reproduction.

La barrière de l'enclos est ouverte sur la pâture qui leur est dédiée, mais quelques femelles et leurs petits sont encore là. Un faon passe la tête à travers les rondins de bois et renifle la caisse métallique de laquelle, la veille, Liia a extrait des carottes.

— T'es un gourmand, toi, pas vrai ?

Le jeune renne, un adolescent comme tous ses pairs, semble très bien comprendre ce que ce grand humain vient de dire, et se met à renâcler. Alors Baron soulève le couvercle et trouve des carottes aux fanes flétries par le froid. Il attrape un bouquet et fait le tour pour entrer dans l'enclos.

Six carottes, trois femelles et trois petits, c'est parfait.

Il commence sa distribution, veillant à ne ramasser aucun morceau tombé au sol, mais le bruit de mastication alerte les six autres pas suffisamment éloignés et c'est la débandade, les rennes arrivent en courant. Baron n'a pas le temps de sortir, alors de ses grandes jambes, il saute *in extremis* par-dessus la barrière.

— Bande de sauvages ! s'amuse-t-il en piochant un autre bouquet de carottes dans la malle.

Puis il les regarde de plus près, ce qu'il n'avait pas eu l'occasion de faire la dernière fois, intimidé et concentré à ne pas se faire bousculer une nouvelle fois.

Avant de venir, Baron s'est beaucoup renseigné sur l'élevage de rennes et a appris que, domestiqué et en grand groupe, l'animal était souvent sujet aux dermatoses. Mais ceux-ci ne semblent souffrir d'aucun mal particulier. Leur pelage n'est certes pas aussi brillant que celui des rennes de M. Claus – lequel doit passer tout son temps à les brosser –, mais ils ont l'air en excellente santé.

Baron se baisse prudemment pour observer les sabots des plus jeunes. Comme chez les bovins, les sillons et les fissures sont un signe de stress nutritionnel, lorsque le sevrage se fait brutalement. Ce n'est pas le cas ici. Les faons non plus ne semblent subir aucun traumatisme particulier. Et il semblerait que sur les douze bêtes, aucune ne boite ou ne montre de lésion quelconque. Liia et Jack Josserand ont l'air de remplir toutes les cases des parfaits éleveurs, bien que du point de vue vétérinaire, Baron n'ait aucune idée de leurs pratiques. Vaccination ou non ? Il préférerait cent fois que ce ne soit pas le cas, son restaurant n'a pas ce genre de standing.

Il contourne l'enclos et se dirige vers l'une des étables toujours ouvertes où se réfugient le petit groupe et le reste du troupeau invisible pendant la nuit. Sur le battant de la porte, protégé sous un film plastifié, Baron découvre un certificat de visite sanitaire datant de septembre, indiquant que tout est en règle et conforme à la législation en vigueur. Groupement de rennes et moutons inclus. Baron a de quoi être rassuré. Ce qui lui manque, et sans doute devra-t-il poser la question avant son départ, ce sont les éléments de la filière d'abattage, mais tel quel, tout lui paraît parfaitement acceptable. Leur acheter quelques bêtes pour les fêtes de fin d'année, voire de façon régulière, lui semble plus qu'envisageable.

— Connaissez-vous la légende des huit rennes ?

Baron sursaute et se retourne sur Nicolas Claus.

— Nom d'un chien, vous m'avez fait peur ! Mais d'où sortez-vous ? Vous n'étiez pas en balade ?

Les bonnes joues rouges de Claus s'étirent.

— Vous étiez encore dans les bras de Morphée lorsque je suis sorti, mon cher ami. Très bien entretenu ce refuge, n'est-ce pas ?

— Très !

Nicolas Claus lui sourit, et comme ça dure un peu et que personne ne parle, Baron commence à être gêné.

— Savez-vous ce qui différencie mes rennes de ceux du Perce-neige, Baron ?

— Hum… Laissez-moi réfléchir. Vous allez me dire que ce sont ceux du père Noël ? répond-il sans rebondir sur le fait que Claus l'appelle subitement par son prénom.

— Exactement ! Et donc, connaissez-vous la légende des huit rennes ?

— Eh bien non, je dois bien l'avouer. Ma mère est malienne, et mon père faisait partie de ces rares Italiens que la religion n'a pas réussi à toucher. Nous n'avons jamais vraiment fêté Noël.

— Je sais, je sais…, dit Nicolas Claus avec une certitude qui en viendrait même à déranger Baron. Mais ce n'est pas pour autant que la magie n'existe pas. Suivez-moi, je vais vous la raconter.

Baron obéit sans trop savoir pourquoi. Ils marchent jusque dans l'étable à côté, celle où se trouvent ses propres rennes. Ils sont tous tournés vers eux, le regard vif, à certainement attendre des carottes. Claus s'approche des deux rennes blancs et leur flatte la tête.

— Claude et Elizabeth sont là depuis le début, si vous les compreniez, ils pourraient tout vous raconter eux-mêmes, mais comme vous ne parlez pas leur langue, je vais me faire le conteur de leur histoire.

— Renne Claude et renne Elizabeth ? répète Baron, ahuri.

— Précisément. Tout a commencé une nuit de Noël. Les rennes firent leur apparition pour la première fois ce soir-là. Ils étaient si petits, qu'ils ne pouvaient tirer qu'un traîneau minuscule.

Baron ne peut s'empêcher de lever les yeux au ciel, il n'y a rien qu'il déteste plus que les histoires à dormir debout.

— Savez-vous ce qui les a fait devenir aussi grands et forts qu'aujourd'hui ? demande Claus en désignant les rennes du plat de la main.

— Non, mais je sens que vous allez me le dire, ironise Baron.

Claus lâche un petit rire complice.

— L'attachement et la foi des hommes. C'est grâce à leurs espoirs qu'ils ont tant grandi.

Baron se racle la gorge.

— Pardonnez-moi, monsieur Claus, mais avez-vous conscience que vous n'êtes pas en train de parler à un enfant ?

Nicolas Claus fronce les sourcils.

— Vous n'avez pas toujours été ainsi, vous auriez cru à cette histoire, étant petit.

— Très certainement, mais j'ai aujourd'hui trente-quatre ans et aucune règle métaphysique ou chimérique ne me guide plus. Cela dit, je suis sûr que le jeune Tim adorerait votre histoire. Vous devriez la lui raconter.

Nicolas Claus le regarde avec un sourire énigmatique.

— Caressez Elizabeth, lui intime-t-il, et donnez-lui l'objet de vos espérances.

Baron trouve ça ridicule, mais si ça peut lui faire plaisir et qu'il lui fiche la paix plus vite avec ses histoires… Il s'approche, pose la main sur la femelle, ferme les yeux et pense très fort : « Pourvu qu'on ne me vende pas trop cher le kilo de viande ! »

Comme réponse, il a le droit à un bon coup de sabot sur la pointe de la botte. Baron pousse un cri de douleur et recule en sautillant.

— Veuillez l'excuser, dit Claus en souriant, elle est plutôt susceptible. Toutefois, j'ai bien peur que votre souhait ne soit pas exaucé. La viande de renne est toujours très onéreuse par ici.

— Je vous demande pardon ? demande Baron en se redressant.

— Vitamines B12, A, C, B1, B2, sélénium, zinc, fer et oméga 3. Elle contient entre 1,6 et 3,5 microgrammes de tout ceci pour 100 grammes, je vous rappelle qu'un adulte en a besoin d'environ six par jour. Avec moins de 4 % de lipides, elle est bonne pour le cœur, le cholestérol et la digestion, mais pas pour le porte-monnaie.

Baron en reste bouche bée. Comment diable cet homme a-t-il pu deviner à quoi il pensait ?

— La viande de renne n'a presque que des avantages, reprend Claus. Presque, parce que son seul défaut devrait empêcher quiconque de s'aventurer à en manger.

Baron hausse un sourcil.

— Je serais curieux de le connaître.

— Ce sont des animaux terriblement attachants.

Il en dira tant à son orteil !

— Plus qu'une vache, un cheval ou un mouton ? réplique Baron d'un ton sarcastique.

Mais Nicolas Claus ne perd rien de sa bonne humeur habituelle.

— Ce sont les grandes personnes pas très gentilles que nous devrions manger, elles le sont beaucoup moins !

Évidemment, puisque le père Noël adore les enfants. Quel phénomène !

Claus se frotte le menton sous son énorme barbe blanche et regarde Baron en souriant.

— Je dois vous laisser, le devoir m'appelle ! Et ne vous inquiétez pas, vous trouverez bien autre chose à mettre à votre menu, lance-t-il en quittant l'étable tout en lui faisant un signe de la main.

Baron se tétanise une nouvelle fois et ne reprend ses esprits que lorsque les huit rennes le bousculent en voulant suivre leur maître.

— Monsieur Claus ! Attendez !

Ce dernier s'arrête juste avant de bifurquer derrière le chalet et se tourne vers Baron.

— Oui ?

— Vous savez qui je suis, n'est-ce pas ?

Alors Claus lui offre le sourire le plus sincère du monde.

— Bien sûr. Je sais tout et je garde les secrets.

Puis il tourne les talons et le plante là comme un imbécile.

10

Quand Liia récupère Tim chez l'orthophoniste, il est de meilleure humeur. Apparemment, pour le faire articuler, ils se sont amusés à imiter les cris d'animaux. Il paraît que Tim sait très bien faire le cochon !

Liia lui avait promis qu'ils retrouveraient Ophélie et Thibault chez eux, mais les derniers événements contrarient un peu ses plans. Au-delà de l'avoir mise dans tous ses états, Bianchi a fait souffler un vent de panique que Liia prend très au sérieux, alors quand ils sortent de la pâtisserie Richard, elle se baisse à la hauteur de Tim pour lui parler.

— Mon petit perce-neige, je sais que je t'ai dit que nous irions voir Ophélie, mais j'ai besoin de parler à ton père. Ça t'ennuie si on fait un saut au restaurant ? Il est sûrement encore fermé, mais ton père doit déjà y être à cette heure. Et puis, ça lui fera plaisir de te voir.

Tim hausse les épaules d'un air indifférent.

— Du moment que je ne reste pas.

Liia se tord les lèvres. Elle se demande ce qui se passe dans la tête de son fils quand il dit une chose pareille, s'il le pense où s'il aimerait, tout au fond de lui, avoir envie de passer du temps avec son père. Ce n'est, hélas, pas le sujet que Liia veut aborder avec Matt, et elle espère de tout son cœur qu'il saura l'écouter.

Le restaurant n'est qu'à deux pas, Liia n'a pas besoin de reprendre sa voiture.

Sur la place du marché de Noël, les petits chalets enneigés sont tous fermés. Il est encore trop tôt, mais l'immense sapin central, habillé de rouge et de blanc, de guirlandes étincelantes et de petits skieurs illuminés, fait face au massif du Mont-Blanc avec fierté. Les touristes se pressent pour le photographier, et même Liia ne résiste pas à l'envie de faire un selfie juste devant. L'espace d'un instant, elle oublie ses angoisses et s'amuse à faire des grimaces quand Tim essaie de la prendre en photo. Elle le fait rire aux éclats et ça n'a pas de prix. Tim ne saura jamais à quel point son rire est le plus puissant des anxiolytiques.

— Tu fais une photo avec moi ? lui demande-t-elle.

Il regarde autour de lui avant de répondre :

— D'accord, mais je ne retire pas mon masque.

— Pas de souci, allez, viens !

Tim se rapproche de sa mère qui tend le bras avec son téléphone et ajuste le cadrage.

— Je peux le faire pour vous, si vous voulez, propose un gentil monsieur au fort accent italien.

— Qu'est-ce que tu en dis, Tim ?

Emmitouflé sous son bonnet en laine et sa capuche, il accepte timidement.

Liia tend son téléphone au monsieur, se baisse pour se mettre à la même hauteur que son fils et sourit à l'objectif.

— Enlève ton masque, dit l'homme au bout de trois clichés, il n'y a que ta maman qu'on voit sourire !

Liia regarde Tim, il est en panique et commence à se cacher derrière elle.

— Merci, monsieur, ça va aller, c'est gentil, dit-elle en récupérant son téléphone. Il faut qu'on y aille, on va être en retard. Merci pour tout et joyeux Noël !

— Qu'est-ce que tu racontes ? dit Tim. C'est pas Noël !

— C'est pour noyer le poisson.

— Quel poisson ?

Liia lève les mains et crochète les doigts d'un air féroce.

— Comme celui qui va glisser sous ton anorak si tu continues à poser des questions !

Elle simule un grognement féroce qui fait déguerpir Tim en direction de « Chez Matt ».

La porte est ouverte quand ils arrivent au restaurant, on est en train de leur livrer une cargaison de bouteilles de bière. Tim entre aussitôt, tel un vieil habitué, dit bonjour à Rita qui est en train de préparer la salle et retire ses vêtements et son masque avant de prendre une table. Il est très à l'aise avec elle et n'a aucun mal à montrer son visage. Peut-être parce que Rita, tout comme le fait M. Claus, ne trouve pas difficile de le regarder et de se comporter normalement devant lui. C'est important pour Tim, rien ne le met plus à l'aise que quand on lui fait sentir qu'il n'a rien de plus ou moins que les autres.

— Hé, salut, beau gosse ! lui lance-t-elle. Tu as déjà faim ?

— Ouais, mais pas de burger ! répond-il en montrant sa boîte de pâtisseries. Je peux avoir un chocolat chaud ?

Rita dresse la main droite contre sa tempe.

— Oui, chef ! À vos ordres, chef !

Puis elle se tourne vers Liia.

— Bonjour, Matt est dans son bureau.

— Bonjour, Rita, et merci. Je peux vous laisser avec Tim quelques minutes ?

La grande brune élancée lui sourit.

— Bien sûr, pas de problème ! Tim et moi on est super potes. Hein, Tim ?

Occupé à ouvrir son paquet de macarons, il se contente d'acquiescer du menton.

Rassurée, Liia rejoint le bureau de Matt et frappe à la porte.

— Entrez !

— Coucou, je ne te dérange pas ?

Matt est en train de taper sur son clavier d'ordinateur. Il y a de la paperasse partout devant lui et trois tasses de café pas tout à fait terminées. Quand il réalise que c'est elle, il se lève comme un diable de sa boîte.

— Liia ? Il y a un problème avec Tim ?

— Non, ne t'inquiète pas, il est avec Rita et boit un chocolat chaud. Je voulais te parler de quelque chose.

Pendant qu'elle retire son bonnet et son écharpe, il fait le tour de son bureau et l'embrasse sur les joues.

— Je t'en prie, assieds-toi. Tu veux boire quelque chose ?

Elle secoue la tête, elle ne pourrait rien avaler.

Liia peut dire que Matt est l'une des personnes qu'elle connaît le mieux, et il en a autant à son service, mais elle a le cœur qui bat à cent à l'heure tant elle est tenaillée, angoissée par ce qu'elle doit lui demander.

— Quelque chose de grave ? demande-t-il en tirant sa chaise pour s'asseoir à côté d'elle.

Ce qu'elle apprécie. Elle détesterait avoir l'impression de vivre un genre d'entretien d'embauche.

Elle pourrait commencer par lui demander si ça va, si les affaires du restaurant roulent comme il veut, prendre la température en somme, mais Matt et Liia n'ont jamais fonctionné de cette façon, ils ont toujours été très directs l'un envers l'autre.

— Le refuge a de gros ennuis, Matt. Je sors à l'instant de chez Bianchi et… *c'est pas bon, c'est pas bon du tout*, imite-t-elle son comptable.

Et sans qu'elle le voie venir, sans qu'elle l'ait prémédité, elle qui verse si difficilement une larme, éclate en sanglots.

— Oh ! s'exclame Matt, désemparé. Hé… qu'est-ce qui se passe, bijou ?

Elle arrive à sourire malgré tout, c'est comme ça qu'il l'appelait quand ils étaient encore ensemble.

— Je crois qu'on ne va pas s'en sortir, répond-elle.

Et elle lui raconte tout.

Matt écoute avec beaucoup d'attention. Les affaires, ça le connaît.

— Effectivement, c'est pas folichon, dit-il avec la plus grande franchise. Marcus Bianchi est un vautour, mais ne me saute pas à la gorge, OK ? Il a raison sur un point, vous avez trop de rennes, de dépenses, et pas assez de rentrées d'argent.

— Je sais…

— Pourriez-vous envisager de vous séparer de quelques têtes ? Calme, calme, tempère-t-il quand il voit qu'elle fronce les sourcils. Je n'ai pas dit de les vendre à la boucherie, mais de vous alléger financièrement. À défaut de pouvoir les vendre, pourriez-vous imaginer les placer ailleurs ? Vous auriez aussitôt moins de charges.

Elle attrape un mouchoir dans la boîte posée sur le bureau et se mouche à grand bruit.

— Pour que ce soit efficace, il faudrait que nous nous séparions d'au moins trente bêtes. Tu imagines ? Plus de la moitié du cheptel. Même si nous étions d'accord, qui pourrait en accueillir autant ?

— Le parc animalier à qui vous en aviez vendu il y a quelques années ?

— Ce serait une charge supplémentaire pour eux, même si nous les leur offrons. Il faut de l'espace, une étable supplémentaire, les soins vétérinaires… Les problèmes financiers que nous rencontrons sont les mêmes partout…

— Je m'en doute…

La crispation de Liia grandit. Il faut qu'elle lui demande…

— Matt, je… ne suis pas juste venue pour te raconter nos malheurs.

— Je sais, dit-il sans qu'elle sache s'il a compris où elle voulait en venir. Je t'écoute.

Liia prend une profonde inspiration. C'est difficile.

— Nous avons officiellement la garde partagée de Tim, ce pourquoi tu ne nous verses aucune pension alimentaire. Toutefois, il n'est jamais chez toi. Et quand je le dépose toutes les deux semaines, je suis obligée de venir le récupérer au bout d'une journée.

Matt plisse les yeux.

— Je sais bien que c'est parce qu'il ne veut pas rester, précise Liia, tu ne le rejettes pas, tout comme je sais que tu ne rechignes pas à participer aux besoins médicaux de Tim. Tu lui achètes des jeux, des mangas, le gâtes beaucoup en somme, mais…

— Mais ?

Le visage de Matt s'est complètement fermé, paralysant Liia qui n'arrive plus à trouver ses mots.

— Matt, je…

— N'en dis pas plus, la coupe-t-il d'un ton un peu sec.

Liia porte une main à sa gorge, elle ne veut pas se disputer avec lui et encore moins lui reprocher quoi que ce soit. Elle énonce simplement un fait pour qu'il comprenne qu'ils doivent trouver un juste équilibre financier. Liia assume énormément de choses depuis cinq ans, à commencer par les kilomètres entre le refuge et les nombreux spécialistes que voit Tim, les nuits d'hôtel quand l'hôpital ne peut la recevoir dans la même chambre que son fils, les cours à domicile, et vu la situation, elle sait qu'elle va encore moins y arriver.

— Je ne suis pas en train de dire que tu fais mal les choses, Matt, je ne suis pas mesquine…

— Mais *je* fais mal les choses, Liia. C'est même la raison pour laquelle mon fils ne vient même pas me dire bonjour en arrivant et n'a aucune envie de passer du temps avec moi. Sa chambre ressemble pourtant à celle que tous les gamins du monde aimeraient, mais ce n'est pas ce qu'il veut, et ce qu'il veut, je ne sais pas lui apporter. Combien ?

Liia déglutit.

— Matt... Je déteste faire ça... Je suis si maladroite.

— Je trouve au contraire que tu t'y prends très bien.

Il se lève d'un coup, fait le tour de son bureau pour ouvrir un tiroir d'où il sort un chéquier.

— Combien ?

Liia a les larmes aux yeux. Elle se sent nulle et humiliée d'avoir dû en arriver là.

— Je ne sais pas...

— Cinq cents euros par mois ? Sept cents ? Combien pour me racheter d'être un mauvais père ?

Elle se met à trembler comme une feuille. Ce n'est pas du tout ainsi qu'elle voulait que ça se passe.

Liia se lève, rassemble ses affaires et rajuste son sac sur l'épaule.

— Je... je n'aurais pas dû venir, je suis désolée. Je te prie de m'excuser.

Matt ne la retient pas quand elle quitte le bureau, tout comme il ne va pas voir son fils.

Elle l'a blessé, elle le sait. Mais d'un autre côté, tout ce qu'elle a dit est vrai, elle aurait juste dû s'y prendre autrement et ne pas agir à chaud après avoir vu Marcus Bianchi.

— Tim ? On y va, lui dit-elle, alors qu'il est en train de finir son deuxième macaron géant. Au revoir, Rita, et merci de vous être occupée de Tim.

Ce dernier se lève sans même se plaindre de ne pas avoir vu son père, et se rhabille à la vitesse de l'éclair.

— Maman, tu as pleuré ? demande-t-il en courant presque à côté d'elle, tant elle marche vite. Papa a été méchant avec toi ? Pourquoi tu es allée le voir ?

— Non, il n'a pas été méchant… J'avais besoin de lui parler d'un petit problème de grands. Rien de grave. Tes macarons étaient bons ?

Tim hausse un sourcil, ce qui paraît encore plus étrange avec son œil asymétrique.

— On s'en fiche un peu de mes macarons, non ?

Liia soupire.

— Je suis un peu triste, parce que je crois que j'ai blessé ton papa. J'avais quelque chose à lui demander, et je m'y suis très mal prise.

— C'est à cause du refuge ? On n'a plus d'argent ?

Liia devient blême et s'arrête d'un coup en pleine rue.

— Tim ! Où as-tu entendu ça ?

— Tout à l'heure, quand je suis allé aux toilettes. La porte du bureau de papa était mal fermée.

— Oh… mon petit perce-neige, je suis désolée. Ce sont des histoires de grandes personnes, tu n'aurais rien dû entendre.

— On va devoir vendre les rennes ?

— Non, non ! Je ferai tout pour que ça n'arrive pas. Écoute, essaie de ne pas t'en préoccuper, tu veux ? Papy et moi allons trouver une solution. D'ailleurs, tu sais ce que disait toujours mamie Ronja ?

Il hausse les épaules.

— Comment veux-tu que je le sache, je ne l'ai jamais connue.

— C'est vrai… Elle disait toujours « plaie d'argent n'est pas mortelle ».

Il fronce les sourcils.

— Ça veut dire quoi ?

— Que quoi qu'il arrive, on n'en mourra pas !

— Mouais… Et on va aller où si on ne peut pas rester au refuge ? Et les rennes, qui s'en occupera ? Et les moutons ? On va devoir les vendre eux aussi ?

Si Tim pose ces questions le plus calmement du monde, Liia sent la panique l'étreindre. Elle refuse que son fils ait ce genre de préoccupations. Il est trop jeune et a bien d'autres soucis en tête. Déjà trop pour son âge. Elle se penche pour se mettre à sa hauteur et lui enserre les joues entre ses mains.

— Tim, regarde-moi dans les yeux. Nous ne déménagerons pas et nos rennes non plus. Compris ? Alors, sors-toi cette idée-là du crâne.

— D'accord, articule-t-il, la bouche en cul-de-poule tant sa mère le serre. Mais tu peux me lâcher maintenant ?

Liia sourit et lui fait un bisou sur le bout du nez.

— Ça va s'arranger avec papa ?

— Oui, ne t'inquiète pas.

Ça ne peut pas en être autrement.

Tim met sa petite main dans celle de sa mère et traverse avec elle la place en sens inverse.

Tout ce qui compte le plus dans sa vie, elle le tient en ce moment même entre les doigts. C'est pour Tim qu'elle se bat chaque jour, pour lui offrir un avenir moins compliqué que les dix années qu'il a déjà passées. Elle ne sait pas exactement de quoi le futur sera fait, mais Liia a une certitude : elle ne lâchera pas un iota de ce que ses parents et elle ont construit. Tim gardera sa maison, ses rennes et son refuge. Il aura le droit à une belle chirurgie du visage et n'aura plus jamais à porter de masque. Il sera fier de ce qu'il est et fera de grandes choses.

C'est tout ça que Liia met dans sa promesse silencieuse. Son fils ne manquera jamais de rien.

Elle en fait le serment.

11

Jack n'a pas réagi lorsque Liia lui a raconté son entretien avec Marcus Bianchi. Elle n'a su dire si c'était la résignation ou la sagesse qui l'obligeait à rester calme. Il a écouté sa fille et a conclu la conversation par un simple « ne t'inquiète pas, on va trouver une solution ». Puis, il est retourné dans les pâtures. Liia n'a pas insisté, elle sait combien son père a besoin de solitude, particulièrement dans les moments de tension. Mais pour Liia, c'est toujours très difficile de savoir ce que pense son père, il s'exprime si peu. Tout ce qu'elle sait avec assurance, c'est que depuis des années, pour ne pas prendre de salaire et permettre à Liia d'en avoir un et d'assumer Tim, Jack vit de ses économies. Les nombreux reportages qu'il a menés, puis l'héritage touché après le décès de ses parents, lui ont permis de mettre un peu d'argent de côté, mais cette manne financière n'est pas inépuisable. Liia sait aussi qu'il permet au refuge de tenir encore debout, mais cette fois la situation est bien plus grave, et Liia ne permettra pas qu'il épuise jusqu'à son dernier centime. Si Matt n'accepte pas de redistribuer les cartes comme elle le lui a suggéré, il lui sera très difficile d'inverser la vapeur. À part trouver un emploi quelques heures par semaine, Liia ne voit pas trop quelles solutions s'offrent à elle. Et puis même ainsi, comment pourrait-elle réunir assez d'argent en travaillant à mi-temps ? C'est utopique.

Il manque 7 200 euros pour cette année, Jack va encore y pourvoir, mais après ?

***

Il est bientôt midi et la jeune femme est en train de préparer le repas quand on frappe à la porte vitrée qui sépare le chalet du logement privatif des Josserand.

— J'espère que je ne vous dérange pas, dit aimablement Nicolas Claus.

Elle s'essuie les mains dans son tablier et sourit à son hôte.

Aujourd'hui, il porte une chemise blanche sur un pantalon marron jusqu'aux mollets, révélant d'épaisses chaussettes en laine. Avec ses bretelles, il a tout du Tyrolien.

— Non, bien sûr, que puis-je faire pour vous ?

— Pour moi, rien du tout, mais il semblerait que M. Verrier ait quelques petits problèmes avec sa voiture, on l'entend vociférer depuis l'habitacle.

Liia regarde par la fenêtre et le devine lâcher quantité de jurons derrière le volant.

— Merci de m'avoir prévenue, je vais aller le voir.

Comme elle s'apprête à sortir, Nicolas Claus la retient.

— Une dernière chose…

Il fouille dans la poche de son pantalon, puis lui tend une enveloppe.

— Qu'est-ce que c'est ?

— Un supplément.

Liia écarquille les yeux.

— Pourquoi donc ?

— Je prends tous mes repas chez vous.

— C'est très aimable à vous, monsieur Claus, mais nous aurions pu voir ça à la fin de votre séjour.

Il lâche un filet de « oh, oh, oh ! » graves et toujours aussi convaincants dans le rôle du père Noël.

— Personne n'est jamais contre une avance, et il faut bien faire les courses ! ajoute-t-il avec un clin d'œil entendu.

Un peu gênée, mais reconnaissante, Liia accepte l'enveloppe. Nicolas Claus ne sait pas à quel point il tombe à pic.

— Eh bien, je vous remercie, monsieur Claus…

— Je vous en prie ! Je vous laisse retrouver M. Verrier, j'ai l'impression que si ça dure trop longtemps, il va mettre sa voiture en pièces !

Liia rit avec lui, enfile une parka, sa paire de bottes et va frapper à la vitre de la C3.

— Quelque chose ne va pas ?

Baron Verrier ouvre la portière.

— C'est une bagnole de merde, répond-il le plus simplement du monde.

Liia sourit. Cet homme semble ne jamais s'embarrasser de mots inutiles.

— Plus de batterie ?

— J'en ai l'impression.

— On a des câbles, je vais aller les chercher.

Sans lui laisser le temps de répondre, elle tourne les talons et se dirige vers le hangar.

Liia compatit, mais a presque envie de rire. Depuis qu'il est arrivé, il cumule les déconvenues. À croire que la montagne ne lui réussit pas.

Elle fouille dans les malles et trouve rapidement ce qu'elle cherche. Quand elle revient, elle a une vue spectaculaire sur le fessier de Baron Verrier qui a ouvert le capot et est penché au-dessus du moteur.

Baron jette un œil à tout ce bazar, mais s'il comprenait quelque chose à la mécanique, ça se saurait. Il ne conduit presque jamais et n'a pas de voiture. Grenoble offre tout ce qu'il vous faut pour éviter de s'en servir. Il n'aurait jamais dû accepter de prendre la voiture de sa sœur, mais en louer une comme il en avait l'intention. Rafaella a beaucoup insisté pour qu'il prenne plutôt la sienne, elle déteste les dépenses inutiles. Quand on discute avec elle, on a toujours l'impression qu'avec son frère, ils ont vécu à quatre dans une boîte à chaussures, alors que leurs parents n'ont jamais manqué de rien et qu'ils ont pourvu à chacun de leurs besoins. Mais Rafaella compte tout, et tout le temps.

— Me revoilà ! crie Liia Josserand derrière lui.

Grand comme il est et conscient de sa drôle de position, il sursaute et manque se cogner au capot.

— J'ai les câbles, dit-elle en les lui montrant. Je fais le branchement et on essaie ?

Il hoche la tête et la regarde faire ce qu'il n'aurait pas essayé sans risquer de commettre une bourde.

— Vous touchez à tout, en somme ?

— Loin de là, répond-elle en s'essuyant les mains sur son jean, mais dans une ferme, mieux vaut ne pas avoir les deux pieds dans le même sabot.

Elle ouvre le capot du 4 × 4 garé à côté de la C3, connecte les pinces et se met au volant pour démarrer.

— Allumez le moteur pour voir ! lui crie-t-elle, la vitre ouverte.

Baron s'exécute, mais sans succès.

Ils essaient à plusieurs reprises et toujours rien.

Liia sort de la voiture, désolée de ne pas avoir pu faire mieux.

— Soit la batterie est vraiment HS, soit ce sont les injecteurs…

Baron a presque envie de siffler pour son analyse, mais il se retient.

— Le refuge est installé sur un ancien cimetière indien ? demande-t-il.

— Je ne crois pas, répond Liia, très amusée.

— Eh bien quelle que soit l'entité qui hante cet endroit, elle refuse que j'aille m'acheter des vêtements neufs, dit-il en regardant son costume qu'il a renfilé pour sortir. Je vais devoir appeler une dépanneuse. Le garage le plus proche est à Megève, n'est-ce pas ?

— Tout à fait. Celui de Louis est agréé pour plusieurs assurances.

Baron lève les yeux au ciel. Connaissant sa frangine, elle a dû prendre une couverture minimum, pas sûr que le dépannage soit pris en charge.

Il sort les papiers de la boîte à gants et se décide à contacter l'assistance. Résultat des courses : la C3 est bien sûr assurée au tiers. Les frais seront pour lui.

— Vu l'état des routes, descendre avec une barre de remorquage n'est pas prudent, s'excuse Liia.

— Qu'à cela ne tienne, appelons le fameux Louis…

Son hôtesse s'occupe de tout, mais le garagiste n'arrivera pas avant la fin de l'après-midi. Dépité et le ventre creux, il accepte l'invitation de Liia à déjeuner avec eux.

— J'étais en train de préparer une salade d'endives aux noix et roquefort, dit-elle en le faisant entrer dans la cuisine, et une omelette au fromage. Ça ira ?

— Absolument parfait.

Hier, ils ont tous dîné dans la pièce à vivre, alors Baron jette un œil autour de lui. La cuisine est simple, mais élégante et fonctionnelle, avec des meubles en poirier, modernes et équipés, et un électroménager en aluminium. Le plafond est un peu bas, il n'a qu'à lever le bras pour retirer la minuscule toile de poussière qui s'est formée dans un angle, toutefois la pièce est spacieuse, agréable et lumineuse.

— Puis-je faire quelque chose pour vous aider ? demande-t-il.

— Vous pouvez battre les œufs, si ça vous convient ?

Il hoche la tête, ça devrait être dans ses cordes.

Liia enfile un tablier bleu ravissant et lui en donne un qu'elle sort d'un tiroir. Il retire sa veste de costume et passe l'anse du tissu par-dessus la tête. La taille est si peu adaptée à la sienne qu'il a presque l'impression d'avoir enfilé un bavoir.

Tandis qu'il bat les œufs dans un saladier, il regarde Liia. Elle s'est attaché les cheveux, mais une mèche blonde et bouclée s'est échappée et lui retombe sur un œil. Ça ne l'empêche pas de couper consciencieusement les endives sur une planche en bois. Elle a de longs doigts fins et une peau paraissant plutôt douce et délicate pour une femme travaillant dans une ferme, des mains d'artiste. Elle tient mal son couteau et ses ongles frôlent dangereusement la lame, mais ses gestes maladroits le fascinent, parce qu'elle y met beaucoup d'application et d'amour. Cette femme aime sincèrement cuisiner. Et elle est jolie, très jolie, ce qui ne gâche rien.

Tout à coup, elle lève la tête et leurs regards se croisent.

Liia se fige, le couteau dans une main, une endive à moitié coupée dans l'autre. Il ne détourne pourtant pas les yeux. Les siens sont intensément bleus.

— Oui ? lui demande-t-elle.

— J'allais juste vous demander si les œufs étaient assez bien battus.

Elle penche la tête pour regarder à l'intérieur du saladier.

— Oui, c'est parfait. Vous pouvez mettre le fromage râpé maintenant.

Il sourit.

— Si vous voulez que votre omelette soit onctueuse, ajoutez une lichette de lait ou de crème. Et surtout, ne mettez le fromage qu'à la fin, lorsque l'extérieur sera cuit et l'intérieur encore baveux.

— Mais il ne sera pas fondu.

— Il sera meilleur, je peux vous l'assurer. Secret de ma grand-mère, ajoute-t-il pour noyer le poisson.

La jeune femme capitule en levant les mains.

— Très bien, je vous laisse faire. Vous voulez couper les oignons ?

— Avec grand plaisir.

Alors qu'il pensait avoir été prudent jusque-là, il s'empare d'un oignon et commence à l'émincer, le plus naturellement du monde. Quand il s'arrête, son hôtesse fait des yeux tout ronds.

— Mais… c'est que vous avez un sacré coup de main !

Merde !

— Je… j'ai pris des cours de cuisine par correspondance, et je suis musicien, j'imagine que ça facilite les choses ? tente-t-il de se rattraper. Vous voulez que je vous montre ?

— Volontiers, répond-elle.

Il prend un oignon qu'il épluche et pose sur la planche.

— D'abord, vous le coupez en deux. Vous posez une moitié bien à plat et vous faites une belle incision ou deux dans la longueur, puis plusieurs dans la largeur. Et ensuite, vous commencez à émincer. Vous voyez ? dit-il en joignant le geste à la parole. Ça donne quelque chose de très fin et homogène, et c'est plus rapide ! Mais attention à vos doigts qu'il vous faut replier un peu sur l'oignon.

— Épatant ! dit-elle en le regardant à l'œuvre. On dirait que vous avez fait ça toute votre vie.

Si elle savait…

— Vous essayez ?

Liia obtempère.

— Comme ça ?

Il s'approche un peu plus pour vérifier, c'est un vrai carnage.

— Hum…

Liia regarde l'état de ce pauvre oignon. Il y a des gros et des petits morceaux. Rien à voir avec la première moitié que Baron a découpée.

— C'est pas très concluant…

— C'est parce que vous tenez mal le couteau. Vous permettez ?

Liia hoche la tête, alors Baron se positionne derrière elle. Il la dépasse d'une bonne tête et demie, le sommet de son crâne lui arrive au niveau de l'épaule, il n'a qu'à baisser un peu le nez pour lui sentir les cheveux. Une odeur d'amande et de karité très agréable s'en dégage. Il prend la main de Liia et lui montre comment la placer autour du couteau.

— Majeur, annulaire et auriculaire autour du manche, pouce et index contre la naissance de la lame. Essayez maintenant.

Voyant qu'elle lève un peu trop le poignet, il lui abaisse doucement le bras en lui appuyant légèrement sur le creux du coude.

— Tâchez de rester parallèle à la table pour avoir une meilleure prise et un geste plus régulier.

Il la sent nerveuse d'avoir un presque inconnu collé à elle. Alors il la lâche et s'écarte un peu.

— C'est comme la musique, plus on pratique, mieux c'est. Vous y arriverez.

— Où avez-vous appris tout ça ?

— J'ai passé des nuits entières sur YouTube, répond-il avec un clin d'œil.

Liia verse les endives dans un saladier et les parsème des noix et du roquefort qu'elle a découpés un peu plus tôt.

— Ma mère était une excellente cuisinière. Elle détestait jeter et accommodait les restes de la meilleure des façons. J'adorais la regarder faire lorsque j'étais enfant. C'est elle qui m'a donné le goût des choses.

— La tradition culinaire qui a été créée par nos proches nous donne des souvenirs très précis des plats, des gestes et des odeurs. La cuisine se transmet.

— C'est un trésor…, dit-elle spontanément.

Baron observe le brillant soudain dans ses yeux.

— Oui, un trésor, répète-t-il.

Puis la porte d'entrée claque subitement. M. Claus et Tim entrent dans la cuisine. Baron se tend et crispe les mâchoires rien qu'à l'idée que le vieux monsieur vende la mèche et ne révèle qui il est. Mais ça ne semble pas au goût du jour.

— Maman ! M. Claus va aller faire courir ses rennes cet après-midi, je peux l'accompagner ?

— Faire courir les rennes ?

Nicolas Claus retire sa large parka verte qu'il pose sur le dossier d'une chaise.

— Oui, parce que figurez-vous que si je ne les attire pas avec des carottes, ils ne sortent pas, comme vous aurez pu le constater.

Baron n'est pas là depuis longtemps, mais il doit bien avouer que c'est vrai. S'il n'a pas encore eu l'occasion de voir la partie du troupeau en semi-liberté appartenant au refuge, les rennes de M. Claus, eux, ne semblent pas apprécier vagabonder en extérieur.

— C'est parce qu'ils ont peur, tente de justifier Tim. Ils savent que les nôtres ne sont pas loin et ils ne veulent pas empiéter sur leur territoire.

Liia regarde Nicolas Claus comme pour évaluer le degré de confiance auquel il pourrait avoir droit.

— Et ils vont vous suivre ? lui demande-t-elle.

— Sans nul doute possible ! Et je vous promets que tout se passera bien s'ils rencontrent les mâles de votre troupeau. Claude et Elizabeth ont un véritable sens de la communication, ils sauront leur expliquer que personne ne veut prendre leur place et qu'il est possible de cohabiter. Vous pouvez leur faire confiance.

Baron manque s'étrangler. Quelle bêtise ! À l'entendre, on pourrait presque prendre ses rennes pour des conciliateurs judiciaires. Mais mis à part écraser des orteils, ils ne font pas grand-chose.

— Et vous allez courir avec eux ? demande Liia, de plus en plus sceptique. Dans la neige ?

Et là, Nicolas Claus lève un pied pour montrer ses Moon Boots de compétition. Rouges, avec deux gros pompons blancs.

— Plutôt deux fois qu'une ! Ne vous inquiétez pas, Liia, je prendrai grand soin de votre petit garçon qui ne me dérangera pas. Et nous n'irons pas trop loin.

Elle regarde l'air suppliant de son fils et finit par acquiescer.

— D'accord. Mais en attendant, passons à table !

— Papy ne mange pas ? fait remarquer Tim.

Liia lui sourit.

— Non, je crois qu'il a besoin d'un peu de solitude. Et pour une fois, ce n'est pas moi qui vais cuisiner. M. Verrier va s'en charger !

Baron affiche sa surprise, Liia s'en amuse et Claus lui fait un clin d'œil complice.

— Hâte de goûter votre omelette au fromage, monsieur Verrier !

12

Les injecteurs sont morts. C'est ce que le garagiste a indiqué à Baron. Liia Josserand avait donc vu juste. Non content de n'être venu que le lendemain matin pour dépanner la C3, voilà que le fameux Louis lui annonce qu'il va devoir rester cinq jours de plus, le temps des réparations. Baron aurait pu maudire sa sœur pour ce contretemps, mais en réalité, il a eu envie de faire tout l'inverse. Ça fait cinq ans qu'il n'a pas pris de congés, de vraies vacances pendant lesquelles on ne fait rien. Et rien, c'est précisément ce à quoi il s'adonne depuis presque trois jours. Il va juste en profiter encore un peu, espérant croiser le reste du cheptel avant de faire sa proposition financière aux Josserand.

D'un mouvement mesuré, il s'étire et bâille. Se la couler douce est presque aussi épuisant que travailler non-stop dans une cuisine.

— Monsieur Verroni ? demande une voix au téléphone après un long moment de musique d'attente.

— Oui ? répond-il en sortant de sa torpeur.

— Notre parc de véhicules est assez limité à cette période, les locations sont très nombreuses. Je peux vous proposer un RAV4 hybride équipé de pneus neige, mais pas avant 18 heures, est-ce que ça ira ?

La proposition est très correcte, en tout cas plus que le prix qu'on va lui annoncer, c'est certain. Mais c'est ça ou accepter qu'on lui loue un pot de yaourt dans lequel il ne pourrait pas étirer les jambes.

— Oui, c'est très bien, je vous remercie.

— Je vous le réserve. Pensez à venir avec votre permis de conduire et une pièce d'identité, s'il vous plaît.

— Ce sera fait.

Il raccroche et compose le numéro de son restaurant. Il devait rentrer le lendemain, ça va corser les choses.

Il est tout juste 9 heures, l'hôtesse d'accueil n'est pas encore à son poste, alors c'est Riccardo, son responsable de salle, qui décroche. Il arrive chaque matin aux aurores et parfois même avant Baron. En son absence, il est ses yeux et ses oreilles, capable d'évaluer en quelques secondes le mécontentement d'un client ou la tension au sein de son équipe. Riccardo a cinquante et un ans, est de la vieille école, juste, expérimenté et efficace, et Baron ne saurait se passer de lui. Formé dans les plus grandes tables romaines, le responsable de salle connaît bien mieux que lui le luxe des restaurants étoilés et l'exigence de ses clients.

— Bonjour, Riccardo, tout se passe bien ?

— Bonjour, monsieur Verroni, oui, tout est parfait. Nous sommes en train de réceptionner la livraison de la blanchisserie pour la semaine. Et de votre côté ?

— Un petit contretemps. Je me retrouve coincé par une panne de voiture, je ne serai pas rentré avant la semaine prochaine. Probablement lundi soir. Sylvain est arrivé ?

Sylvain, c'est son second, il est à la cuisine ce que Riccardo est à la salle : indispensable.

— Aux halles, il récupère les fruits exotiques que vous avez commandés vendredi dernier. Je lui demande de vous rappeler ?

Qu'est-ce qu'il disait ! Riccardo se souvient de tout, tout le temps.

— Non, je le ferai sûrement après le service de midi. Je suis dans un trou paumé, mais mon téléphone reste connecté. Appelez-moi au moindre pépin, je compte sur vous.

— Sans faute, monsieur Verroni. À bientôt.

Baron raccroche, rasséréné et descend dans la salle commune. Il frappe à la porte vitrée qui donne sur les appartements privés des Josserand et attend qu'on vienne lui ouvrir. Mal rasé et habillé de son éternel pantalon de travail, c'est le bourru Jack Josserand qui lui ouvre.

— Je peux faire quelque chose pour vous ?

— Oui, bonjour, monsieur Josserand. Comme vous le savez, ma voiture est en dépannage à Megève.

— À venir à la montagne avec une Majorette, c'est ce qui arrive.

Baron a bien du mal définir ce qui cloche avec le propriétaire des lieux, s'il est aussi taciturne et cinglant avec tout le monde ou si c'est juste avec lui, mais à l'instant, Baron n'en est pas à essayer de comprendre. Il préfère ignorer ses sarcasmes.

— Il semblerait que je doive rester un peu plus longtemps que prévu, pensez-vous que ce soit possible ?

Jack Josserand hausse un sourcil.

— Je ne m'occupe pas des chambres d'hôtes, il faut voir ça avec ma fille.

— Très bien, est-elle disponible ?

— Avec les moutons, répond-il sans la moindre sympathie dans la voix.

Baron le remercie, enfile le vieil anorak qu'on lui a prêté et marche en direction de la bergerie.

Aujourd'hui, le ciel est immensément bleu, mais il a encore neigé toute la nuit et l'épaisseur de poudreuse semble encore plus dense, si c'est possible. Avec ses bottes trop petites pour lui, il a l'impression qu'on lui broie les orteils. Il est temps qu'il fasse quelque chose.

Il trouve Liia Josserand en train de mettre du foin dans les auges. Toujours aussi à l'aise dans son rôle de fermière, pourtant, il jurerait qu'elle n'a pas fait ça toute sa vie et se demande bien quel autre métier elle a exercé. Il tousse pour se faire remarquer.

— Oh, monsieur Ver…

— Baron, l'interrompt-il.

Elle s'essuie le front du revers de la main et sourit.

— Baron ! Je peux vous aider ?

— Vous aviez vu juste, ce sont les injecteurs. Le garagiste estime qu'il lui faut cinq jours pour remettre la voiture en état, le temps de recevoir les pièces. Est-ce que vous pensez que je peux rest…

— Oui ! répond-elle avant même qu'il ait fini sa phrase. Oui, sans problème.

Contrairement à son père, elle fait preuve d'un tel empressement qu'il en reste comme deux ronds de flan.

— Eh bien, dans ce cas, c'est parfait. S'il y a une augmentation de tarif, je ne discuterai pas, bien évidemment. Je vous paierai d'avance.

Elle aborde un large sourire qu'elle n'exagère même pas.

— Merveilleux !

— Euh… J'allais également vous demander s'il était possible de me déposer à Megève, le véhicule que j'ai loué sera disponible à 18 heures.

— Tout ce que vous voulez ! Je me ferai même une joie de vous conduire plus tôt au village pour trouver de quoi vous habiller !

Il hausse un sourcil, perplexe. Elle est extatique. Puis, réalisant certainement qu'elle en fait peut-être un peu trop, elle se racle la gorge pour se reprendre.

— J'aurai terminé sous peu avec les moutons. Si vous voulez, nous pourrons partir à 15 heures, ça vous laissera le temps de faire les boutiques, ça vous va ?

Il la regarde droit dans les yeux, essaie de comprendre, en vain, et hoche la tête.

— C'est parfait pour moi, je vous remercie infiniment. Je vous dis à dans une heure, alors, dans la pièce commune.

— D'accord, à tout à l'heure !

Baron quitte la bergerie et, alors qu'il a à peine parcouru dix mètres, il entend Liia s'écrier :

— Yes, yes, yes !

Baron écarquille les yeux et secoue la tête. Si c'est parce qu'il lui a appris à se servir d'un couteau de cuisine qu'elle s'extasie de la sorte, la prochaine fois, il lui montre comment utiliser un économe.

Quelle étrange famille.

Liia a bien conscience de sa réaction disproportionnée, mais cinq jours supplémentaires, avec les repas, c'est 500 euros qu'elle n'aurait pas gagnés. Baron Verrier a dû la trouver complètement folle, mais tant pis. Cinq cents euros, c'est dix à quinze bottes de fourrage bio. Vu l'état des finances du refuge, elle a bien le droit de laisser éclater sa joie. Grâce à Baron Verrier et Nicolas Claus, la fin de mois sera moins difficile à boucler.

Débordante d'une vitalité inattendue, elle attrape une brebis par les joues et lui embrasse le museau.

— On va y arriver !

***

Niché dans un cadre naturel époustouflant, entre le massif du Mont-Blanc et celui des Aravis, Megève s'offre aux yeux de Baron pour la quatrième fois. Il l'avait déjà trouvé beau en été, mais il est aujourd'hui convaincu que la période de Noël est le meilleur moment pour côtoyer cet endroit exceptionnel. Il y a trois restaurants étoilés à Megève dans lesquels il a eu l'occasion de se rendre alors qu'il n'avait pas lui-même encore atteint le Graal. Qualité de vie, luxe et élégance, c'est ce que lui évoque cet étonnant village de renommée mondiale. Il se souvient des vieilles ruelles, d'une rivière aux bordures de pierre qui traverse le centre, des fontaines, des lavoirs et des chalets de bois. Pour Baron, Megève est peut-être le plus joli village de Haute-Savoie.

Ils débouchent sur la place principale au cœur du centre historique, et qui le laisse bouche bée. L'immense sapin érigé arborant des centaines d'étoiles de cristal est certes magnifique, les petits chalets richement décorés du marché de Noël aussi, mais ce n'est rien comparé à l'incroyable architecture qui les entoure. Des pavés couverts de neige, pas une mais deux mairies aux arcades décorées de houx et de branches de sapin, un prieuré, un clocher, une bâtisse à tourelles, d'immenses maisons de ville aux balcons de bois et aux toits blanchis de flocons, des façades colorées et... des boutiques de luxe hors de prix. Tout est excessif, il y a des clochettes et des calèches tirées par des chevaux partout, mais c'est beau. Très beau.

— Vous n'étiez jamais venu ? lui demande Liia en le regardant lever le nez partout.

— Oh si, en plein été. C'est... très différent.

— Megève raconte autant qu'il vit. Chaque saison l'occupe pleinement. Vous savez ce qu'on dit du village ?

Il secoue la tête, les yeux rivés sur la vitrine d'une bijouterie grandiose.

— On découvre Megève, on aime Megève et on lui reste fidèle pour toute la vie.

— Ouais, sauf que la fidélité se paie à coups de gros billets, s'amuse-t-il.

— C'est vrai ! Le village est comme un aimant qui attire les investisseurs du monde entier. Ça le rend inaccessible et convoité, et c'est ce qui en fait son succès autant que ça le préserve. C'est bruyant, riche, démesuré, mais il a gardé son cachet de village de montagne. Venez, la boutique la plus abordable est par là.

Il s'en réjouit. Marcher en costume, manteau de cachemire et mocassins n'est pas ce qu'il y a de plus pratique dans une station de sports d'hiver.

Liia le conduit dans une ruelle aux allures médiévales, si étroite qu'il a un peu l'impression de n'avoir qu'à écarter les bras pour toucher les deux bâtisses qui se font face.

— Et voilà, c'est ici ! dit-elle en s'arrêtant devant un magasin pour hommes qui a tout de même l'air de sortir d'un catalogue monégasque. Je vous laisse faire vos achats, je vais flâner dans les rues en vous attendant.

— Vous ne m'accompagnez pas ? s'étonne-t-il.

Mais sa guide semble plus surprise que lui.

— Eh bien…

— Deux regards valent mieux qu'un ! se rattrape-t-il.

Liia semble amusée, mais accepte.

Trouver des vêtements et des chaussures à sa taille, quand on mesure deux mètres zéro cinq, s'avère très souvent compliqué, mais cette boutique sait étonner Baron. Un petit panneau arbore fièrement un « Ici, on vous chausse du 37 au 50 et on vous habille du 38 au 62 ».

Son bonheur, il le trouve, mais pas seulement dans les vêtements et bottes avec lesquels il va repartir. Le rire de Liia, quand elle attrape une de ses chaussures et qu'elle met son pied à côté du sien pour comparer la différence de taille, le ravit.

— Vous deviez être très fort en natation, se moque-t-elle.

— Et en décrochage de produits en hauteur dans les magasins !

— Je mesure presque un mètre quatre-vingts, je sais exactement de quoi vous parlez !

Ils se dirigent vers la caisse, escortés par une vendeuse qui ne les a pas lâchés d'une semelle, puis Baron se tourne vers Liia.

— Si un géant dans mon genre voulait inviter une géante dans le vôtre à boire un authentique chocolat chaud, où pourrait-il l'emmener avec l'assurance de ne pas se cogner aux linteaux de porte ?

Elle lui sourit. Elle connaît une boulangerie faisant salon de thé qui propose quelques tables en terrasse, un endroit qui ne paie pas de mine, pas trop fréquenté par les touristes, mais servant les meilleurs cacaos de la ville selon elle.

— Le géant n'a qu'à me suivre, c'est dans la même rue que l'agence de location de voitures, nous pouvons y aller à pied.

— Vendu !

***

Ça faisait longtemps que Baron n'avait pas été aussi détendu. En dépit des ennuis de ces derniers jours, il passe un excellent après-midi. Le chocolat chaud est tel que Liia lui a décrit en chemin : délicieux. Les pâtisseries de Noël sont excellentes, et la compagnie de Liia Josserand, revigorante. Il découvre une femme drôle, généreuse et curieuse, semblant apprécier sa présence autant que lui la sienne.

— Vous disiez que l'un de vos parents était malien, avance-t-elle.

— Ma mère, enfin… ses parents, ma mère est née en France. Mon père, lui, était italien. Il a traversé les Alpes pour chercher du travail et est devenu exploitant forestier. Ils se sont rencontrés à Grenoble, ma mère dispensait une formation de gestion financière à laquelle mon père participait.

— Vous en parlez au passé, dit-elle plus pour elle-même que pour avoir des explications.

— J'avais vingt ans quand il est mort.

Liia regrette sa remarque, mais Baron a répondu en veillant à laisser transparaître le moins d'émotions possible. Ce qu'elle comprend et respecte sans conditions. Gênée, elle rebondit aussitôt.

— En tout cas, nous avons tous les deux des origines qui ne courent pas les rues !

— Oh, vous plus que moi ! s'amuse-t-il. Peu de gens peuvent se targuer d'avoir du sang sami !

Il a passé un si bel après-midi, qu'il sent le moment venu d'évoquer avec elle son projet. Comme il ne sait pas trop comment l'amener, il tente la subtilité.

— J'ai remarqué que vous étiez une excellente cuisinière, et si j'osais, j'aimerais vous poser une question.

Il voit le visage de Liia s'empourprer, comme si un tel compliment ne lui avait jamais été offert, ce dont il doute. Il pense sincèrement ce qu'il dit, elle est douée, inventive et soigneuse. Trois qualités dont bien des cuisiniers manquent.

— Je suis loin d'avoir le niveau de ma mère, mais je vous en prie.

— Comment cuisinez-vous le renne ?

Mais il la voit blanchir d'un coup.

— Cuisiner du renne ? Mais… je suis végétarienne.

À son tour d'être mouché. Il a évidemment remarqué qu'il n'y avait jamais de viande dans les repas qu'elle préparait, mais il s'était dit que l'explication venait des difficultés financières dont leur comptable lui avait fait part.

— Mais... pourtant, vous élevez des rennes, bredouille-t-il, incertain.

— Bien sûr, mais pas pour les manger, ce serait intolérable !

Baron en reste bouche bée. Comment a-t-il pu se laisser abuser de la sorte ? Il n'en revient pas. C'est peut-être bien la première fois de sa vie qu'il se sent aussi con.

— Je vous prie de m'excuser, dit-il pour ne pas perdre la face. J'ai vu les certificats sanitaires dans les étables et j'ai cru que vous les éleviez pour leur viande.

Le souffle un peu court, Liia reprend ses esprits.

— L'une des raisons pour lesquelles m'a mère a quitté son peuple, c'est qu'elle n'était pas en adéquation avec l'élevage. Elle non plus ne voulait pas les voir grandir pour finir en fourrure ou dans une assiette. Quand avec mon père ils ont fondé le refuge, l'idée était de créer un havre de paix pour les rennes, les faire connaître non pas pour leur viande, mais pour leur extraordinaire beauté et esprit de groupe. J'ai été élevée dans cette philosophie. Chaque animal est important pour moi, le renne, le mouton, la vache, le canard, le chien... Je ne les mange pas. Peut-être verrez-vous mon fils et mon père manger de la viande, mais je ne la cuisine pas pour eux, j'en suis incapable, c'est mon père qui s'en charge.

Baron sent sa mâchoire se crisper. Pas qu'il ne comprenne pas la motivation des végétariens, mais parce que s'ils ne s'étaient pas parlé aujourd'hui, il se serait mis dans une situation des plus gênantes. Pour mener à bien son projet, il s'est éloigné de son restaurant, s'est inventé une identité et vient de dépenser une somme astronomique dans un magasin pour faire davantage couleur locale. Tout ça pour ça ! Il a été trop léger, trop laxiste, il aurait dû creuser davantage avant de venir ici. Mais voilà, il a rencontré Marcus Bianchi un mois plus tôt dans son restaurant, lors d'une réception organisée par le Conseil Supérieur de l'Ordre des experts-comptables. Ils ont été présentés par Ludovic, son propre expert-comptable, ami et président de l'Ordre. C'est parce que Ludovic a parlé de l'originalité des plats de Baron à plusieurs personnes et abordé le menu de Noël qu'il aurait aimé proposer, que Bianchi a attendu la fin de la soirée pour l'entreprendre au sujet du refuge du Perce-neige. Il a prétendu que c'était l'endroit idéal pour se fournir en viande. Baron et lui se sont revus une semaine plus tard pour en discuter. Il n'a pas aimé Bianchi, mais il avait dû reconnaître qu'il possédait un bagout et un esprit de persuasion exceptionnels. À aucun moment Baron n'aurait pu se douter que ce que lui disait cet homme était faux. Il l'a immédiatement trouvé pédant et imbuvable, mais il parlait du refuge avec une telle précision, une telle certitude, que Baron s'est tout simplement laissé berner.

Furieux, il ne veut cependant pas décevoir Liia et prend sur lui comme jamais pour ne pas exploser.

Que de temps perdu… Il a besoin d'aller faire un tour et de se reprendre.

Au moment où il s'apprête à lui dire poliment qu'il doit la laisser quelques minutes, il voit son visage se fermer d'un coup et ses yeux se plisser, le regard fixé sur la rue derrière lui.

Baron se retourne et se tend lui aussi comme un arc.

Marcus Bianchi se dirige droit vers le salon de thé.

13

— Je dois vous laisser, j'en ai pour une minute !

Baron se lève d'un coup et disparaît derrière la haute haie de houx et de sapin flanquée de chaque côté de la terrasse avant que Bianchi ne le voie. Sans que Liia le remarque, il se positionne juste derrière elle. Accroupi derrière le mur de branchages, il a bien conscience du ridicule de la situation, mais il vaut mieux que les deux hommes ne se croisent pas devant Liia. Pourtant, Dieu sait qu'il aimerait bien lui dire ses quatre vérités, là, tout de suite.

Le comptable ne semble pas l'avoir remarqué. Vêtu d'un manteau trois-quarts et d'une chapka en fourrure des plus vulgaires, il est accompagné d'une femme bien trop jeune et charmante pour lui. D'un mouvement du menton, Bianchi lui montre la vitrine devant laquelle elle peut l'attendre, et un sourire sadique aux lèvres, fonce droit sur Liia qu'il a vite repérée. Ce qui a le mérite d'attirer l'attention de Baron. D'où il est, il peut non seulement voir ce qui se passe, mais également tout entendre, aussi ouvre-t-il grand les oreilles.

— Dépenser de l'argent que vous n'avez pas, est-ce bien raisonnable, mademoiselle Josserand ? demande Bianchi d'un ton que Baron ne qualifierait pas de très sympathique.

— Hum… ce n'est presque pas assez chic pour vous, monsieur Bianchi. Vous devriez vous dépêcher d'aller ailleurs avant qu'on ne vous remarque, ce n'est pas bon pour votre réputation, on pourrait vous prendre pour un pauvre se faisant passer pour un riche.

À la table d'à côté, comprenant que la conversation de leurs voisins tourne au vinaigre, deux touristes plongent la tête dans leur chocolat chaud. Quant à Baron, il est scotché par la repartie de Liia. Quelle femme ! L'animosité entre eux est plus que palpable, mais il n'y trouve rien d'étonnant. Marcus Bianchi est un personnage d'une arrogance exceptionnelle. En bon parvenu qu'il est, lors de la soirée dans son restaurant, il s'était permis des remarques sur les plats, le service, la décoration… Il lui avait donné l'impression que le monde tournait autour de lui. Baron aurait dû voir, aurait dû comprendre qu'il ne valait pas un pet de lapin. Il s'en veut à mort d'avoir autant manqué de discernement et de s'être laissé abuser par ses belles paroles. Il en a presque honte, lui qui déteste se tromper. Bianchi… ce type est doté d'un nombril énorme, d'un ego surdimensionné et d'une haleine de chacal. Même du haut de ses deux mètres, il ne pouvait pas l'ignorer. Mais en attendant, c'est Baron qui se retrouve comme un imbécile.

Bianchi lève les yeux dans la direction de l'endroit où Baron se cache. Le cuisinier se baisse un peu plus. La hauteur de la haie joue en sa faveur, mais elle n'est pas totalement opaque, il doit être prudent.

— Mon secrétariat m'a averti que mes honoraires de l'année vous avaient été envoyés par courrier, ce jour, annonce Bianchi à Liia avec le plus haut mépris. Je vous ai donc facturé de façon tout à fait légale les nombreux conseils dispensés, et ignorés, ces douze derniers mois. Pas un jour de retard ne sera toléré. Bien entendu, vous savez comme moi que vous n'aurez pas les moyens de les régler, vu que votre situation financière désastreuse et vos dettes sont irrécupérables. Nous nous retrouverons donc devant le tribunal de commerce d'ici… un ou deux mois. Vous ne vous doutez pas à quel point je m'en réjouis.

Baron savait que les Josserand ne roulaient pas sur l'or, c'est même ce pourquoi cet enfoiré de Bianchi était convaincu qu'ils leur vendraient de la viande de renne, mais il est désolé d'apprendre qu'ils sont endettés à ce point. Et Bianchi joue à un jeu dégueulasse. Il se retient d'intervenir, il ne veut surtout pas que Liia se rende compte de la supercherie, à plus forte raison que ses intentions viennent d'être tuées dans l'œuf. Mais il adorerait passer de l'autre côté de la haie pour lui fermer son clapet. Bien qu'ils se connaissent à peine, quelque chose en Baron déteste l'idée d'avoir menti à Liia. Après son séjour au refuge, il n'est pas certain de la revoir, alors autant ne rien lui dire du tout, ne rien gâcher et lui permettre de garder un bon souvenir de leur rencontre.

— Très bien, monsieur Bianchi, c'est noté, conclut Liia.

Elle porte sa tasse à ses lèvres et prend un air détaché.

— Vous pouvez vous en aller, maintenant, vous me gâchez la vue et le plaisir de respirer l'air pur de Megève.

Il a essayé de la faire sortir de ses gonds, mais la jeune femme fait preuve d'un calme et d'une dignité qui forcent le respect.

Bianchi lâche un rire vicieux. De toute évidence, il n'en a pas terminé.

— Vous pouvez fanfaronner autant que vous le voudrez, mademoiselle Josserand, mais quand je me serai occupé pleinement de votre dossier, il ne vous restera rien. Terres, maison, rennes, vous n'aurez même plus de quoi payer les soins de votre enfant défiguré, je vous le garantis. Vous viendrez me supplier et je vous rirai au nez.

Alors que Baron fulmine, Liia s'essuie le rebord des lèvres avec une serviette, sourit et se lève le plus tranquillement du monde.

— Vous vous répétez, monsieur Bianchi, vous m'avez déjà dit ça dans votre bureau…

— La répétition est à la base de toute chose, se moque-t-il.

— Bien sûr… Me permettez-vous de vous poser une question ?

Il hoche la tête, les lèvres pincées.

— Vous avez de l'argent à revendre, n'est-ce pas ? Vous avez grandement réussi votre vie et n'êtes pas malheureux, je crois ?

— Je m'en suis donné les moyens, répond-il avec une condescendance à baffer.

— Tant mieux, vous aurez donc de quoi payer le nettoyage à sec de l'immonde cadavre que vous portez sur le dos, dit-elle en souriant

Sur quoi elle s'empare des deux tasses sur la table et, simultanément, en renverse une sur la chapka de Marcus Bianchi, l'autre sur ses épaules, sans se départir de son sourire. Le chocolat chaud épais coule sur la fourrure, s'y accroche et imprègne les poils beiges sans aucune chance de passer inaperçu.

La table d'à côté pouffe de rire. La tête que fait Bianchi vaut son pesant de cacahuètes. Avec son petit corps malingre et ses grandes oreilles, il a l'air d'un gobelin surexcité. Il s'agite et se met à sautiller en s'essuyant les yeux comme s'il avait reçu de l'acide.

Baron jubile. Liia n'est pas seulement généreuse, sensible et touche-à-tout, elle a aussi du cran. Il est impressionné. Non, il est sous le charme.

— Vous me paierez ça, mademoiselle Josserand, vous me paierez ça ! s'égosille Bianchi.

— Un problème ? intervient un serveur, interpellé par l'ambiance feutrée un tantinet perturbée depuis quelques minutes.

— Ce monsieur a été très maladroit, n'est-ce pas ? répond Liia tout en s'adressant à ses voisins.

Lesquels hochent énergiquement la tête.

— Très ! Il a voulu sentir le chocolat et… flop !

Flop.

Le serveur les regarde, sceptique, et invite Bianchi à le suivre pour se nettoyer.

— Pas la peine, rage-t-il. Je peux me débrouiller seul ! Vous allez crever de misère, mademoiselle Josserand, et je me délecte à l'avance de voir ça.

Il tourne les talons sans un regard, rejoignant sa compagne, prise entre le fou rire et la consternation quand elle le voit arriver dans cet état. Il donne un peu l'impression d'avoir croisé la route d'une chauve-souris malade.

Baron aurait pu rester caché jusqu'à ce que Bianchi disparaisse, mais il s'éloigne volontairement du salon de thé, se positionne devant une vitrine et attend que le comptable passe devant lui.

— Monsieur Bianchi ? demande-t-il, faussement étonné. Quelle coïncidence, je ne pensais pas vous voir ici. Vous vous souvenez de moi ? Question idiote, tout le monde se souvient toujours de moi. Oh, mais, que vous est-il arrivé ? Vous êtes malade ?

Le comptable se renfrogne, s'essuie les mains sur la fourrure de son manteau et lève la tête – très haut – pour regarder Baron.

— Rien de grave, monsieur Verroni. Et vous, que faites-vous ici ? Ne me dites pas que vous avez finalement fait affaire avec cette furie ?

— De qui parlez-vous ? fait-il semblant de ne pas comprendre.

— Liia Josserand. Je vous préviens, elle et son père sont au bord du gouffre.

— Oui, vous aviez mentionné leurs difficultés, c'est même la raison pour laquelle vous m'avez conseillé de me rapprocher d'eux, vous vous rappelez ?

Malgré les traînées marron qui lui zèbrent le visage, Bianchi conserve une expression suffisante.

— Je regrette vivement de vous les avoir recommandés. Ces gens-là sont malhonnêtes.

— Ah ? Vous me retireriez donc une épine du pied ?

Puis Bianchi ajoute sur le ton de la confidence :

— J'ai appris que leur élevage n'était pas conforme aux règles sanitaires en vigueur, qu'ils nourrissent très mal leurs bêtes et les mènent à l'abattoir dans un état déplorable. Je les ai signalés aux autorités compétentes, ce n'est qu'une question de temps avant que leur refuge ne soit fermé. Et parce que j'ai une éthique, je refuse désormais de m'occuper de leurs comptes. Je sais de source sûre que leur banque les abandonne aussi pour les mêmes raisons, le directeur en a assez de travailler avec des cas sociaux qui profitent du système et des aides de l'État. Après tout, nous sommes à Megève, le village a l'habitude de mieux. Beaucoup mieux, alors pourquoi continuerait-il à soutenir des gens qui se moquent des règles les plus élémentaires, bafouent la loi et n'ont aucun sens moral ?

— On se le demande..., ironise Baron.

— Je ne peux qu'imaginer la souffrance de ces pauvres bêtes et ça me fend le cœur.

Baron hausse un sourcil. Le sens de la dramaturgie du comptable est à saluer. Le bougre serait presque convaincant. Baron plisse les yeux, se pince les lèvres et ouvre un instant la bouche sans rien dire avant de reprendre le fil de la conversation.

— Quel est votre intérêt, monsieur Bianchi ?

— Pardon ?

— Dans cette histoire, qu'y gagnez-vous ?

Le comptable regarde sa compagne qui s'est depuis longtemps éloignée pour baver devant la vitrine d'un bijoutier. Il se balance d'un pied sur l'autre, un peu gêné.

— Eh bien, je... rien du tout. Je ne comprends pas votre question.

Baron se penche pour regarder Bianchi droit dans les yeux. Impressionné, ce dernier recule un peu.

— Vous savez ce que vous êtes, monsieur Bianchi ? Un troufaillon. Vous n'avez aucun talent, même pas celui de mentir. Les Josserand n'ont jamais vendu leurs bêtes à l'abattoir et ne les vendront jamais, ce que vous vous êtes bien gardé de me dire, pire, vous m'avez volontairement menti. Les Josserand sont des gens bien et leur refuge est plus propre et plus sain que ne sera jamais l'endroit où vous vivez. Malgré tout, ajoute-t-il en le regardant de la tête aux pieds, si vous n'avez aucune classe, soyez assuré sur un point, les taches dégoulinantes vous vont à ravir et révèlent l'essence même de ce que vous êtes : un trou du cul.

Le comptable en reste bouche bée, alors Baron en rajoute une couche.

— Je suis très désappointé, monsieur Bianchi, vous m'avez fait perdre mon temps. Et parce que ma contrariété n'a d'égale que mon impatience légendaire, je vais vous donner un conseil. Ne vous avisez pas de créer le moindre problème aux Josserand, sans quoi l'Ordre dont vous faites partie sera averti. Je suis meilleur menteur que vous, vous pouvez en avoir l'assurance. Et comme vous le savez, je suis aussi très proche de votre président. Je n'hésiterai pas une seule seconde à vous pourrir l'existence, à inventer des propositions malhonnêtes de votre part. Et tout sera exagéré, détourné, déformé et cru sans la moindre hésitation. Vous n'êtes pas très apprécié, il me suffira d'un appel, un seul, pour que vous ayez une enquête sur le dos. Ne jouez pas dans la cour des grands, monsieur Bianchi, vous ne vous relèveriez pas.

Sous le marron qui lui tache le visage, Baron voit le comptable blanchir. Il gonfle les narines, pince les lèvres et lève le menton, puis il rajuste son manteau de fourrure poisseux.

— Très bien, c'est entendu. Au revoir, monsieur Verroni, mais ne vous laissez pas abuser, ces gens ne sont pas ce que vous croyez. Ce sont des bouseux !

Excédé, Baron fait un pas dans sa direction. Bianchi sursaute et se dépêche de rejoindre sa compagne. Il le suit du regard jusqu'à ce qu'il disparaisse totalement à l'angle d'une rue.

Pauvre type !

Baron rejoint Liia qui l'attend debout à l'entrée de la terrasse.

— Vous vous connaissez ? demande-t-elle en fronçant les sourcils.

À ce moment-là, Baron pourrait lui dire la vérité, il devrait lui dire la vérité, mais il n'en a pas le courage. En réalité, il a peur que sa relation avec Liia, même vouée à ne pas être poursuivie, ne s'arrête net. Pourquoi ? Il ne le sait pas encore. Mais il préfère se taire.

— Non, pas du tout, mais j'étais juste derrière la haie de sapins et je n'ai pas pu m'empêcher d'écouter.

— Ah… M. Bianchi est, était notre comptable.

— Je suis désolé d'apprendre que le refuge est en difficulté.

Liia soupire.

— Une mauvaise passe. Contrairement à ce que dit notre adorable comptable, nous nous en sortirons.

— Je vous le souhaite sincèrement.

Liia ferme un instant les paupières, se gratte la tête et plisse une nouvelle fois le front.

— Pourquoi êtes-vous parti aussi subitement ?

Comme Baron n'a pas eu le temps d'y réfléchir, il invente à moitié.

— J'ai cru voir quelqu'un que je connaissais, mais je me suis trompé.

Liia hoche la tête

— Que lui avez-vous dit ?

— À votre comptable ?

Baron sourit de toutes ses dents.

— Que c'est un trou du cul.

— Vous avez fait ça ?

— Mais parfaitement !

Liia ne peut s'empêcher de rire.

— Vous n'êtes pas croyable…

— C'est ce qu'on me dit toujours.

Il a les mâchoires crispées, il n'est pas vraiment d'humeur à rire, mais cette situation, Liia n'y est pour rien. C'est pourquoi il a le devoir de se conduire en gentleman et de ne rien laisser transparaître.

— Bien, dans l'immédiat, je ne peux pas davantage vous aider, mais… j'ai grincé des dents en voyant un si bon chocolat chaud glisser ailleurs que dans mon gosier. Puis-je vous en offrir un autre, mademoiselle Josserand ?

— Mais avec plaisir, monsieur Verrier !

14

Baron est au moins content sur un point : il a récupéré un magnifique 4 × 4 dans lequel il n'a pas l'air d'un G.I. Joe voulant conduire une voiture Playmobil. Malgré la situation déplorable qu'il a vécue, il est rentré de Megève avec le sourire, a savouré les excellents déjeuner et dîner préparés par Liia, et a pu constater une nouvelle fois qu'elle faisait preuve d'une imagination extraordinaire pour faire apprécier sa cuisine végétarienne à quatre omnivores affamés, préférant manger de la saucisse plutôt que des pousses de soja confites.

Mais malgré ces quelques points positifs, il n'a pas réussi à trouver l'apaisement nécessaire pour lui permettre de passer une nuit correcte. Il n'a fait que songer à son restaurant, à sa légèreté, au temps perdu, à Bianchi qu'il aurait volontiers étranglé, à Liia, à Jack, et à leur situation financière compliquée. Et en se réveillant à 8 heures avec les premières lueurs du jour, ses pensées se sont toutes dirigées vers les Josserand. Parce que sa situation à lui était terriblement contrariante, mais loin d'être grave. Il ne perdrait pas son restaurant pour une viande de renne non servie. Jack et Liia eux, risquaient très gros.

Il regrette que les choses se soient passées ainsi, sincèrement.

S'ils avaient fait de l'élevage de rennes comme il l'avait cru, il aurait volontairement triplé le tarif du kilo de viande, prétextant la qualité des soins apportés, il aurait même envisagé de mettre du renne au menu toute l'année, de façon à en commander très souvent. Hélas, comme les conditions ne le permettent pas, et alors qu'il ne devrait pas prendre ça autant à cœur, il ne peut pas s'empêcher de se demander de quelle manière il pourrait leur donner un coup de pouce. Il lui faudrait, dans tous les cas, être discret. Car si Baron suppose que Liia accepterait un geste de sa part, Jack, bien qu'il le connaisse très peu, lui donne le sentiment d'être bien trop fier pour autoriser un étranger à leur venir en aide.

Baron pourrait leur faire livrer du fourrage, leur acheter de la laine de mouton en avance, payer un an de soins vétérinaires, mais ce ne serait que provisoire. Ce dont a besoin le refuge, c'est que l'argent tombe régulièrement et durablement. Il faut qu'il devienne incontournable été comme hiver et que les visiteurs se pressent et fassent exploser le carnet des réservations.

Baron étire ses longues jambes et ses longs bras, au point que ses pieds dépassent du matelas et que ses mains touchent le mur derrière lui.

— Allez, debout !

Contrairement à chez lui où il peut presque s'éjecter du lit d'un seul coup de reins tant la pièce est grande est dénuée de meubles qui l'encombrent, il plie les genoux avec précaution et s'assoit sur le rebord. C'est précisément à ce moment que sa sœur choisit de l'appeler, faisant vibrer son téléphone sur la table de nuit.

— Alors ? C'est réparé ? demande-t-elle sans préambule.

— Bonjour, sœurette, bien dormi ? Moi très peu, mais je te remercie.

Rafaella claque la langue.

— J'ai l'impression d'entendre maman, vous êtes tellement à cheval sur le protocole !

— Non, juste sur les règles les plus élémentaires de politesse, répond-il en souriant.

Rafaella soupire en faisant vibrer ses lèvres.

— Bonjour, mon frérot chéri, adoré et taaaant aimé ! As-tu bien dormi ou es-tu aussi frais que la rosée laissée sur un pot d'échappement crasseux ?

— Très drôle... Non, je n'ai pas passé une très bonne nuit.

— Ouais, il paraît que je suis à mourir de rire. Bon, et ma bagnole ?

Baron sourit.

— Je l'ai échangée contre un 4 × 4 à ma taille. Ils ne m'ont pas donné un centime pour ta C3, mais j'ai dit que je m'en moquais.

— Quoi ? s'offusque-t-elle.

— Calmos, frangine. Tu pars toujours au quart de tour, pas vrai ? Ce sont les injecteurs qui ont lâché, elle est en réparation.

— Les injecteurs ? Mais ça va me coûter une fortune !

— Trois cents euros, vu ton salaire de ministre, tu devrais t'en remettre, dit-il en sachant qu'il la taquine sur LE sujet sensible chez elle : l'argent.

Rafaella manque s'étrangler.

— Quoi ? Mais non, pas du tout ! Trois cents balles, c'est énorme. Ma voiture n'en vaut même pas trois mille !

— Tu crois ? Même si tu dis que le célèbre et ô combien sexy Barone Verroni l'a conduite ?

— Ça va, ne te prends pas pour Michael Jordan, non plus, tu n'as ni ses muscles ni son charisme.

— Tu es toujours aussi charmante… Enfin, rappelle-toi quand même que lorsqu'on demande à quelqu'un qui est le plus âgé de nous deux, c'est systématiquement toi qu'on désigne.

Et ça rend folle Rafaella. Elle ne supporte pas qu'on la vieillisse.

— Oh, ça va, c'est juste parce que toi, tu n'as jamais eu à te lever la nuit pour satisfaire les besoins en lait ou le mal de dents de deux gamines, OK ?

— C'est de bonne guerre.

— Bon alors, pourquoi t'as pas dormi ? Des problèmes au restau ?

— Non, aucun. L'équipe a l'air de très bien se passer de moi.

Rafaella ricane.

— Fais gaffe, tu vas leur donner de mauvaises habitudes et ils vont te foutre dehors sitôt revenu.

— Dans leurs rêves !

Sa sœur fait silence quelques secondes et revient à la charge.

— Bon alors, tu accouches ?

— OK… Pour commencer, je suis coincé ici cinq jours de plus. C'est pas que je m'inquiète pour le restaurant, les équipes sont au top, mais je vais revenir bredouille.

— C'est-à-dire ?

— Le refuge du Perce-neige est comme son nom l'indique, et j'aurais dû m'en douter, un… refuge. Les Josserand n'élèvent pas les rennes pour leur viande.

— Quoi ?

Baron pouffe de rire un peu nerveusement en y repensant.

— J'étais tellement excité de trouver un élevage presque local, que je me suis un peu trop précipité. C'est plutôt une ferme pédagogique. Tu apprends des trucs sur les rennes, tu caresses des moutons, tu goûtes à la pâtisserie finlandaise et découvres des objets samis.

— Tu caresses des moutons ? Tu es sérieux ?

— On ne peut plus… Moralité, je suis venu pour rien.

— Merde…

— Comme tu dis…

Rafaella prend quelques secondes pour réfléchir.

— Pourquoi tu ne rentres pas à Grenoble, du coup, et tu reviens chercher ma voiture plus tard ? Ce n'est pas le bout du monde.

Elle a raison, mais il lui donne une réponse simple et claire.

— Je n'en ai pas envie.

— Ah…

Alors, il lui explique la situation des Josserand et le dilemme qui l'a tenu éveillé toute la nuit. Oui, ç'aurait dû être le chou blanc qu'il a fait pour son restaurant qui le stresse, mais ce n'est pas le cas, et Rafaella en est très étonnée.

— Tu es amoureux ?

— On se connaît à peine, Raf…

— Et alors, je te rappelle que Sylvie et moi on s'est rencontrées dans une boîte de nuit, qu'on a baisé et qu'on ne s'est jamais quittées.

Baron manque s'étrangler. Rafaella a toujours de ces façons de parler !

— Oui ben, c'est pas mon cas. C'est juste que la situation de ces gens me fait de la peine. Ils se donnent à fond pour élever leurs rennes et leur offrir une vie que bien des humains aimeraient avoir. Et puis je m'en veux de m'être laissé amadouer par ce comptable véreux, j'aimerais pouvoir les aider.

— Zorro est arrivé ! chantonne Rafaella. Écoute, frangin, je sais que tu as toujours aimé sauver la veuve et l'orphelin, mais là, il me semble que tu n'y es pour rien et que tu ne peux pas prendre sur le dos la responsabilité de leur situation financière. Que pourrais-tu bien faire pour eux ? Leur donner un chèque ?

— Non, bien sûr que non… J'aimerais les aider à avoir plus de monde.

— T'as qu'à ouvrir un restau chez eux ! lance-t-elle en rigolant. Succès assuré !

Baron ne pipe pas mot. Sa sœur ne sait pas à quel point l'idée est en train de germer en lui. Après tout, il veut s'installer en Haute-Savoie, il trouve le domaine incroyable, ce ne serait pas une idée totalement idiote.

Son silence fait réagir Rafaella.

— Oh hé, attends, je plaisantais, hein ! Tu as bien assez à faire avec ton établissement étoilé !

— Elle cuisine très bien, répond-il simplement.

Il sent que sa sœur vient de prendre sa respiration.

— Non, mais je rêve ! Tu y penses vraiment ?

— Ce n'est pas comme si tu ne savais pas déjà que je voulais m'installer en Haute-Savoie depuis longtemps. Je ne l'ai jamais caché.

— Stop, stop, stop ! crie Rafaella. Arrêt sur image. On prend sa respiration et on expire très fort. Arrête tes conneries, Barone Verroni. Tu les connais à peine, ces gens, tu ne vas pas ouvrir un restau dans leur trou paumé ! Et pour faire quoi ? De la purée de pois cassés et des escalopes de haricots rouges ? Tu vaux mieux que ça.

Barone fronce les yeux. Il aime sa sœur sans doute plus que tout au monde, mais elle peut être tellement obtuse quand elle s'y met !

— T'excite pas comme ça, Raf, je n'ai rien décidé du tout. Je cherche une idée, c'est tout.

— Mais enfin, tu ne leur dois rien ! Tu paies ton séjour, pas vrai ?

— Oui, bien sûr, mais…

— Pas de « mais » qui tienne. Redescends sur Terre, ton restau commence à très bien marcher, mais ne prends aucun risque financier, promis ? Au départ, il s'agissait de racheter un établissement avec une clientèle, pas de partir dans un délire utopique.

Au tour de Baron de souffler.

— Tu regardes toujours par le petit bout de la lorgnette, c'est chiant… Tout n'est pas qu'une question d'argent dans la vie. Tu n'as jamais eu envie de faire quelque chose autrement que pour le fric ?

— Si, répond-elle d'un ton pincé. Je me suis mariée et j'ai eu des enfants.

Baron grimace.

— Désolé…

— Baron… Dis-moi que tu fais les choses pour toi, dis-moi qu'il y a du potentiel, dis-moi que tu es sûr de ne pas te planter et je t'encouragerai.

— Tu mets la charrue avant les bœufs, sœurette, je n'ai fait qu'imaginer.

— Alors dans ce cas, tout va bien ?

— Tout va bien.

Elle soupire, mais pas de soulagement, elle le connaît trop bien.

— Bon, je dois te laisser et partir bosser. Sylvie est miraculeusement à la maison cette semaine, c'est elle qui a déposé les filles à l'école. J'ai eu un peu de rab, mais faut pas pousser. Tu ne vas faire aucune connerie, d'accord ? Garde tes sous.

— T'inquiète…

— OK ! Allez, je raccroche. Gros becs, frangin.

— Gros becs. Oh, attends ! Je vais quand même faire une bêtise, je crois.

Rafaella se met à grogner.

— Je vais prendre en charge les frais de réparation de ta voiture, se moque-t-il.

— Encore heureux ! répond Rafaella. C'est toi qui la conduisais ! À plus !

15

— Maman, maman ! C'est aujourd'hui que M. Claus va sortir ses rennes en traîneau ! hurle Tim en débarquant en pyjama dans la chambre de Liia.

— Holà, ma tornade, tu t'es levé avec les poules ? Il est à peine 7 heures.

— Je n'arrive plus à dormir, je suis trop excité.

— Tu es certain qu'il y va aujourd'hui ?

— Oui, il me l'a dit hier !

Liia redresse la courtepointe de son lit et tapote un oreiller.

— Et où M. Claus veut-il aller se promener ?

— La piste de ski de fond juste derrière chez nous ! Tu vas dire oui, pas vrai ?

Aussi trépidant que ça puisse paraître à Tim, Liia n'est pas certaine de vouloir le laisser partir en balade n'importe où. Les pâtures du massif du Mont-Blanc, ce ne sont quand même pas les étendues blanches et plates de la Laponie, il y a beaucoup de zones rocheuses et escarpées.

— Je dois d'abord en parler avec M. Claus.

Tim croise les bras sur sa poitrine et fait la moue.

— On ne fait jamais rien ici ! Tu n'as pas le droit de me dire non.

Liia se met à la hauteur de son fils et lui presse le visage en souriant.

— J'ai tous les droits, surtout celui de te faire des chatouilles si tu m'attaques de bon matin. Tu as pris ton petit déjeuner ?

— J'ai pas faim, répond Tim la bouche comprimée par les taquineries de sa mère.

— Dommage, parce que pour faire une balade en traîneau, il faut avoir le ventre plein.

Le regard de Tim s'illumine.

— Oh, tu me laisses y aller alors ? s'écrie-t-il en se détachant. C'est vrai ?

— Peut-être pas très loin, mais oui, tu as gagné !

Tim fait une danse de la joie et descend en courant dans la cuisine.

Liia s'assoit sur le rebord de son lit et soupire. Elle a bien conscience que Tim a besoin qu'on lui lâche un peu la bride, mais ce n'est pas son fort. Un jour, alors qu'il avait trois ans et sortait d'une très lourde opération, Matt avait dit à Liia qu'elle était trop protectrice et que vu la situation, leur fils risquait de se fermer un peu plus aux autres. Il avait raison. Liia a dû faire un grand travail sur elle pour lui laisser davantage de liberté et permettre à son insouciance de s'exprimer. Même s'il n'en a jamais vraiment eu. Il réfléchit à tout avant d'entreprendre quelque chose, pèse le pour et le contre. En sera-t-il capable ? Ne se moquera-t-on pas de lui ? Pourra-t-il passer outre si c'est le cas ? Sans compter que pendant longtemps, il était pris de migraines épouvantables qui pouvaient l'immobiliser n'importe où, alors il s'interdisait beaucoup d'activités. Tim a toujours été très raisonnable, c'est pourquoi Liia met un point d'honneur, dans des situations comme celle-ci, à lui montrer qu'il a le droit de laisser libre cours à ses envies. Ce n'est pas toujours facile pour elle, mais elle a compris que lui offrir des privilèges que d'autres n'ont pas était important.

Elle se lève, vérifie que sa chambre est en ordre et descend pour rejoindre Tim avant d'aller préparer le petit déjeuner dans le kota.

— Qu'est-ce que tu fais ? demande-t-elle à Tim en le voyant monter sur un tabouret pour récupérer un plateau en haut d'un placard.

— Je vais t'aider, pardi ! Comme ça, M. Claus n'aura pas besoin d'attendre, tout sera déjà prêt quand il se lèvera.

Elle sourit. Peur de rien, prêt à tout !

Liia regarde l'horloge de la cuisine. Ses deux visiteurs ne descendront pas avant 8 heures, elle a encore quarante-cinq minutes devant elle.

— Je file acheter du pain frais et des viennoiseries ! Si tu veux m'aider, mets la table comme je te l'ai appris et sors le beurrier et les confitures du frigo, je m'occupe du reste. Merci, mon petit perce-neige, à tout de suite, dit-elle en l'embrassant sur le front.

Elle attrape sa parka pendue sur le portemanteau et sort par la porte arrière de la cuisine. Jack est en train de remplir la benne accrochée à son petit tracteur.

— Le reste du troupeau n'ose toujours pas s'approcher, dit-il en les désignant du doigt. Ils restent à l'orée du bois. Ça fait cinq jours. Je vais leur apporter du fourrage.

— C'est quand même étonnant, les rennes de M. Claus ne quittent pas leur enclos et s'aventurent à peine hors de l'étable.

— Ils ont du caractère, et avoue qu'ils ne sont pas banals, les nôtres doivent le sentir. Regarde les femelles, dès qu'elles les voient elles se comportent comme si on leur amenait un mâle en rut au mauvais moment.

Liia hoche la tête.

— Je vais à la boulangerie, tu as besoin que je te rapporte quelque chose ?

Il fouille dans sa poche et en ressort une enveloppe pliée.

— Non, tiens.

— Qu'est-ce que c'est ?

— Un peu d'argent liquide pour éviter de toucher au compte en banque du refuge.

Qu'il soit obligé de prendre les quelques billets qu'il met de côté pour les fois où il sort avec ses rares amis lui fend le cœur.

— Papa…

— Plaie d'argent n'est pas mortelle, disait ta mère. Profitons tant qu'il y en a.

— Je peux aussi payer, tu sais…

— Garde ton argent pour Tim. Les jours meilleurs reviendront.

Elle hoche la tête sans rien dire et prend l'enveloppe. Elle ne s'en servira pas, mais elle ne lui redonnera pas non plus cette enveloppe pleine, il le prendrait très mal. Elle le fera plus tard.

— Papa ?

— Oui ?

— Maman serait fière de toi et de tout ce que tu fais pour le refuge.

Il crispe les mâchoires et lève la tête en direction des rennes.

— Elle s'en serait sortie mille fois mieux que moi. On n'aurait pas dû nous la prendre aussi tôt.

Liia sent la boule d'émotion qui lui obstrue la gorge lui remonter au bord des yeux. Jack ne s'est jamais remis de la mort de sa femme, c'est un morceau de son cœur qui lui a été arraché. S'il veille à peu en parler, il y a des instants, comme celui-ci, où les problèmes et les incertitudes sont trop grands, alors c'est à elle qu'il pense, à tout ce qu'ils ont entrepris ensemble et tout ce qui ne doit en aucun cas être brisé.

— Je t'aime, papa.

— Moi aussi, ma courageuse petite fille.

Mue par une bouffée d'amour incontrôlable, elle se jette contre lui pour le serrer dans ses bras à l'étouffer, à deux doigts de pleurer.

— On va y arriver, répète-t-il inlassablement en lui tapotant le dos, on va y arriver…

***

Depuis qu'il est au refuge, Liia ne se souvient pas avoir vu autant manger M. Claus. Tim, qui a absolument tenu à rester au kota pour servir le café aux invités, semble très amusé. Quant à Baron Verrier, il a arrêté de manger depuis longtemps pour regarder son voisin avaler tour à tour trois croissants, une demi-baguette, la moitié d'un pot de confiture, une orange, un yaourt nature, deux œufs brouillés, du bacon végétal que Liia a réussi à trouver au magasin bio, et un énorme roulé à la cannelle qu'elle a confectionné la veille au soir. C'est impressionnant.

— Ah, ça fait du bien ! dit enfin Nicolas Claus en se tapotant le ventre. Rien de mieux qu'un bon petit déjeuner pour commencer la journée.

— Vu ce que vous avez avalé, vous avez pris de l'avance pour au moins cinq jours, fait remarquer Baron.

— Vous n'allez pas être malade ? s'inquiète Tim.

Parce qu'à cet instant pour lui, rien n'est plus important que faire cette fameuse balade en traîneau.

M. Claus se met à rire d'un de ces rires qui vous donnent envie de penser que plus rien n'ira jamais mal dans le monde tant qu'on sera auprès de lui.

— Moi, malade ? Jamais de la vie, mon garçon ! Le jour où le père Noël sera malade, c'est que les poules auront des dents !

— Cette phrase est irréelle, dit Baron, consterné, en secouant la tête.

— Vous êtes bien rabat-joie, ce matin ! le morigène Nicolas Claus. Une sortie à l'air pur vous fera le plus grand bien. Et à vous aussi, Liia ! Je vous attends tous les deux dehors dans vingt minutes. Et pas de non qui tienne ou vous ne trouverez aucun cadeau sous le sapin !

Il se lève et quitte le kota sans demander son reste.

— Je vais me changer ! crie Tim en courant vers la porte d'accès au couloir. Maman, dépêche-toi, on ne peut pas être en retard !

Liia ne peut s'empêcher de sourire, mais Baron lui, fronce très fort les sourcils.

— C'est une plaisanterie, n'est-ce pas ?

— On dirait bien que non, monsieur Verrier, se moque-t-elle.

— Vous êtes vraiment prête à monter dans cet engin de malheur ?

Liia étire les lèvres de plus belle.

— Affirmatif !

Baron semble extrêmement dubitatif.

— Hum, je suis sûr que c'est parce que vous avez peur de laisser votre petit garçon tout seul !

— Vrai, cent pour cent vrai ! avoue-t-elle.

— Eh bien, vous savez quoi ? Je vous accompagne, et seulement pour vous montrer qu'un presque Malien a tout à fait sa place dans le traîneau du père Noël.

Liia ne peut s'empêcher de rire.

— Oh, mais je n'ai jamais dit le contraire ! À tout de suite, monsieur Verrier !

Et au moment où elle commence à s'éloigner vers l'arrière-cuisine, il la retient par la main. Ses longs doigts s'enroulent autour de son poignet et la font se tourner vers lui. Liia lève de grands yeux étonnés vers Baron.

— Oui ?

Il avance, puis il baisse la tête pour la regarder. Le cœur de Liia bat la chamade.

— Vous devriez perdre cette habitude de m'appeler M. Verrier…

— Je, euh… c'était pour plaisanter.

Baron esquisse un petit sourire en coin, dévoilant la pointe blanche d'une canine. De sa bouche ou de ses yeux, elle ne sait plus quoi regarder.

— Répétez après moi, dit-il. Ba-ron.

Elle déglutit.

— Ba… ron.

Il accroche son regard une dernière fois et se redresse, de toute évidence satisfait.

— Eh bien voilà. Vous voyez, ce n'est pas si compliqué ! À tout de suite. Je vous devance pour ne pas être le dernier arrivé.

Liia se retrouve seule dans le kota, incertaine de comprendre ce qui vient de se passer ni pourquoi ses veines se sont mises à bouillir de cette façon.

Reprenant un peu de constance, elle se dépêche de débarrasser la table, remplit le lave-vaisselle et court se changer.

Il fait froid depuis deux jours, la neige va bientôt se remettre à tomber. Liia enfile un pantalon imperméable, un pull à col roulé en laine, de grosses chaussettes de ski et, emmitouflée dans une parka, un bonnet et des gants, elle rejoint tout le monde derrière la maison.

Le traîneau est toujours posé sur les planches. Les huit rennes sont déjà attelés et piaffent d'impatience, Tim s'agite comme une puce, Jack et Nicolas Claus vérifient que les harnais ne sont pas trop serrés et que les sangles sont bien attachées, quant à Baron, les pieds plantés dans la neige, il regarde tout ce petit monde d'un air suspect.

— Vous n'allez pas changer d'avis ? le taquine Liia.

— Sûrement pas ! Regardez, on dirait que j'ai fait ça toute ma vie.

Il s'approche de l'un des rennes et lui tapote l'arrière-train.

Mais ce dernier râle en se tendant comme un arc. Il tourne la tête et pose un regard mécontent sur Baron. Il roule des yeux et a même l'air carrément outré.

Baron recule et lève les mains en signe d'apaisement.

— C'est qu'ils sont susceptibles, dit-il à Nicolas Claus.

— Vous n'imaginez pas à quel point ! Toutefois, je doute que vous appréciiez qu'on vous tâte les fesses sans vous demander votre avis, ajoute-t-il en resserrant un harnais d'un air égal.

Baron se tourne vers Liia en haussant un sourcil.

— Je rêve ou il vient de me comparer à un renne ?

Lequel lève le menton d'un air hautain, frappe le sol d'un coup de sabot arrière et, de façon tout à fait inattendue, soulève sa minuscule queue ébouriffée et lâche un long pet sonore.

Baron en reste bouche bée.

Liia se mord les joues pour s'empêcher de rire et regarde Nicolas Claus faire avancer ses bêtes de quelques mètres dans la neige. Le traîneau est prêt.

— Tout le monde à bord ! crie l'étonnant conducteur en se frottant le ventre de satisfaction.

— Il a vraiment l'air de sortir d'une histoire pour enfants, lui chuchote Baron à l'oreille.

Et c'est vrai. Pour l'occasion, il a mis sa tenue de Tyrolien. Dans ce contexte et avec sa grosse barbe blanche, personne n'aurait envie de douter qu'il est le véritable père Noël.

— Allez-y, Jack ! dit Nicolas Claus en l'invitant à monter.

Mais ce dernier recule.

— Ce sera sans moi.

— Oh, oh, oh ! Vous ne savez pas ce que vous perdez !

— Si, je le sais. La piste de ski de fond n'est pas officiellement ouverte, mais elle est quand même usitée par les promeneurs, faites très attention.

Et sans dire un mot de plus, il tourne les talons et passe de l'autre côté de la maison.

— Qu'est-ce qu'il a, papy ? demande Tim, protégé derrière son cache-nez, en venant vers elle.

Liia lui frotte la tête à travers son bonnet.

— Il est un peu triste. Avec mamie Ronja, ils se sont rencontrés sur une course de traîneaux, en Laponie. Les rennes de M. Claus lui rappellent cette période et la disparition de ma maman.

Tim la regarde de ses grands yeux bleus si expressifs.

— Et toi, ça va aller ?

— Oui, mon grand. Ma maman me manque aussi beaucoup, mais je t'ai toi !

— Et papy il nous a nous !

Liia soupire en souriant.

— Mais parfois ça ne suffit pas. Allez, on monte ?

Tim se met à l'avant avec Nicolas Claus qui lui a promis de tenir les rênes à un moment donné, quant à Liia et Baron, ils s'installent à l'arrière.

— À la place des cadeaux ! s'écrie Tim en riant. Allez, go, go !

Baron et ses grandes jambes ont toute la place nécessaire pour être à l'aise, pourtant, il n'a pas envie de faire le malin. C'est la première fois qu'il monte dans un traîneau, tiré par des rennes qui plus est. Il se colle le dos contre la paroi rouge aux volutes dorées, et s'accroche discrètement au fauteuil en cuir.

— Tendu ? demande Liia en riant.

— Pensez-vous ? Je suis heureux comme un coq en pâte, tout à fait à ma place ! Voyez ? ajoute-t-il en levant les mains.

Pile au moment où M. Claus donne l'ordre à ses huit rennes d'avancer.

— Holà ! s'écrie Baron en s'accrochant de nouveau.

— Tout va très bien se passer, lui assure Liia en posant sa main sur la sienne.

Ils quittent l'arrière du refuge et contournent la pâture pour emprunter la colline qui les mènera à la piste de ski de fond. Le tapis neigeux est très épais, ils sentent à peine les bosses sous les patins du traîneau. Le début de la balade est finalement plutôt sympathique, Baron commence à se détendre, mais alors qu'ils arrivent en haut de la colline, il faut maintenant redescendre. Malgré lui, ses doigts se crispent un peu plus contre le fauteuil.

— Doucement, doucement ! ordonne Claus aux huit rennes.

Et hop ! Comme exaltées à l'idée de pouvoir courir, les bêtes accélèrent et le traîneau se met à glisser à une vitesse inattendue. Baron s'accroche de toutes ses forces. Les patins chassent de côté et font s'envoler une quantité impressionnante de neige qui tourbillonne autour d'eux comme des millions de flocons argentés. Baron ne sait plus où il en est, incapable de dire si son cœur se trouve au niveau de ses pieds ou de sa gorge. Au mépris de toute logique et en pleine descente, le traîneau se lève un peu sur l'arrière, les propulsant contre le dossier en cuir. Puis il se remet en avant, se stabilise, si bien qu'à un moment, Baron a presque l'impression que le traîneau ne touche plus le sol, mais ce n'est pas pour autant qu'il ose regarder par-dessus bord, ça va vite, trop vite !

— Maman, j'adore ça ! hurle Tim en se tournant vers eux.

Liia éclate de rire, pas perturbée pour deux sous, puis se tourne vers Baron.

— Ça va ?

Il n'ose rien dire du tout. Il a le pied marin, mais pas alpin, c'est une évidence.

Lorsque le traîneau ralentit et semble retomber sur le sol, il reprend son souffle. Liia, elle, paraît tout à fait dans son élément, le teint vif et le sourire radieux.

— C'était génial ! crie Tim. Hein, maman ?

— Fabuleux ! répond-elle, des étoiles dans les yeux. Monsieur Claus, vous êtes un conducteur hors pair !

Ce dernier rit et entame une vitesse plus reposante.

— Merci pour le compliment ! Des siècles d'expérience feront toujours la différence.

Baron garde pour lui la remarque que lui inspire cette phrase, ce n'est pas le moment d'être rabat-joie.

— Et vous, monsieur, euh… bredouille Tim. J'ai oublié votre nom.

— Baron, je m'appelle Baron.

— C'est un drôle de prénom, il vient d'où ? Votre famille était aristocrate ?

— Tim…, soupire Liia.

Baron rajuste son bonnet.

— Ça va, c'est une question bien normale.

Il regarde Tim. Son cache-nez lui est tombé sous le menton, et bien que Baron l'ait déjà vu plusieurs fois sans son masque, il ne sait pas comment se comporter en présence de Tim quand il se montre tel qu'il est. Baron est adulte, il devrait détourner le regard ou au moins avoir l'air impassible, mais il n'y arrive pas. Voir un enfant défiguré de la sorte, c'est dur. Mais Tim, heureux d'être ici, sourit et s'esclaffe sans se soucier une seule seconde de son apparence, il est avec des gens de confiance et Baron ne veut pas lui faire de peine.

— Mon père était italien et en italien, on dit « Barone », et tu as raison, ça veut dire « baron », comme un baron !

— Ton père est mort ?

— Tim ! s'insurge Liia, horrifiée.

— Pardon…, dit-il en refaisant face à la route.

Liia se tourne vers Baron, très gênée.

— Je suis désolée…

— Les enfants ! répond-il en souriant.

Liia hoche la tête, sans doute reconnaissante qu'il n'en fasse pas tout un plat.

— Monsieur Claus, dit-elle, nous arrivons à l'orée de la forêt, la piste de ski de fond n'est pas loin, faites attention en vous y engageant.

— C'est noté, Liia, nous allons être prudents, pas vrai, mes amis ? s'adresse-t-il à ses rennes.

Lesquels semblent lui répondre en soufflant. Semblent seulement, car Baron est beaucoup trop cartésien pour imaginer quoi que ce soit.

Le traîneau emprunte une vitesse de croisière tout à fait agréable, et tandis que Nicolas Claus et Tim entonnent des chants de Noël horriblement faux, Baron se tourne vers Liia.

— Et vous, vous ne chantez pas ?

— Si, comme une casserole, vous n'aimeriez pas entendre ça !

— Pourtant, j'aime les casseroles…, dit-il comme pour lui-même avant de réaliser qu'il a tout simplement pensé à voix haute.

Les yeux de Liia s'arrondissent, alors Baron a un sourire niais. Que pourrait-il faire d'autre ?

Elle se racle la gorge et se concentre sur la route. Mais Baron a compris, elle n'est pas indifférente. Et il s'en réjouit.

16

La balade à travers les bois était finalement très agréable. La piste de ski de fond assez large pour permettre de voir le ciel bleu. La cime enneigée des arbres et le soleil à travers les frondaisons offrent une lumière exceptionnelle.

Nicolas Claus a fait demi-tour depuis maintenant vingt bonnes minutes, mais à la demande de Liia, il a arrêté son traîneau au pied de la colline, tout près des pâtures appartenant au refuge. Liia en descend et fait signe à Baron de la rejoindre.

— Venez voir, ils sont tous là.

Baron la suit en comprenant qu'il va enfin rencontrer le reste du troupeau de rennes. Ce qui est plutôt drôle quand on sait que le Graal qu'il pensait atteindre est tombé à l'eau.

— Ils sont sous les arbres, à une centaine de mètres, droit devant vous, précise Liia. Ils sont en train de fouiller la neige avec leur museau, regardez. Ils cherchent du lichen.

Baron fronce les sourcils, il ne fait que deviner leur forme.

— Je suis myope, dit-il, et j'ai bien peur que même avec mes lentilles de contact, il me soit impossible de les voir distinctement.

— Ah… Venez, nous allons nous approcher !

Nicolas Claus et Tim sont toujours dans le traîneau, Liia se tourne vers eux.

— Vous venez aussi ?

Mais Tim fait la moue, il n'a pas très envie de gambader à travers champs.

— Il y a de la fougère persistante le long des bois, mentionne Nicolas Claus, si vous n'y voyez pas d'inconvénient, Tim et moi allons récompenser nos huit amis qui l'ont bien mérité.

— Oui, bien sûr ! Nous n'en avons pas pour longtemps.

Mais c'est sans compter la sacrée épaisseur de neige qui couvre la prairie. Baron suit Liia comme si c'était son ombre et marche littéralement dans ses pas.

— Il faut passer sous la clôture, l'avertit-elle, ça ira ?

Il sourit.

— Non, mais au-dessus, oui !

Elle n'est pas très haute, il suffit à Baron de l'enjamber, mais bien sûr, il reste coincé quand son pantalon tout neuf s'accroche au fil barbelé, pile à l'entrejambe. Le voilà immobilisé, jambes écartées, de part et d'autre de la clôture.

— Je vais vous aider ! s'écrie Liia.

— Non, surtout pas ! la supplie Baron qui trouve la situation des plus embarrassantes. Je vais y arriver.

Il retire ses gants, se met les mains entre les jambes et essaie de décoincer le nœud métallique, objet du litige.

— Vous êtes sûr que… ?

— Oui, je vous dis, je vais y arriver !

Il n'a jamais été du genre patient, alors il s'énerve un peu et se met à tirer sans réserve sur le tissu qui se déchire sur bien dix centimètres. Catastrophé, Baron voit le coton de son boxer désormais bien en évidence.

— Je ne regarde pas ! dit spontanément Liia en tournant la tête. Je n'ai rien vu !

Baron la voit fermer les yeux de toutes ses forces, et se sent soudain pris d'un rire nerveux. D'abord, il essaie de le juguler, hoquette, puis soudain, ne parvenant plus à se retenir, il s'esclaffe, ce qui ne fait qu'aggraver le cas de son pantalon dont la déchirure s'étend un peu plus.

— Oh, mon Dieu, s'écrie Liia, arrêtez, vous faites pire que mieux !

— Vous, arrêtez ! dit-il en se tordant de plus belle.

Mais au bout d'un moment, à se plier comme il le fait, c'est le morceau de tissu qui lâche. Et le voilà avec vingt centimètres carrés de peau à l'air libre. Liia est consternée, mais Baron en a mal au ventre tant il a du mal à reprendre son souffle.

— Oh, si vous pouviez voir votre tête !

Elle s'approche, de toute évidence catastrophée.

— Il fait à peine trois degrés dehors, vous devez vous les geler !

— C'est le mot ! répond-il en aboyant de rire. Je me les gèle !

Liia devient toute rouge.

— Non, non, ce n'est pas ce que j'ai voulu dire !

— Mais vous l'avez dit ! Allez, conclut-il en essayant de se calmer, les yeux tout humides, allons voir ces rennes avant qu'ils ne décident de filer.

Après tout, n'était-il pas venu pour ça au départ ?

Il inspire à fond, expire, ramasse ses gants et commence à marcher, tâchant de ne pas penser à la morsure du froid sur sa peau nue.

— Faites attention où vous mettez les pieds, il y a de la roche là-dessous, le prévient Liia.

Il acquiesce.

Cent mètres à parcourir dans la neige prennent une dimension bien plus épique que crapahuter sur un chemin de terre en plein été. Malgré ses grandes jambes, ses bonnes chaussures et les sillons que laisse Liia, il avance aussi vite qu'un escargot neurasthénique.

— Nous y sommes presque, dit-elle en s'arrêtant pour lui faire face. Plus qu'une dizaine de mètres. Regardez, ils sont juste là.

Baron lève la tête, fronce les sourcils et les voit très distinctement désormais. Ils sont au moins une quarantaine, voire plus, c'est assez impressionnant.

Il pensait que Liia et lui allaient rester à distance, mais elle se met à claquer la langue plusieurs fois, un de ces bruits que les gens ont l'habitude de faire pour appeler un chat ou un chien qu'ils ne connaissent pas. Un par un, les rennes se tournent vers eux.

Intimidé, Baron s'arrête de respirer.

Un renne bien plus grand que les autres, le mâle dominant, très certainement, prend la tête pour s'approcher des deux visiteurs.

— Ils ne vous feront aucun mal, le rassure Liia, mais nous sommes sur leur territoire, alors évitez d'avoir des gestes brusques. Tous ne s'approcheront pas, il y a des timides.

Baron n'en mène pas large quand le grand renne vient lui renifler les doigts. Il fait bien 1,20 m au garrot et a encore un bois presque intact, juste cassé à son extrémité et recouvert d'un étrange duvet de poils.

— Vous pouvez le caresser, lui suggère Liia.

Il tend la main avec la plus grande précaution et frôle l'épaisse fourrure claire de son col.

— Retirez vos gants et touchez ses bois, vous allez être surpris.

C'est ce qu'il fait. La sensation est étrange, il a l'impression d'être en contact avec un écrin de velours. C'est d'une douceur et d'une régularité exceptionnelles.

— Ce sont des animaux fascinants, dit Liia. Ils perdent leurs bois en hiver pour dépenser moins d'énergie.

— Ah oui ?

— Les bois d'un mâle lui servent à intimider ses adversaires lors les périodes de rut, et à se battre aussi. Pendant les grands froids de l'hiver, le corps du renne est programmé pour survivre et toute son énergie y est consacrée. Ainsi, il n'en a plus assez pour entretenir ses bois qui commencent à s'affaiblir à la fin de la saison des amours. Il en va de même pour les femelles tout au long de l'année et qui n'en sont pas toujours pourvues. Dans les endroits hostiles où les ressources se font plus rares, elles concentrent toute leur énergie à maintenir leurs fonctions vitales et ne produisent pas de bois.

— Fascinant…

— Je vous l'ai dit !

Elle lui sourit, ravie et plus que jamais dans son élément. Baron la trouve jolie, avec sa fraîcheur, sa spontanéité, sa passion. Il a presque envie de la toucher, elle aussi, mais il s'abstient.

— Avançons un peu dans la forêt, je vais vous montrer quelque chose.

Il obéit et la suit au milieu des rennes qui les regardent passer sans être perturbés.

Liia s'enfonce dans les bois et s'arrête devant un grand arbre à l'écorce dépourvue de mousse, à hauteur des yeux, là où deux mètres plus haut, il en est intégralement recouvert.

— Dans la nature, en plein hiver, les rennes ne survivent que grâce au lichen et à la mousse. Pour autant, ils n'abîment pas l'écorce des arbres, comme s'ils savaient qu'elle était utile pour que les champignons s'y reproduisent.

Mais Baron a décroché. L'odeur de la forêt en hiver a quelque chose d'indescriptible et ravive des souvenirs très lointains, doux-amers, ceux dans lesquels son père était encore vivant, et où il montait dans son camion pour aller chercher des grumes dans les bois. Il était toujours très impressionné par le bras mécanique qui soulevait des troncs d'arbres immenses. Quand il était tout gamin, bien avant que l'amour de la cuisine ne s'empare de lui, il imaginait que plus tard il ferait le même métier et deviendrait le maître des forêts, qu'il les posséderait toutes, les protégerait et en vivrait. Mais c'est en réalité la forêt qui domine l'homme et c'est en lui prenant son père qu'elle le lui a prouvé.

— Baron ? Tout va bien ?

Liia l'appelle par son prénom pour la première fois, ce qui a le mérite de le sortir de sa torpeur.

Elle se tient juste devant lui et lève les yeux sans comprendre ce qui lui arrive.

— De quoi votre maman est-elle décédée ? demande-t-il soudain.

Le visage de Liia s'assombrit légèrement, mais elle lui répond.

— Sa voiture a été fauchée par un camion qui roulait en contresens dans les virages, alors qu'elle se rendait à Chamonix. Elle est morte dix mois avant la naissance de Tim.

Baron hoche la tête, il n'a pas besoin d'en savoir plus, il veut juste se confier à son tour sans qu'il en explique la raison.

— Mon père a été écrasé par les grumes qu'un de ses collègues était allé chercher en forêt. Les sangles avaient été mal scellées.

Les yeux bleus immenses de Liia brillent d'une intensité troublante. Elle sait précisément ce qu'il ressent, et c'est sans doute pourquoi elle ne pousse pas un « oh ! » d'horreur pourtant habituel, chaque fois qu'il raconte cette histoire. Elle ne dit rien, elle le regarde, c'est tout. Alors, mû par une pulsion impossible à contrôler, il se penche sur elle et recouvre ses lèvres des siennes. Il en crevait d'envie. Il devait le faire.

Au lieu de le repousser, comme il était probable que ça arrive, Liia lui rend son baiser, en douceur, pudique, sans se presser. Ils prolongent l'instant, le savourent et ignorent le moment où ils devront réaliser ce qu'ils ont fait et pourquoi ils l'ont fait. Baron lui passe une main autour de la nuque pour sentir sa peau et le soyeux de ses cheveux, il approche le nez de son cou et sent l'odeur poudrée de son parfum. Elle pose les mains sur ses épaules, écrase sa joue contre sa poitrine et ne bouge plus. Ils sont comme seuls au monde.

— Maman ! Maman ! se met à hurler Tim. Viens voir, on a vu un drôle de lapin, tout blanc avec le bout des oreilles tout noir !

Ils se détachent d'un bond et s'écartent l'un de l'autre. Le gamin ne les a pas encore vus.

— Ne cours pas ! l'avertit sa mère en criant, il peut y avoir des roches sous la neige !

Mais Tim n'écoute pas, et la seconde d'après, il trébuche et s'étale la tête la première dans la poudreuse.

— Et voilà, qu'est-ce que je disais ? soupire Liia en avançant pour aider son fils à se remettre debout. Il ne m'écoute jamais.

Mais Baron, en hauteur, a vingt centimètres d'avance sur elle, ce pourquoi il voit et comprend avant Liia que quelque chose ne va pas.

Tim se redresse, un peu étourdi, le bonnet de travers, se met à quatre pattes tant bien que mal, regarde la neige là où l'empreinte de son crâne est imprimée et hurle de terreur.

Il y a du sang partout.

— Tim ! s'égosille Liia quand elle réalise.

Elle accourt et se jette aux pieds de son fils. Le visage défiguré de Tim est couvert de neige, de sang et de larmes. Le petit garçon sanglote sans s'arrêter.

— Où est-ce que tu as mal ? demande-t-elle calmement en lui retirant son bonnet pour lui inspecter le front.

— La… la bouche…

Elle lui lève la tête, regarde de près et sort un paquet de mouchoirs en papier de son anorak. Elle tamponne les lèvres de Tim avec douceur et comprend qu'il s'est non seulement entaillé en profondeur, mais qu'il a aussi perdu une dent, ce qu'elle évite de lui dire pour ne pas l'affoler. Sa gencive coule à flots.

— On va t'emmener à l'hôpital.

— Non, je ne veux pas y aller ! se met-il à crier en secouant la tête comme un damné. Je veux pas, je veux pas, je veux pas !

Tim déteste les hôpitaux, personne n'aurait besoin d'explication pour comprendre. Liia voudrait tellement lui éviter ça encore une fois, mais le visage de Tim est bien trop fragile pour ne pas s'assurer qu'il n'y a rien de grave.

— Je vais le porter, dit Baron pendant que Tim s'agite dans la neige. Laisse-toi faire, bonhomme, tu verras, de ma hauteur, le monde n'est pas si mal. Tu veux que je te prenne sur mes épaules ou que je te porte comme une princesse ? Tu as le choix.

Médusé, Tim s'arrête de crier et le regarde comme si Baron sortait de nulle part.

— Sur vos épaules.

— Il va vous mettre du sang partout, proteste Liia.

— Et alors ? Je ne vais pas en mourir, ajoute-t-il en lui souriant. De toute façon, mon pantalon est déjà foutu, et puis du sang de lutin, ça ne peut pas être bien méchant.

— Je ne suis pas un lutin ! dit Tim en zozotant encore plus que d'habitude.

— Non, juste un farfadet désobéissant. Allez !

Comme s'il s'était agi d'une plume, il soulève Tim et le hisse sur ses épaules. Le gamin se tient fermement à son cou tant c'est haut.

— Holà ! Doucement, ne va pas m'étrangler, sans quoi je ne suis pas sûr que ta mère arrive à nous porter tous les deux.

— Tout va bien ? demande Nicolas Claus en accourant tant bien que mal. Que s'est-il passé ?

— Tim est tombé contre un rocher, on va devoir l'emmener à l'hôpital, lui explique Liia. Si on coupe par le champ à pied, on ira plus vite.

— Et risquer une autre chute ? Vous plaisantez ? s'insurge Nicolas Claus. Le traîneau sera plus prudent.

Il retire ses gants, se glisse deux doigts dans la bouche et siffle un coup sec.

Aussitôt, ses rennes se mettent en branle et font avancer le traîneau au plus près de la clôture. Liia suit leur maître, Baron et Tim derrière elle.

Arrivée devant les barbelés, Liia s'apprête à demander à M. Claus s'il a besoin d'aide pour les soulever. Il est imposant et elle ne sait déjà pas par quel miracle, à l'aller, il a réussi à passer sans rester coincé. Mais au lieu de se tortiller pour glisser dessous, il sort une pince de sa parka et coupe les fils en deux temps, trois mouvements.

— Il faut savoir être prévoyant ! s'amuse-t-il en voyant le regard surpris de Liia. Après vous !

Et de la main, il les laisse passer tous les trois.

Tandis que Baron fait redescendre Tim pour l'installer à l'arrière, Nicolas Claus bidouille devant la clôture.

— Je vais monter à l'avant, dit Baron à Liia, comme ça, vous pourrez rester à côté de Tim.

— Merci, c'est gentil.

Elle s'assoit comme prévu pendant que Baron prend place devant elle, et regarde M. Claus qui leur fait enfin face tout en se frottant les mains contre sa parka.

Il contourne le traîneau et chuchote quelque chose à l'oreille des rennes Claude et Elizabeth qui, elle le jurerait, hochent la tête.

Elle n'a pas rêvé, Baron se retourne avec un air aussi perplexe qu'elle.

Puis Liia pose les yeux sur la clôture, elle est intacte. Nicolas Claus avait une pince sur lui, soit, mais il ne se promène quand même pas avec du fil barbelé !

— Comment avez-vous fait ça ? demande-t-elle.

— Comment j'ai fait quoi ?

— Vous avez réparé la clôture.

Il glousse, monte à bord et renfile ses gants.

— Je n'ai rien fait du tout, répond-il avec un clin d'œil.

— C'est le père Noël, c'est pour ça, chuchote Tim à sa mère. Je te l'ai déjà dit. Il a des super-pouvoirs.

Liia ne prend même pas la peine de répondre et soupire.

L'hôpital d'Albertville est à cinquante minutes du refuge.

17

— Je vous remercie pour ce que vous avez fait pour Tim…

Baron prend la main que Jack lui tend, la lui serre chaleureusement et lui sourit.

— Il faut croire qu'être un kéké en cravate n'empêche pas d'avoir le sens des responsabilités, plaisante-t-il. Je vous en prie, Jack, c'est normal.

— Arf… Je suis un vieux bougon. Ma femme disait toujours que j'avais la sociabilité d'un ours polaire en isolement. Les cafés d'hôpitaux ne sont pas les meilleurs, mais je vous en offre un ?

— C'est pas de refus…

Baron ne s'est pas levé aux aurores, mais cette matinée ahurissante l'a vidé.

Jack avance jusqu'à la machine à café et y introduit quelques pièces.

— Laissez-moi deviner, dit-il, double expresso sans sucre ?

— Tout juste !

— Je me suis douté que vous les aimiez comme moi. C'est une affaire de grandes tiges !

Le gobelet rempli, Jack le tend à Baron et s'en fait couler un autre. Puis les deux hommes vont s'asseoir dans la salle d'attente. Liia est avec Tim depuis au moins deux heures. Jack, qui s'était absenté du refuge, les a rejoints alors qu'ils venaient juste d'être appelés par un médecin. Baron se souviendra longtemps de son regard lorsqu'il est arrivé aux urgences, la panique y transperçait.

Les jambes écartées, Jack fait nerveusement tressauter son pied droit.

— Je suis certain que tout va bien se passer, essaie de le rassurer Baron.

— Je m'en doute, il est solide comme un roc.

Il boit une gorgée de café et s'adosse un instant sur le siège en lames de bois, tout en fermant les yeux.

— Si je peux vous faire une confidence, c'est davantage pour ma fille que je m'inquiète. Depuis dix ans, elle encaisse sans jamais se plaindre et va jusqu'à mentir sur son état d'esprit pour que personne ne s'inquiète. Je me demande quand elle va finir par voler en éclats.

Baron sourit. À bien des égards, Liia lui fait penser à lui-même. Comme elle, il s'épanche peu. Lorsque son père est mort, il s'est réfugié dans le travail pour combattre ses émotions négatives et prendre soin de sa mère et de sa sœur. Il aurait détesté qu'on ne puisse pas compter sur lui, et d'une certaine façon, c'est ce qui l'a aidé à avancer plus vite que les autres.

— Liia l'élève seule depuis cinq ans, vous savez. Matthieu, son père, est un bon gars, mais il n'a jamais compris comment s'y prendre. C'est pas simple, Tim a subi plus d'opérations en dix ans que moi en toute une vie…

Jack est un homme énergique, grand et fort, il en a sous le capot et ne semble pas du genre à s'épandre, ce qui surprend d'autant plus Baron. S'il se laisse aller à quelque confidence, c'est qu'il ressent très certainement une peine immense pour son petit-fils. Peut-être même un sentiment d'impuissance et d'injustice si facile à comprendre, au regard de la situation.

— Vous avez des enfants ? lui demande Jack.

— Non. Juste deux nièces de cinq et sept ans qui font tourner leur monde en bourrique.

— Vous n'en voulez pas ?

La question le surprend, mais il tâche de ne pas le montrer.

— Je n'ai pas encore trouvé la personne suffisamment folle pour me supporter et me donner des fils et des filles à mon image, plaisante-t-il.

Puis la porte des urgences s'ouvre sur Tim et Liia. Baron et Jack se lèvent en même temps.

— Papy !

Tim se jette dans les bras de son grand-père. Il a l'air d'aller bien, il porte même un masque chirurgical sur lequel il a dessiné un smiley au feutre rouge.

— Alors ? demande Jack.

Liia lui fait les gros yeux. Jack et Baron comprennent qu'elle préfère qu'ils en parlent plus tard, et pas devant Tim.

— J'ai faim, moi ! se plaint ce dernier. On peut manger au Mc Do ?

Baron et Liia sont horrifiés, mais sans doute pas pour les mêmes raisons. Baron n'y a mis les pieds qu'une seule fois dans sa vie, il venait d'avoir dix-huit ans. Alors que pour certains, c'est une révélation, il a eu l'impression qu'on lui faisait manger tout un condensé d'ersatz de nourriture. De la fausse viande, de la fausse salade, du faux fromage, des faux cornichons et des frites si salées qu'il lui avait fallu bien deux litres d'eau pour étancher sa soif.

Spontanément, Baron s'agenouille devant lui.

— Tu sais quoi ?

Tim cligne des yeux.

— Non ?

— Il se trouve que j'ai été élu meilleur cuistot de burgers de mon quartier. Si ta mère m'y autorise, je vais faire quelques courses, et pour le déjeuner, enfin, vu l'heure ce sera presque le goûter, c'est moi qui cuisine, qu'en penses-tu ?

— Meilleur que mon père ? demande-t-il, sceptique.

Baron lève des yeux interrogateurs sur Liia.

— Il tient un restau de burgers à Chamonix.

— Je vois... Mille fois meilleur, je te le garantis, répond-il à Tim. Je suis prêt à parier mon pantalon déchiré.

— Mais c'est pas intéressant ça, dit Tim en haussant les épaules.

— Tu as tort, plus tard, ça deviendra une relique ! Celle de l'homme venu d'Afrique et qui a bravé la neige et le froid pour sauver un enfant en détresse.

Tim hausse un sourcil.

— Vous ne venez pas d'Afrique, vous êtes né en France. Et en plus vous avez un nom italien.

— C'est vrai ! Bon alors, bonhomme, tu veux parier quoi ?

Pendant que Liia et son père sourient devant la scène, Tim réfléchit.

— Une course dans la neige sur vos épaules !

Baron prend un air étonné, puis répond du tac au tac :

— OK, mais si tu perds ton pari, c'est moi qui te monte dessus.

— Mais… je n'y arriverai pas !

Baron lui fait un clin d'œil.

— Ah ! Alors on va parier autre chose : c'est toi qui me sers mon petit déjeuner demain matin.

— Vendu !

Et Tim tape dans la main de Baron.

Liia prend celle de son fils.

— Bon, ben on dirait qu'on va devoir aller faire des courses. Merci, ajoute-t-elle à Baron en chuchotant.

Il se lève et lui sourit.

— Rentrez avec Tim et votre père, vous devez être fatigués. Je m'en occupe et vous rejoins au refuge.

— C'est gentil, le remercie-t-elle encore en hochant la tête. Alors à tout à l'heure.

Baron les laisse partir et tâche de reprendre un peu ses esprits. Pourquoi apprécie-t-il autant cette famille ? Il ne le sait pas, mais ce dont il a conscience avec assurance, c'est qu'il ne va pas les laisser tomber, quand bien même sa sœur le trouve fou à lier.

Jack revient soudain en courant.

— J'ai oublié ma sacoche, dit-il en se penchant vers les sièges de la salle d'attente. Allez, je me dépêche d'y retourner.

Il fait quelques pas, puis se tourne vers Baron.

— Au fait, au cas où vous en douteriez, vous feriez un très bon père.

Jack disparaît, le laissant interdit et attendri.

***

— J'étais déjà laid, mais maintenant c'est encore pire…

Liia regarde son fils s'examiner dans le miroir, une dent en moins. L'incisive qu'il a perdue était définitive, elle ne repoussera pas et laisse un trou conséquent dans sa denture déjà si désordonnée. Mais il a eu beaucoup de chance, c'est la seule qui est tombée et aucune autre ne s'est cassée. Le chirurgien qui les a reçus connaît bien le dossier de Tim, au stade où en est sa denture, il ne peut pas être simplement appareillé et doit subir de lourdes opérations. Encore d'autres… Mais pas tout de suite, il doit attendre que ses mâchoires aient atteint leur taille définitive. En attendant, Tim devra rester ainsi.

Une larme lui coule sur la joue, Liia a le cœur brisé. Exit le délicieux burger bien meilleur que celui de son père préparé par Baron, Tim ne pense plus qu'à sa dent perdue.

— Hé… Ça va aller, je te le promets.

— Ne fais pas de promesses que tu ne peux pas tenir ! Parce que ça, tu n'en sais rien !

De colère, il renverse la pile de livres posée sur son bureau, pousse un cri de rage et bouscule la lampe métallique pliable. Elle se fracasse sur le sol et se brise en plusieurs morceaux.

— J'en ai marre, marre, marre ! Je suis moche, je suis seul, je suis un monstre ! hurle-t-il en se tapant la tête.

— Tim, arrête ! Arrête !

Liia lui attrape les mains, le pousse à s'asseoir sur le lit, le ramène contre elle et lui caresse les cheveux. Tim laisse éclater ses larmes.

— Chut… Je suis là, calme-toi, mon petit perce-neige. Je suis là…

Elle reste un long moment à le bercer, le calmer et l'aimer de toutes ses forces. Tim s'apaise, renifle et reprend une respiration régulière.

Il fait souvent des crises de colère et elles se terminent toujours de la même façon, il pleure beaucoup, se laisse cajoler et refait face avec courage, presque comme si de rien n'était.

— J'ai droit à une récompense ? demande-t-il, la tête sur les genoux de sa mère.

— Pour avoir bravé cette terrible journée ? Oui, tout à fait. Tu veux des crêpes au sucre ?

Il secoue le menton.

— Hier, pendant que tu emmenais M. Verrier en ville, papy est allé en forêt pour couper un sapin. Il l'a préparé et l'a mis dans le hangar, je voudrais qu'on le décore aujourd'hui.

— Avec dix jours d'avance ? Quelle idée !

— Non, dit-il à voix basse, ce n'est pas une idée, c'est une récompense.

Liia sourit.

— D'accord, mais tu sais qu'on a des hôtes et qu'habituellement, on met le sapin dans la salle commune quand il n'y a personne ?

— Ils n'auront qu'à le faire avec nous. Et puis tu sais, Nicolas Claus il a déjà dû en décorer des milliards !

— Ouh, au moins ! C'est d'accord ! Mais on y va maintenant !

Il ne faut pas lui dire deux fois. Tim se redresse d'un coup et va ouvrir en courant la porte de sa chambre. En moins de deux, il est en bas.

Liia regarde l'état de la pièce. Qu'importe, ils rangeront plus tard.

Avec Jack, ils vont chercher tous les cartons dans le grenier. Les guirlandes, les boules, les étoiles scintillantes, les anges, les Casse-Noisettes en bois et même les cannes à sucre toutes ramollies de l'année dernière.

Liia doit bien avouer que décorer un sapin avec l'excentrique M. Claus est quelque chose. Il fredonne des chants de Noël, raconte des anecdotes dont tout le monde a compris – sauf Tim – que c'étaient des histoires à dormir debout, et demande à préparer lui-même un chocolat chaud aux épices dont elle se souviendra longtemps tant il était relevé.

Le sapin est installé au milieu des objets samis. Il est si beau qu'il leur ferait presque de l'ombre, on ne voit plus que lui.

— Il ne manquerait pas un détail ? fait remarquer Baron.

Tim s'en aperçoit tout de suite.

— L'étoile du Nord ! Maman, où est-ce qu'on l'a mise ?

Liia tord les lèvres.

— On l'a cassée l'année dernière et j'ai complètement oublié d'en racheter une…

— Mais… c'est pas pareil sans étoile !

— Ce petit a tout à fait raison, renchérit Nicolas Claus, mais je crois que j'ai mieux. Vous me laissez une minute ?

Tout le monde le regarde sortir en pantoufles et sans manteau, alors qu'il est 17 heures, qu'on ne voit déjà plus rien dehors et que la neige a recommencé à tomber.

— Qu'est-ce qu'il fait ? demande Tim.

— Si c'est le père Noël, il est allé chercher une étoile dans le ciel ! se moque un peu Baron.

Mais Nicolas Claus revient très vite avec la réponse. Laquelle tinte entre ses mains.

— Oh ! C'est la clochette de renne Elizabeth ! s'écrie Tim. Je la reconnais, elle a une étoile rouge dessinée dessus !

— Elle accepte de te la prêter, mais te demande de ne pas oublier de la lui restituer pour la nuit de Noël !

Tim se met au garde-à-vous.

— Sans faute, monsieur Claus. Je peux la mettre ?

Habituellement, c'est Jack qui hisse Tim jusqu'en haut du sapin, mais Baron le prend de court. D'un geste assuré, il soulève Tim et le fait monter jusqu'au sommet. Très consciencieux, Tim glisse l'anneau de la clochette sur la cime. Baron l'aide à redescendre tandis qu'ils admirent ensemble le résultat.

— C'est trop beau…, murmure Tim, émerveillé.

Liia en a les yeux tout humides tant c'est lui qu'elle trouve beau, sa dent en moins et son sourire plus lumineux que toutes les étoiles du monde.

— Et maintenant, si on mangeait ? suggère M. Claus qui ne cesse jamais d'avoir faim

Tout le monde se retourne pour le regarder, il se frotte le ventre.

Incorrigible M. Claus…

***

Tim est en train de faire la vaisselle. Baron est impressionné, ce gamin a le cœur sur la main. Jamais ses nièces ne proposeraient une chose pareille. Soit, elles sont encore petites, mais il mettrait sa main au feu que dans trois ou quatre ans, elles ne le feront toujours pas !

Il attrape un torchon, et pendant que Jack, Liia et Nicolas Claus vont s'assurer que tout est en ordre dans la bergerie, il prête main-forte à Tim.

— Tu n'as pas trop mal ? lui demande-t-il.

Tim fait glisser sa langue à l'endroit où sa dent est tombée.

— Non, mais ça fait bizarre. Et pour manger, j'en ai mis partout.

— Je suis sûr que tu prendras le coup de main.

Tim hausse les épaules.

— De toute façon, quand je mange, on me regarde toujours bizarrement. Je ressemble à un poisson.

— Quelle drôle d'idée !

— Faut pas mentir, vous aussi vous me regardez d'une drôle de façon. Je vous ai vu. Tout le monde le fait.

Mouché, Baron n'ose plus rien dire.

Alors il se racle la gorge.

— Je peux te faire un aveu et te révéler un secret ?

— Oui, bien sûr.

— Tu as raison, je te regarde bizarrement et pour deux raisons. La première est parce que je n'avais encore jamais rencontré un garçon qui mange comme un poisson, et ensuite, parce que tu me rappelles moi quand j'étais petit.

Pour le coup, Tim arrête de faire la vaisselle pour écouter Baron, la tête levée à son maximum.

— Tu l'auras noté, je suis noir et je suis très grand.

— Euh… oui.

— Quand j'avais ton âge, je mesurais déjà un mètre soixante-cinq, je n'avais pas la même couleur de peau que les gens et j'avais un nom bizarre. Je faisais peur à tout le monde. Personne ne voulait jouer avec moi, on m'évitait, ou pire, on n'osait pas me toucher, comme si ma peau aurait pu salir quelqu'un.

— C'est moche ça…

— Oh, les choses ont changé quand j'ai eu douze ans et que je mesurais un mètre soixante-quinze !

— Ah bon ?

— Oui, on m'a proposé d'intégrer une équipe de basket.

— Et vous avez accepté ?

Baron sourit.

— Non, je préférais la danse classique et les tutus.

Tim ouvre grand la bouche.

— C'est vrai ?

Baron éclate de rire.

— Non, mais je n'ai jamais aimé le basket !

Il s'essuie les mains et s'accroupit pour se mettre à la hauteur de Tim.

— Écoute bien ce que je vais te dire, p'tit gars. Qu'importe les regards sur toi, qu'ils soient bienveillants, moqueurs ou horrifiés, ce qui compte, c'est ce qu'il y a là-dedans et là-dedans et ce que tu veux en faire plus tard, dit-il en pointant l'index sur le cœur puis sur la tête de Tim. Ton objectif, ta vie, tes rêves. Être beau ou moche n'y changera rien, compris ?

Tim lui sourit, un peu impressionné. Et Baron ne sait pas à quel point c'est possible, mais le trou sans sa dent le rend encore plus touchant. Il a envie de le serrer contre lui, mais Tim serait sans doute un peu surpris.

— *Capisci, bambino?*

Tim lève la main contre sa tempe.

— Compris, capitaine !

— Allez, encore deux assiettes et tu pourras me montrer ce que tu vaux au Uno !

***

— Va te brosser les dents, j'arrive dans une minute, dit Liia à Tim.

Elle entre dans sa chambre et remet de l'ordre au bazar qu'ils ont laissé tout à l'heure. La lampe de bureau est irrécupérable, mais elle remet les livres en place et ramasse les morceaux de verre de l'ampoule cassée. Tim arrive quand elle est en train de les jeter.

— Je suis désolé pour tout à l'heure…

Liia ouvre le lit et l'invite à y entrer.

— Ne t'inquiète pas, il n'y a rien de grave.

Tim se couche et laisse Liia rabattre la couette sur lui.

— Maman, tu sais ce qui me rend le plus triste ?

— Non.

— Je ne pourrai pas faire de vœu.

Liia plisse le front.

— Un vœu ?

— Oui, puisque j'ai perdu ma dent. Il faut la mettre sous l'oreiller ou dans la main et la serrer très fort contre son cœur pour que ça fonctionne. Mais moi, je l'ai perdue, alors je ne pourrai pas faire de vœu.

Liia lui caresse le front, triste et à la fois touchée par tant d'innocence.

— Et qu'aurais-tu voulu souhaiter, mon adorable petit perce-neige ?

Tim regarde les étoiles que sa lampe de chevet projette sur le plafond.

— Plus tard, j'aimerais être le père Noël, dit-il en faisant sourire sa mère.

— Quel joli souhait ! Je suis sûre que tu es le seul enfant au monde à vouloir faire un métier pareil. Tu veux aussi avoir un gros bidon, de bonnes joues rouges et une barbe blanche comme M. Claus ?

Tim hoche la tête.

— Tout pareil !

— Eh bé, quel programme.

— Normalement, les enfants ne voient jamais le père Noël, pas vrai ? demande-t-il.

— C'est exact ! Ils sont incapables de le voir. À part toi, se moque-t-elle gentiment en lui touchant le bout du nez.

— J'y ai beaucoup réfléchi tu sais…, annonce Tim.

Liia sourit, elle sent que son fils va partir dans de grandes explications.

— Ce n'est pas pour rien si Nicolas Claus est venu chez nous et que j'arrive à le voir.

— Ah oui ?

— C'est pour que je comprenne quel est mon destin !

Et le voilà reparti avec ses grands mots !

Tim se met soudain à bâiller très fort. Il a eu une journée bien difficile.

Liia se penche et lui dépose un baiser sur le front, le nez et le menton.

— Dors bien. Demain sera un autre jour.

Il hoche la tête et se tourne sur le côté.

Liia se lève pour ouvrir la porte, Tim la retient.

— Tu ne m'as pas demandé pourquoi je voulais être le nouveau père Noël.

— C'est vrai. Pourquoi ?

— Parce que même si je suis très laid, les enfants ne pourront pas me voir et n'auront jamais peur de moi… Bonne nuit, maman.

La jeune femme serre les doigts sur la poignée.

— Bonne nuit, mon grand garçon.

Elle sort de la chambre et s'adosse contre le battant. Elle est à bout, elle est usée, fatiguée et impuissante. Tout ce qu'elle veut, c'est oublier un instant combien la vie est injuste et difficile. Elle ferme les paupières, respire profondément, remet de l'ordre dans ses cheveux, lisse les plis de son pantalon et, mue par l'instinct, elle traverse le couloir d'un pas décidé.

Au rez-de-chaussée, elle pousse la porte vitrée qui mène au petit chalet, monte les escaliers et frappe à la porte de Baron, prête à faire une folie.

Il lui ouvre, étonné.

Elle le regarde, entrouvre les lèvres en tremblant un peu et se laisse aller.

— J'ai envie de vous.

18

Liia ouvre les yeux dans un étrange instant de félicité, de ceux dans lesquels les regrets n'existent pas. Pas même le plus petit. Pourtant, elle ne sait pas ce qui lui a pris hier soir, un trop-plein de tout, de pression, de fatigue, de tristesse. Elle n'a pas réfléchi, pas pensé aux conséquences ni à ce dans quoi elle allait s'embarquer.

Parce que la santé de Tim et le refuge l'accaparent à temps plein, depuis Matt, elle n'a plus jamais laissé de place à un homme, les rares sorties qu'elle a faites se sont chaque fois soldées par un retour chez elle avec la meilleure compagnie du monde : la sienne. Aucune aventure en cinq ans, pas la moindre, alors pourquoi hier soir ? Pourquoi lui ? Elle n'en a aucune idée. Tout ce qu'elle sait, c'est qu'entre eux la tension est arrivée de façon aussi naturelle qu'insoupçonnée. Ce sont ses tripes qui l'ont poussée dans les bras de Baron. Mais ce qui s'est passé entre eux ne signe aucune obligation pour l'un comme pour l'autre, et c'est exactement ce sur quoi ils sont tombés d'accord avant qu'elle ne rejoigne sa propre chambre bien avant l'aube. C'est bien mieux ainsi.

Liia regarde l'heure sur son réveil, chasse les dernières images de cette folle nuit et se lève pour se préparer. La journée va être longue. La neige a recommencé à tomber, il faudra de nouveau déblayer le chemin d'accès, mettre du sel sur le parking et faire les courses pour les prochains goûters au kota. Ce week-end, ils attendent trois familles, ainsi qu'un petit groupe issu d'une Maison d'Enfants à Caractère Social qui viendra visiter le refuge et prendre un goûter dans la paille, au milieu des moutons, à même le sol de la bergerie.

Puis Liia réalise qu'elle n'a pas pensé à prévenir Matt de la situation avec Tim. Ils ne se sont pas reparlé depuis leur dernière entrevue à Chamonix. Matt était en colère contre elle, mais elle ne peut décemment pas faire comme s'il ne s'était rien passé. Quand Tim retournera chez son père, celui-ci voudra savoir ce qui est arrivé à sa dent. Il serait très fâché d'apprendre qu'il a été mis sur la touche.

Elle compose son numéro, tombe sur la boîte vocale et lui laisse un message.

Elle souhaite d'une part qu'il la rappelle, mais aussi que leurs rapports reviennent à la normale. Matt a été l'un des hommes les plus importants de sa vie, elle détesterait qu'ils ressemblent à ces couples qui se déchirent pour des questions d'argent. Même si des sous, Liia en aurait grandement besoin.

Elle se lève enfin, fait un traditionnel saut dans la salle de bains, et en ressort aussi fraîche qu'une femme qui n'a dormi que quelques heures après une nuit d'amour des plus inattendues. Elle s'attache les cheveux, s'habille en vitesse et sort pour aller acheter du pain et des viennoiseries. Ce matin, il n'y aura pas de gâteau fait maison. Même si le jour ne s'est pas encore levé, il est bien trop tard pour qu'elle se mette aux fourneaux.

Surprise, elle tombe nez à nez sur Baron qui sort au même moment du chalet. Ils s'immobilisent tous les deux, un peu gênés.

Liia sourit, Baron n'a pas meilleure mine qu'elle, il a mis son bonnet à l'envers, doublure et étiquette au vent.

— Vous êtes matinal ! lance-t-elle.

— Il n'y a pas d'heure pour les braves ! répond-il en s'approchant. Je me suis dit que je pourrais aller chercher le pain.

— On n'aura jamais vu un invité faire autant les courses, s'amuse un peu Liia.

Il lui frôle la joue du bout des doigts. Elle en frissonne.

— Je ne suis pas un invité comme un autre.

— C'est vrai…

— On y va ensemble avant que M. Claus ne se lève et mange la table faute de trouver le petit déjeuner déjà installé ? propose Baron.

Il n'est que 7 heures, ils ne le verront pas tout de suite, mais Liia hoche la tête, alors que Baron l'invite à monter avec lui.

Dehors, la température est bien descendue pendant la nuit, il fait presque moins trois degrés, mais le 4 × 4 de location de Baron a le mérite de chauffer bien plus vite que celui de Liia. Elle s'installe côté passager et tape dans ses mains gantées pour se réchauffer les doigts, contente de voir qu'à bord d'un véhicule adapté, Baron a l'air nettement moins empoté que dans la voiture de sa sœur. En deux coups de volant, il dégage les roues de la neige fraîche et s'élance sur le chemin.

— Je viens de recevoir un SMS de Louis, le garagiste, annonce-t-il. Il pense pouvoir réparer ma voiture cet après-midi. Il doit recevoir les injecteurs ce matin.

Liia essaie de cacher sa déception. Avec le week-end se profilant, elle espérait que sa C3 ne pourrait pas être réparée avant le début de la semaine suivante, et qu'il devrait rester un peu plus longtemps au refuge. Liia ne cultive aucun paradoxe. Ne pas vouloir s'engager, mais désirer profiter de la présence de Baron quelques jours de plus n'est pas un crime et n'engage à rien.

— D'accord, répond-elle, vous allez pouvoir rentrer chez vous et retrouver votre contrebasse.

— Ma contre… oh, oui, bien sûr ! Toutefois, je me disais, si vous n'y voyez pas d'inconvénient, je pourrais peut-être rester jusqu'à lundi, comme prévu. Qu'en pensez-vous ?

Le sourire spontané de Liia ne saurait mentir, elle est ravie.

— On est vraiment obligés de se vouvoyer quand on est entre nous ? finit-il par demander.

— Je suppose que non, même si je préfère vraiment qu'on ne dévie pas du protocole le reste du temps.

— Bien sûr, ça va de soi, toutefois…

Alors qu'il arrive au bout du chemin, il ralentit en douceur et serre le frein à main.

— Un petit éclaircissement s'impose. Je n'ai aucune intention de chambouler le rythme de ton existence, malgré tout, *tu* as tout de même un peu bouleversé le mien, ce qui, il me semble, mérite bien une ou deux indemnités compensatoires.

Liia fait mine de ne pas comprendre et hausse un sourcil.

— C'est-à-dire ?

— Premièrement, je vais t'embrasser, là, tout de suite, parce que j'en ai envie. Deuxièmement, je ne m'interdis pas de t'inviter à me rejoindre dans ma chambre dès le rideau de la nuit tombé, et j'entends bien te convaincre de ne pas refuser.

Il se penche et lui vole un baiser. Rapide, mais appuyé.

— J'apprécie ta compagnie, Liia, et bien que nous ayons décidé de ne pas anticiper, rien ne nous empêche de profiter de ces quelques jours sans réfléchir.

Alors elle l'embrasse à son tour et soupire de bien-être.

— Comme pendant des vacances d'été.

Baron sourit de toutes ses dents et enclenche la première.

— Alors va comme dans un remake de David et Jonathan !

***

Petit-déjeuner en compagnie de Nicolas Claus, c'est à la fois ressourçant et terriblement irritant. Depuis qu'il est arrivé, Baron s'est habitué à son incroyable propension au naturel, et c'est précisément ce qu'il aime lorsqu'il se retrouve en sa compagnie. En revanche, il ne se fera jamais aux quantités astronomiques de nourriture qu'il ingurgite en dépit de toutes les règles culinaires en vigueur.

Nicolas Claus est capable de tremper un cornichon aigre-doux dans son café, de beurrer une tartine qu'il mangera avec un rollmops enduit de gelée de groseille, et d'avaler une tranche de saumon fumé avec un morceau de brioche aux pralines. Si Baron n'était pas aussi discret, il lui aurait depuis longtemps donné quelques cours élémentaires de gastronomie et d'équilibre alimentaire.

— Mais où mettez-vous tout ça ? lui demande-t-il en le voyant finir son repas par un pain aux raisins qu'il a enduit de crème fraîche sucrée.

— C'est ce que ma femme me dit toujours en voyant que je garde la ligne, répond Nicolas Claus le plus sérieusement du monde en caressant son gros ventre. Mon patrimoine génétique est merveilleux !

Il s'essuie la bouche et sourit à Baron.

— Alors, Baron, qu'allez-vous finalement mettre à votre menu de Noël ?

Le sourcil que celui-ci était en train de lever s'abaisse d'un coup. Voilà qu'il remet ça ! La dernière fois, c'est quand ils s'étaient tous les deux retrouvés dans l'étable alors qu'il essayait d'en savoir plus sur la manière dont étaient élevés les rennes du refuge.

— Je n'y ai pas encore réfléchi, répond-il en plissant les yeux. Monsieur Claus, pouvons-nous jouer cartes sur table ?

— Mais bien entendu.

— Il y a quelques jours, vous avez laissé entendre que vous saviez qui j'étais et peut-être même ce pour quoi je suis venu ici. N'est-ce pas ?

Claus s'adosse contre sa chaise et sourit. Puis il se penche en avant comme pour regarder Baron de plus près.

— Le plus important n'est pas que je sache ou non qui vous êtes ou pourquoi vous êtes là, ce qui compte, c'est ce que vous allez décider de faire. Et je ne parle pas de votre menu de Noël !

Baron plisse le front.

— Alors à quoi faites-vous allusion, monsieur Claus ?

Nicolas Claus recule sa chaise, se lève et s'étire tel un chat repu.

— Lorsque le choix est draconien, la vérité est toujours la meilleure solution. Et elle ne doit jamais tarder, surtout lorsque l'enjeu en vaut la peine, conclut-il avec un clin d'œil en quittant le kota.

C'est la seconde fois qu'il laisse Baron comme deux ronds de flan. OK, il l'a percé à jour, mais ce qui interpelle davantage Baron, c'est que Nicolas Claus semble avoir deviné ce qui le taraude depuis qu'il a ouvert les yeux ce matin : mentir à Liia ne lui semble plus acceptable du tout. Baron ne connaît pas encore l'enjeu de leur relation, ni même si celle-ci aboutira à quelque chose de plus sérieux, mais il juge leur aventure suffisamment importante pour ne pas laisser un grain de sable, qu'il aurait pu éviter, bousiller les rouages d'une belle histoire.

Il se ressert un café, attrape la tartine miraculeusement épargnée par Claus et la couvre généreusement de beurre. Il ira lui parler et lui expliquera tout. Liia comprendra, c'est une femme douce et généreuse.

L'honnêteté paie toujours, il en est certain.

***

Il est 9 heures, Liia est occupée à préparer le petit déjeuner de Tim quand elle voit la voiture de Matt se garer dans la cour. Elle s'essuie les mains dans un torchon et va à sa rencontre.

— Hé, tu es matinal.

Matt avance vers elle et l'embrasse sur la tempe comme s'ils ne s'étaient pas pris le bec quelques jours plus tôt. Liia en est tellement soulagée qu'elle ne peut s'empêcher de le serrer contre elle.

— Matt, je…

— Une chose à la fois. Tu m'offres un café ?

— Oui, bien sûr, entre.

Tandis que Matt s'installe dans la cuisine, Liia lui fait couler un café serré et sucré.

— Comment va Tim et que s'est-il passé exactement ?

— Une mauvaise chute en courant dans la neige, il a perdu une incisive. Plus de peur que de mal, mais il est tout de même très affecté d'être un peu plus défiguré.

Matt se passe une main sur le visage, il a l'air épuisé.

— Qu'en dit le chirurgien ?

— Aucune intervention souhaitable tant que ses mâchoires n'ont pas atteint leur taille définitive. Je suppose que c'est déjà bien assez compliqué comme ça.

— Il est réveillé ?

— Il joue dans sa chambre en attendant que ses pancakes soient prêts, je vais aller le chercher.

— Non, attends… J'ai besoin de te parler.

Liia hoche la tête.

— Je me suis comporté comme un con, je n'aurais pas dû réagir comme je l'ai fait.

— Oh, Matt… non, c'est moi et la façon dont je t'ai présenté les choses. J'aurais pu m'y prendre un peu mieux.

— Pas du tout, tu m'as juste mis face à mes responsabilités et tu as eu raison. Je suis démissionnaire, Liia, je prends la fuite depuis toujours parce que j'ai peur de ne pas savoir faire et que ça m'impressionne. Mais toi, tu assures tout le temps. Regarde, même pour une dent en moins, je ne suis pas là.

Touchée, Liia tire une chaise et s'assoit en face de Matt.

— Hé… ne te flagelle pas comme ça. De toute façon, le jeudi c'est pas ton jour, alors tu n'aurais pas été là quoi qu'il arrive, tente-t-elle de désamorcer la situation en souriant.

Mais Matt semble accablé.

— Tim ne m'a même pas appelé pour me raconter et tu sais pourquoi ? Parce que je ne suis jamais là pour lui et il le sait. Quand il y a un problème, c'est toi qu'il veut et c'est entièrement ma faute.

— Matt…

— Non, Liia, je me suis assez voilé la face comme ça. Je vais vous aider Jack et toi, parce que vous vous tapez tout le boulot depuis le début et que je suis un sale égoïste.

Liia lui sourit en secouant la tête.

— Tu n'es pas égoïste, tu n'as juste pas su faire la différence entre ce qui était important pour Tim et ce qui ne l'était pas. Tu as assumé chacun de ses besoins financiers depuis qu'il est bébé, c'est pas de l'égoïsme ça. Tim le sait.

— Je l'aime, mais mal, j'en ai conscience…

Liia lui prend la main.

— Il n'est jamais trop tard pour faire différemment et lui montrer combien il compte pour toi. Il va être content de voir que tu es venu juste pour lui ce matin.

Matt acquiesce, passe la main dans la poche arrière de son jean et en ressort un chéquier plié en deux et dont le premier feuillet est déjà rempli. Il le déchire et le tend à Liia.

— Huit mille euros tout de suite, qui vous permettront de combler le déficit annoncé avant le 31 décembre, puis 500 euros par mois, pour aider aux besoins quotidiens de Tim. On laissera les choses comme ça jusqu'à ce qu'un juge statue sur le montant de la pension alimentaire, si tu as besoin que les choses soient faites de manière officielle.

Liia en reste sans voix.

— Matt…

— Tu ne peux pas te permettre de refuser, Liia, et je le prendrais très mal. Je pense que ces cinq dernières années, tu as dépensé bien plus que ça pour notre fils.

— Merci…, dit-elle seulement. Et je n'ai pas besoin que nous retournions voir un juge. Tu as toujours été un homme droit, Matt.

— Je veux que Tim ne manque de rien, et j'ai déjà raté tellement de choses…

— De quoi vous parlez ? Pourquoi t'es là ?

Liia et Matt se tournent vers Tim qui vient de faire son entrée dans la cuisine, encore en pyjama, une figurine de tricératops dans la main, sa préférée.

Matt se lève pour s'agenouiller devant son fils.

— Il paraît que tu es tombé amoureux d'une pierre et que tu as voulu lui faire un bisou ?

— Ah, ah, très drôle. Tu as vu ma dent en moins ?

Il lève la tête, ouvre la bouche et montre le trou à son père.

— Pour y glisser une paille, ce sera très pratique, tu verras !

— C'est moche !

— Et provisoire… T'inquiète, ce n'est pas une dent qui t'empêchera de devenir un tombeur, tu verras.

— Un tombeur de mouches, oui, marmonne Tim.

Matt secoue la tête, Tim a hérité de sa repartie.

— Mon grand, j'ai quelque chose à te proposer pour ton anniversaire.

— Mais c'est pas tout de suite !

Matt lui ébouriffe les cheveux.

— Je me rappelle quand même ta date de naissance, Zébulon ! Que dirais-tu de passer la journée du 25 dans les glaciers ? Petit train, ski, pique-nique dans la neige et le soir, gâteau d'anniversaire et bowling au Cosa Papa avec maman et Jack ?

— Oui, mais… le matin c'est Noël, tu te souviens. Je dois être là pour ouvrir mes cadeaux.

— Tu auras jusqu'à midi tapant !

Incertain, Tim se tourne vers sa mère.

— Ça ne t'embêterait pas, maman ?

— Pas le moins du monde ! lui assure-t-elle, tout émue de voir le père et le fils se rapprocher.

Alors Tim avertit son père en souriant :

— T'as pas intérêt à changer d'avis !

— Croix de bois, croix de fer, si je mens je vais en enfer.

Puis il se crache dans la paume et, très sérieusement, lève la main pour que Tim scelle leur accord. Lequel fait la grimace, mais s'exécute.

— Serment inviolable, toi non plus tu n'as pas intérêt à te défiler.

— Jamais de la vie !

Matt se relève et sourit à Liia.

— Je dois partir avant de me faire tirer les oreilles par Rita qui fait encore l'ouverture.

— Elle, tu vas finir par l'épouser, se moque Liia.

— Et risquer d'être attaché au bout d'une corde ? Jamais de la vie !

Il se penche pour embrasser son fils et fait une bise à Liia.

— Allez, bijou, tout va bien se passer. Et n'oublie pas de déposer le chèque à la banque pour faire taire ce crétin de Bianchi.

— Promis et, merci...

Au moment où elle ferme la porte d'entrée derrière elle pour le raccompagner à sa voiture, Baron, lui, sort du kota. Matt s'immobilise et fronce les sourcils en le voyant.

— C'est Barone Verroni là-bas ?

— Qui ça ?

— Barone Verroni, le cuisinier étoilé à Grenoble. Tu ne m'avais pas dit qu'il était hébergé au refuge.

19

Baron Verrier, un chef étoilé ?

Parce que Liia a l'air très surprise, Matt tape sur l'écran de son téléphone et lui montre le résultat de sa recherche. Pas de doute, *Le Dauphiné* l'affirme, c'est bien lui. Il s'agirait même du nouveau prodige de la gastronomie française. Liia est interdite. Elle a tout de suite compris que les motifs de son séjour étaient plus personnels que l'histoire qu'il lui avait racontée. Mais pourquoi lui a-t-il menti sur son identité ?

— Bon, il faut vraiment que j'y aille, lui dit Matt. Tu m'expliqueras une autre fois !

Elle le raccompagne jusqu'à sa voiture, le corps si tendu qu'il pourrait se rompre avec un seul coup de vent.

— Sois prudent sur le retour et merci d'être venu ce matin. Merci pour tout, Matt…

Il lui fait un clin d'œil, referme la portière et manœuvre pour quitter le refuge.

Alors qu'elle n'a pas encore eu le courage de se retourner, elle entend les pas de Baron dans la neige, juste derrière elle, et bloque sa respiration pour ne pas réagir au quart de tour.

— Que d'intimité ! s'amuse-t-il en s'arrêtant à côté d'elle.

— C'est le père de Tim. Il a beaucoup de défauts, mais c'est une personne intègre et droite, répond-elle assez sèchement pour que Baron remarque que quelque chose ne va pas.

Elle se tourne vers lui avant qu'il puisse poser la moindre question, l'expression ne laissant rien transparaître d'autre que l'immense déception que Baron lui inspire.

— Barone Verroni, le célèbre chef étoilé grenoblois, ancien kiné, contrebassiste et compositeur de bobards à ses heures, ici, au refuge du Perce-neige ? Que nous a valu l'honneur de cette vaste comédie ? ironise-t-elle. Pas de bol, le père de Tim est restaurateur, il t'a reconnu tout de suite.

Le sourire de Baron disparaît en même temps qu'une étincelle de panique lui passe dans les yeux.

— Je vais tout t'expliquer. Nous pourrions peut-être rentrer pour en discuter ?

Liia hausse les sourcils.

— Mais bien sûr, faisons ça, ainsi tout le monde pourra entendre ce que tu as à dire pour ta défense. Mais j'aime autant te prévenir, si tu comptes encore jouer la comédie, mon père, mon fils et moi serons très mauvais public. Nous n'avons jamais apprécié les vaudevilles à nos dépens.

Baron plisse les yeux en la regardant, la prend par le bras et l'attire avec lui jusqu'au kota qu'il a laissé vide en partant.

À l'intérieur, Liia se dégage et croise les bras sur sa poitrine. Baron la regarde de toute sa hauteur, pourtant, il n'a jamais eu l'air aussi mal à l'aise et penaud. Elle a bien conscience d'être en train de donner l'image d'une mégère totalement fermée d'esprit, mais ce n'est pas elle qui a fauté, et s'il y a bien quelque chose qu'elle déteste par-dessus tout, c'est le mensonge. À plus forte raison quand elle vient de coucher avec le responsable du délit.

— Je t'écoute.

— Je suis venu ici en étant convaincu que ton père et toi éleviez des rennes pour leur viande. C'est même la raison pour laquelle je t'ai demandé comment tu le cuisinais quand nous étions au salon de thé.

— Peut-être, mais ça n'explique pas la raison pour laquelle tu as menti sur son identité.

— Laisse-moi t'expliquer depuis le début… En venant ici, je voulais vous acheter de la viande.

Elle fronce les sourcils.

— Tu es venu spécialement pour ça ?

— Oui…

— Qu'est-ce qui a pu te faire croire que nous avions ce genre d'activité ? Mon père et moi n'avons jamais communiqué dans ce sens.

— Marcus Bianchi. C'est lui qui m'a parlé du refuge, affirmant que vous accepteriez de m'en vendre.

À la mention de leur ex-comptable, Liia se sent pâlir. Le rat ! Il n'a reculé devant rien.

Liia se reprend.

— Je vois… Donc tu connais Marcus Bianchi, ce qui signifie que tout ce cinéma dans la rue faisait aussi partie de ton plan ?

— Non, mais non, pas du tout, j'ai réellement pris ta défense et je l'ai fait en toute conscience… Écoute, il m'a été présenté par un ami lors d'une convention de l'Ordre des experts-comptables. Ils avaient organisé une réception dans mon restaurant. J'avais dit vouloir mettre du renne au menu de Noël et Bianchi m'a donné tes coordonnées. J'étais donc persuadé que le refuge était un élevage. Et parce que je ne peux me permettre de commettre la moindre erreur, j'ai préféré séjourner ici incognito pour voir la manière dont toi et ton père vous occupiez de vos bêtes. Ce pourquoi je t'ai caché mon identité.

C'est un coup dur. Liia n'arrive pas à croire ce qu'elle entend. Marcus Bianchi est une ordure de la pire espèce et que Baron soit mêlé de près ou de loin à ses magouilles lui retourne l'estomac.

— Liia, reprend-il, avant notre conversation au salon de thé, je ne connaissais pas vos valeurs et ne savais pas que vous aimiez autant vos animaux, sans quoi jamais je…

— Tu n'aurais joué un tel jeu de dupes ? l'interrompt-elle, acerbe.

— Non, admet-il, l'air sincèrement désolé.

Bien sûr, elle ne peut pas lui en vouloir d'avoir été berné par Bianchi et son objectif de faire abattre une partie de leur troupeau ni d'avoir voulu s'assurer, en douce, que la « filière viande » était respectable. En revanche, elle lui en veut énormément de ne pas lui avoir dit la vérité lorsque le malentendu a été levé.

— Coucher avec moi a été une option compensatoire pour le temps perdu, j'imagine ? lance-t-elle, pleine d'amertume, alors qu'au fond, elle ne le pense pas une seule seconde.

— Comment peux-tu dire une chose pareille ?

— J'ai le droit de *tout* imaginer, Baron. Bon sang, même ton prénom est une mascarade…

— C'est celui que tout le monde me donne, je n'ai pas menti sur ce point.

Liia soupire. Ça ne l'apaise pas pour autant.

— Baron, je viens d'apprendre que tu triches depuis le début, que tu t'es inventé une identité, un faux métier, de fausses intentions. Ça ne passe pas. Je me suis même extasiée à te voir découper des oignons et me donner des conseils en cuisine… « J'ai passé des nuits sur YouTube ! » l'imite-t-elle, désenchantée. Je déteste les menteurs et n'ose imaginer à quel point tu es allé loin dans le détail pour nous duper. As-tu seulement perdu ton père ou t'es-tu dit « tiens, je vais inventer un truc pour lui faire croire que je sais ce qu'elle ressent vis-à-vis de sa mère et paraître encore plus authentique » ?

Baron fronce les sourcils.

— La colère te fait aller très loin…

Elle ferme un instant les paupières et prend sa respiration.

— Ta voiture sera réparée dans l'après-midi, je suppose que tu n'as donc plus aucune raison de rester ici.

— Liia, j'aurais dû te parler beaucoup plus tôt et j'ai bien conscience de quoi j'ai l'air désormais, mais… je t'apprécie vraiment, vraiment beaucoup et je regretterais que cette situation mette un terme à notre rencontre.

Liia soupire et se mord les lèvres pour qu'il ne les voie pas trembler.

— Je mets la confiance au centre de tout, Baron. Je peux accepter toutes les erreurs du monde, les changements d'avis et même les retournements de veste pour peu que je sache dans quoi je m'embarque. Et avec toi, je ne sais pas où je vais, parce que je n'ai pas appris la vérité de ta bouche, mais de celle de quelqu'un d'autre. Moi aussi, je t'apprécie beaucoup, mais je ne peux pas avoir confiance en toi, alors il est inutile d'essayer d'aller plus loin. Il nous manque l'essentiel pour que ça fonctionne. Je suis désolée.

Il serre les mâchoires et hoche la tête.

— Je comprends… et je suis sincèrement désolé pour tout ça…

Liia ferme un instant les yeux et secoue la tête. Quel gâchis…

— Je serai parti d'ici une heure, le temps de faire mes valises, conclut-il.

Liia apprécie qu'il n'insiste pas, mais la boule dans son ventre est en train de prendre une ampleur qu'elle n'avait pas anticipée. Elle ne devrait pas être affectée à ce point par sa décision, car elle sait qu'elle prend la bonne et qu'il est inutile de continuer à emprunter un chemin qui s'est montré dangereux dès le départ. Sa vie et celle de son fils demandent bien trop de stabilité pour qu'elle prenne le moindre risque de les déséquilibrer. Toutefois, Liia n'avait pas prévu que mettre un terme à une histoire après seulement une nuit d'amour puisse être aussi compliqué émotionnellement.

— C'est plus sage, en effet, lui répond-elle. Si tu as besoin de moi, je serai dans la cuisine.

Il la regarde une dernière fois, avec une expression qui lui donne envie de fondre dans ses bras et de croire que c'est possible, malgré tout. Il acquiesce et sort par la porte qui donne à l'extérieur.

Chancelante, Liia se retient un instant à la table et prend une profonde inspiration.

Tout va bien se passer, ce n'est rien. Rien d'important.

Elle regarde les restes du petit déjeuner de ses hôtes et, les mains un peu tremblantes et l'estomac douloureux, commence à tout déposer sur un plateau. Puis soudain, Jack apparaît dans l'embrasure de la porte grande ouverte du couloir.

— Papa ?

Il fait la tête de quelqu'un qui s'est trouvé au mauvais endroit au mauvais moment.

— J'ai tout entendu…

— Oh, papa…

Et bêtement, les larmes qu'elle essayait de retenir depuis plusieurs minutes coulent toutes seules. Alors elle se réfugie dans les bras de Jack, enfouit sa tête dans le cou de son père et laisse éclater ses sanglots.

— Ça va aller, ça va aller…, dit-il en lui tapotant le dos.

***

Mais en réalité, rien ne va. Après le départ de Baron, Liia reçoit un appel de leur banquier. Elle s'assoit à la table de la cuisine et l'écoute la mort dans l'âme.

— La situation est des plus difficiles, Liia. Les comptes du refuge sont au négatif et je ne vais pas pouvoir faire passer les prochains prélèvements… Le découvert dépasserait largement la limite autorisée. J'ai toujours pu trouver des solutions, mais pas cette fois, je suis désolé, sincèrement.

Liia se pince l'arête du nez.

— Ne vous inquiétez pas, Patrice, nous savons que vous faites au mieux. Je vais déposer un chèque de 8 000 euros aujourd'hui.

Leur banquier et ami soupire de soulagement.

— Ce ne sera pas suffisant pour éviter un autre découvert, mais le solde ne sera plus aussi bas. Liia, je vais pouvoir faire en sorte qu'on ne vous ennuie pas cette fois-ci encore, mais il va falloir trouver une solution au plus vite. Ton père et toi ne pouvez pas continuer comme ça.

— Nous en avons conscience…

— Je suis là pour vous, et ferai tout ce qui est en mon pouvoir pour vous soutenir, mais comprends bien que même un directeur d'agence a des comptes à rendre.

— Je sais… Merci d'être aussi présent.

— Je t'en prie. À bientôt, et courage.

Quand il raccroche, Liia pose son téléphone et se prend la tête entre les mains.

— Liia ? demande Jack en entrant dans la pièce.

— C'était Patrice Prévost. La banque a besoin de garanties pour nous suivre, le chèque de Matt ne suffira pas à nous sortir du rouge. Bianchi a raison, on ne va pas s'en sortir…

Jack tire la chaise et s'installe à côté de sa fille.

— Pourquoi tu t'inquiètes ? Il y a les réservations de la saison d'hiver.

Découragée et peinée parce que son père est dans une forme de déni, Liia soupire.

— Oui, et après ? Peut-on assurer à la banque que nous aurons suffisamment de monde pour renflouer les dettes ? Pour régler les factures tout au long de l'année ?

— J'ai encore de l'argent de côté.

— Papa ! Ce n'est pas la solution à tout. On ne va pas pouvoir puiser dans ton compte en banque *ad vitam aeternam* ni même sortir l'argent de notre chapeau.

— Que veux-tu faire ? demande Jack très sérieusement. Vendre ?

— Non ! Bien sûr que non…

— Quoi d'autre ? Trouver un job qui t'apportera un salaire fixe mais qui t'éteindra à petit feu parce que tu ne seras pas aussi disponible que tu le souhaites pour Tim ? Tu as dit que Matt allait te donner un coup de pouce, on va y arriver. Ma fille, regarde-moi.

Liia plonge les yeux dans ceux de son père.

Soudain il se lève, disparaît dans la pièce à vivre du chalet et revient avec le tambour sami qui appartenait à la mère de Liia. C'est un tambour ovale en peau de renne, lisse et sur lequel ont été dessinés des tas de symboles propres à la culture chamanique samie.

— Te souviens-tu de ce que ta mère disait au sujet de ce tambour très ancien et qui a appartenu à sa famille ?

Liia secoue la tête. Ronja parlait peu de la culture qui l'avait vue grandir, elle racontait des histoires parfois, mais jamais très longtemps.

— Là, dit-il en pointant le doigt sur des personnages bâtons dessinés à l'encre noire, c'est une trinité divine. Le père, la femme et l'enfant. Dessous, il y a aussi trois déesses de la fertilité. Et encore là, tout en bas, un enclos rempli de huit rennes. Eh bien, ta mère disait que notre vie était inscrite sur ce tambour. Que nous étions protégés par les dieux samis.

Je l'ai toujours crue et la crois encore aujourd'hui. Tu es née en même temps que ce refuge, vous vous êtes regardé grandir. Ronja n'est plus là, mais il a continué à prendre de la place, il a évolué en même temps que Tim. La trinité n'a jamais disparu. Liia, regarde-moi, répète-t-il.

Jack soulève le menton de sa fille.

— Nous allons y arriver. Toi, moi et Tim.

Liia n'a jamais vraiment cru aux légendes lapones ni aux forces personnifiées de la nature, mais elle a toujours eu le plus grand respect pour la vie, l'espoir et l'amour des siens. Son père la regarde et tire en elle autant de volonté qu'elle en puise en lui. Le refuge du Perce-neige a bravé bien des tempêtes, et il en affrontera encore, Jack a raison.

Elle lui sourit, attrape les baguettes accrochées au tambour et tape dessus comme elle le faisait quand elle était enfant.

— Amen ! clame-t-elle en souriant. Et ce soir, on mange des frites !

***

Baron sort de l'hôtel du Fer à Cheval quand il tombe nez à nez sur Nicolas Claus. Il aurait préféré faire comme s'il ne le voyait pas, mais M. Claus marche droit devant lui, alors impossible de l'éviter.

— Ah, Baron ! J'espérais vous croiser !

Le chef cuisinier soupire. Il n'était plus censé se trouver à Megève à cette heure-ci, mais Louis, le garagiste, lui a hélas appris que la pièce reçue n'était pas la bonne. Une autre arriverait en urgence dans l'après-midi, mais la C3 ne serait pas prête avant lundi.

— Que faites-vous ici ? demande-t-il à Nicolas Claus en allant à sa rencontre.

— J'ai appris que vous aviez dû partir précipitamment et je n'ai pas eu le temps de vous remettre ceci.

Il fouille dans la poche de son immense parka vert sapin et en sort une carte de visite, celle du directeur d'agence d'une banque agricole.

— M. Prévost gère les comptes du refuge du Perce-neige.

Baron plisse le front.

— Vous le connaissez ?

— Oh, oh, oh ! Il avait trois ans la première fois que je l'ai vu. Il était si mignon avec ses éphélides et sa houppette rousse !

Baron hausse un sourcil.

— Que suis-je supposé faire de sa carte ?

— Vous n'êtes pas sans savoir que la situation financière du refuge est au plus bas.

— Oui, en effet, c'est ce que j'ai cru comprendre.

— Il se trouve que M. Prévost et vous avez un point commun : l'intérêt du refuge. Vous voulez tous les deux que les Josserand continuent à le faire vivre.

Baron regarde Claus comme s'il sortait d'une soucoupe volante. Il n'a pas tort, bien sûr, mais comment peut-il bien le savoir, ils n'en ont même jamais parlé.

— Contactez-le.

— Monsieur Claus, je trouve votre approche plus que louable, mais que voulez-vous que je fasse avec ce banquier ? Lui signer un chèque ? Les Josserand n'apprécieraient pas mon geste, je pense.

À plus forte raison Liia, qui pourrait penser que Baron essaie de se racheter et y verrait davantage un affront qu'une aide. Oh, il a sincèrement envie de les aider, mais pas de cette façon. Il doit être plus subtil que ça.

Nicolas Claus sourit de bon cœur.

— Vous trouverez une solution, j'en suis sûr. Contactez-le. M. Prévost est un homme charmant et de très bon conseil pour tous les projets de… diversification.

Baron regarde Nicolas Claus droit dans les yeux, presque certain de comprendre l'insinuation.

— Que sous-entendez-vous par « diversification » ?

Claus lâche un de ces rires perlés dont il a le secret.

— Voyons, Baron, vous le savez aussi bien que moi.

Dans la tête de Baron, tout se bouscule. Ce qu'il a sur le cœur, la détresse des Josserand, la conversation qu'il a eue avec sa sœur, et cette idée de restaurant qui ne le quitte pas. Il ne manque pas de motivation, mais de la motivation à la réalisation, il y a une marche à franchir. Il ne sait même pas à quel point ce sera possible. Rafaella le lui avait dit très justement : acheter un établissement est une chose, en construire un en est une autre.

— Faites-vous confiance, ajoute Nicolas Claus comme s'il pouvait lire dans ses pensées, et appelez M. Prévost ! Je dois vous laisser. J'ai été ravi de vous revoir avant que vous ne poursuiviez votre route, Baron.

— Et moi de vous avoir rencontré. Vous êtes tout de même un sacré personnage.

Ses yeux ne cessent d'être rieurs.

— Oh, vous l'êtes aussi ! Petit, déjà, vous vouliez être un grand cuisinier, et vous l'êtes devenu au sens propre comme au sens figuré ! Il est bon de constater que les rêves se réalisent toujours pour ceux qui ne cessent d'y croire.

Dans son physique de père Noël, Nicolas Claus est parfait, mais quand il s'agit de faire croire qu'il sait tout un tas de choses, il l'est beaucoup moins. Il lâche des vérités que n'importe qui pourrait deviner, et espère qu'on attribue son savoir à une supposée omniscience santa-clausienne.

— Merci, monsieur Claus. À bientôt. Qui sait, peut-être dans un conduit de cheminée quelconque !

Il tourne les talons, se dirige vers sa voiture et récupère sa valise et les sacs remplis des vêtements qu'il a achetés à Megève avec Liia.

Liia…

Il est tellement en colère contre lui-même qu'il n'a pas osé décrocher son téléphone lorsque sa sœur l'a appelé quelques minutes plus tôt pour prendre des nouvelles. Elle aurait fait les frais de cette situation qu'il a pourtant créée de toutes pièces.

Il n'a d'ailleurs aucun mal à comprendre pourquoi il est aussi affecté par la décision de Liia de cesser toute relation avec lui, il est tombé sous son charme, et sous celui de cette famille et de cet endroit incroyable. Il n'a fallu qu'une poignée de jours pour qu'il réalise qu'il venait de poser une pierre importante à l'édifice de sa vie. Liia l'a marqué comme on marque un jour d'une croix rouge. Quant à l'intervention de Nicolas Claus, elle creuse un peu plus en lui les sillons de la certitude : celle qu'il ne laissera pas tomber les Josserand.

Il rassemble ses affaires, ferme le 4 × 4 et se dirige vers le hall de l'hôtel.

— Monsieur Verroni ? Barone Verroni ?

Il se tourne et fait face à un homme d'une soixantaine d'années, petit, bien en chair et aux cheveux roux et épais.

— Oui, c'est bien moi.

— Bonjour, je suis Patrice Prévost. Vous vouliez me rencontrer ?

Baron regarde la main que l'homme lui tend et écarquille les yeux.

Devant lui se tient le banquier qui gère les comptes du refuge du Perce-neige.

20

Pris entre la surprise et l'incompréhension, Baron serre la main du banquier.

— Pardonnez-moi si je suis un peu confus, mais… nous avions rendez-vous ?

Patrice Prévost recule et affiche un air étonné.

— Eh bien, vous avez demandé à me voir.

— Cher monsieur, je ne voudrais pas vous manquer de respect, mais j'ai entendu votre nom pour la première fois il y a dix minutes à peine. M. Claus m'a remis votre carte en me demandant de vous appeler pour discuter de la situation du refuge du Perce-neige.

Si Baron est perdu, Patrice Prévost n'en est pas moins déstabilisé.

— Je ne connais aucun M. Claus. C'est mon secrétariat qui m'a informé de votre requête. Et, pour être totalement honnête, si je me suis déplacé c'est parce que vous êtes Barone Verroni.

Baron fouille dans sa poche et en sort la carte de visite qu'il montre à son interlocuteur.

— Oui, c'est bien la mienne, mais je vous assure que je ne connais pas ce monsieur.

Déconcerté, Baron invite le banquier à s'installer dans le lounge de l'hôtel.

— Venez, nous allons essayer de démêler tout ça.

Ils prennent place dans les canapés d'angle confortables disposés devant une immense cheminée en pierre brune.

— Si j'en crois ce que M. Claus m'a dit, commence Baron, il s'agirait pour nous de discuter de la situation du refuge, lequel connaît des fins de mois difficiles.

— Hum… Vous m'autoriserez la plus grande discrétion à ce sujet. Je ne saurais divulguer la moindre information sur mes clients.

— Cela va de soi, mais ce n'est de toute façon pas vous qui me le dites. J'ai été logé au refuge et Mlle Josserand n'a pas caché la difficulté dans laquelle ils se trouvent. M. Claus, qui est aussi un client, a mis en avant le fait que nous avions, vous et moi, le même objectif : aider les Josserand. Le connaissant, je ne suis guère étonné par son initiative. Il semble être toujours là où on ne l'attend pas.

Le banquier hausse un sourcil.

— C'est pour le moins original…

— Il se trompe ?

— En prétendant que je souhaite les aider ? Entendons-nous bien, monsieur Verroni, je ne connais absolument pas ce mystérieux M. Claus, mais les Josserand sont des amis de très longue date. J'ai pour ainsi dire vu grandir leur refuge, leur fille et leurs rêves de vivre de leur passion. Ils ont toujours eu mon soutien et l'auront encore, dans la mesure de mes moyens. Toutefois, je vous avoue ne pas comprendre de quelle façon notre rencontre pourrait bien faire s'inverser la courbe sur laquelle le refuge s'est engagé.

Désireux de profiter de cette situation improbable créée de toutes pièces par le facétieux Nicolas Claus, Baron se redresse et pose les coudes sur ses genoux avant de s'adresser au banquier d'une voix décidée, honnête et, n'en déplaise à Rafaella, réfléchie.

— Monsieur Prévost, il se trouve que j'ai une idée.

***

Allongé sur le lit de sa chambre d'hôtel, dans un décor de chalet qui n'a rien à envier au Ritz, Baron termine son explication et attend la réplique tonitruante de sa tornade de sœur.

— Tu n'as pas fait ça ? Baron, tu es vraiment tombé sur la tête, ma parole !

Qu'elle se rassure, il est lui aussi très surpris par son extrême détermination. Mais les Josserand ne sont pas seuls au cœur de cette décision de s'implanter dans les Alpes, il en avait envie depuis longtemps, il avait même entrepris des démarches, cherché des établissements à vendre, c'était plus qu'une idée. Puis il a rencontré cette famille incroyable. Quand il a découvert le refuge, il a compris inconsciemment que c'était là et avec eux qu'il avait envie de monter ce projet. C'était en lui, mais il ne le savait pas encore. Et aujourd'hui, il est sûr que le plan économique est viable. La clientèle sera foisonnante et leur porte-monnaie bien assez rempli, ça va fonctionner. Et c'est ce qu'il souhaite vraiment faire.

Un restaurant de tradition finlandaise dans un immense kota en bois avec une cheminée centrale autour de laquelle s'articuleraient les tables rondes de tradition scandinave, et proposant des plats exclusivement végétariens, de qualité et de saison. Dans un premier temps, des menus originaux et abordables servis le soir seulement, et permettant de glaner un maximum de visiteurs qui viendraient passer une partie de l'après-midi au refuge, avant de se détendre devant un menu établi par un chef étoilé.

Une idée de génie que Patrice Prévost est prêt à financer sans la moindre hésitation. Le directeur est convaincu que c'est *la* solution à tous les problèmes du refuge. Un grand nom, un endroit en pleine nature, une ferme au cachet exceptionnel et un héritage sami authentique qui attirera forcément l'intérêt des familles qui voudront à tout prix loger au refuge du Perce-neige. Lequel pourra en toute logique augmenter ses prix et faire réparer son sauna.

Voilà le projet idyllique de Baron. Encore faut-il que Jack et Liia acceptent de lui louer un lopin de terre pour qu'il puisse implanter le restaurant. Ils n'auront pas à s'engager, ni rien à débourser, juste leur confiance à lui accorder. Mais c'est bien là que ça pèche. Baron espère que Liia saura prendre suffisamment de recul pour réaliser combien cette proposition est sincère, réfléchie et mesurée. Il veut le faire, et il sait que ce sera une réussite.

— Rien n'est encore signé, mais c'est sur la voie, répond-il.

— Je n'en reviens pas…

— Remets-toi, *sister*, et dis-toi que tu auras un pied-à-terre à Megève !

— Elle en vaut la peine, j'espère..., dit-elle très sérieusement.

Au cours de la journée, Baron aurait eu cent fois la possibilité de prendre son téléphone et d'appeler Liia pour lui faire part de l'entretien fort prometteur qu'il a eu avec Patrice Prévost, mais il ne l'a pas fait. Il sait qu'elle n'aurait pas accepté aussi vite un tel revirement de situation, quand bien même son banquier a trouvé l'idée de Baron extrêmement alléchante. La jeune femme est fière, indépendante, droite et généreuse.

Oui, elle en vaut la peine, il en est certain.

— Me permets-tu de te poser une question, frérot ?

— Je t'en prie.

— Et si elle refuse catégoriquement ?

Les doigts de Baron se crispent sur la courtepointe.

— Je ne l'envisage pas.

— Hum... comme tu n'envisageais pas non plus de revenir sans viande de renne...

Rafaella a toujours le chic pour rappeler le mauvais côté des choses, il paraît que c'est ce qui a modelé son légendaire discernement. Quand ils étaient gamins, elle entrait dans une pièce, écoutait les gens sans parler et disait à Baron s'ils étaient fréquentables ou non. Elle a fait ça avec plusieurs de ses petites amies et chaque fois, au grand dam de Baron, elle avait raison. Mais cette fois, il préférerait franchement qu'elle garde pour elle ses considérations sur Liia et sur ses propres facultés à évaluer la situation. Il n'a pas rapporté de viande de renne, mais il fera tout ce qui est en son pouvoir pour concrétiser ce projet, parce qu'il est parfait pour le refuge, Jack, Tim, Liia et la centaine d'animaux qui y vivent.

— Bon, sœurette, comme je n'ai pas envie que tu me portes malheur et que je dois préparer mon discours de persuasion, je vais couper maintenant. Des bisous aux filles et… croise les doigts pour que ta voiture soit réparée d'ici lundi, sinon la facture d'hôtel que je vais t'envoyer sera salée. C'est un cinq étoiles.

— Hein ? Quoi ?

— Bisous, bisous !

Il raccroche, content de lui. Elle va en faire un ulcère.

Il lui reste un dernier point à voir avant de contacter Jack pour lui faire part de son projet, parce que c'est bien entendu à lui qu'il va en parler en premier. Au départ, avant même qu'il ne se retrouve dans une situation délicate avec Liia, Baron pensait que Jack pourrait être plus réticent que sa fille, voire carrément fermé à l'idée d'agrandir le refuge, mais Patrice Prévost lui a affirmé que sous ses dessous d'ours bourru préférant la compagnie des rennes aux hommes, rien ne compte davantage pour Jack que sauver le refuge et perpétuer le rêve que sa femme Ronja et lui ont bâti. Il voudra tout faire pour conserver leur domaine, et Baron a bien l'intention d'en respecter l'authenticité dans son intégralité.

Il se demande même s'il serait possible d'envisager que Liia élabore les recettes avec lui ou se mette aux fourneaux si elle en a envie. Baron a été séduit par ses plats, sa passion et son inventivité. Par elle tout court, en réalité, elle aurait bien pu cuisiner comme un pied que rien n'y aurait changé. Des aventures, des liaisons, des histoires plus ou moins sérieuses, il en a eu, mais sans jamais leur laisser une très grande place. Devenir cuisinier a toujours été son seul objectif, sa seule boussole. Il l'avait d'ailleurs promis à son père, qu'il deviendrait quelqu'un dont on se souvient. Maintenir le cap est un travail de chaque jour.

L'entrée de Liia dans sa vie a bousculé ses habitudes. Jamais, en cinq ans, il n'était parti aussi longtemps de son restaurant, et elle a fait en sorte que même l'échec de son expédition soit devenu une bonne raison d'avoir envie de rester.

Il a merdé, il a laissé échapper quelque chose de précieux, mais il va se rattraper, parce qu'il est convaincu que son destin avec Liia leur permettra d'échanger bien davantage qu'une simple nuit enflammée.

Plus déterminé que jamais, il prend son téléphone et compose le numéro de Ludovic, son expert-comptable. Il va adorer l'idée.

***

— Maman, on va vraiment devoir fermer le refuge ? demande Tim à Liia, au moment de se coucher.

Surprise, elle écarquille les yeux.

— Ben, mon grand, qu'est-ce qui te fait dire une chose pareille ?

— Je vous ai entendus en parler dans la cuisine avec papy. Tu disais qu'on n'allait pas s'en sortir. Et puis tu en avais parlé avec papa et je vous avais entendus aussi.

Liia soupire et rabat la couette Spider-Man sur son fils. Il a toujours les oreilles qui traînent partout, elle devrait le savoir.

— C'était une conversation de grandes personnes, mais puisque tu l'as entendue, je vais te répondre avec le plus d'honnêteté possible. La vie à la ferme coûte très cher. Les rennes et les moutons ont besoin d'entretien permanent et il est parfois difficile de joindre les deux bouts. De finir le mois sans que l'argent manque un peu, explique-t-elle. Le refuge connaît des difficultés, mais tu as aussi entendu ton grand-père, n'est-ce pas ? Nous allons y arriver.

— Parce qu'il dépense tout son argent à lui ?

Bon sang… il ne perd pas le nord !

— Parce que nous allons travailler dur pour nous en sortir.

— Nous allons devoir vendre des rennes ? Comme quand j'étais petit et qu'un camion est venu les chercher pour les emmener dans un parc ?

Liia sourit.

— Non, nous allons tout faire pour ne pas nous séparer de nos animaux. Moutons compris ! Mais sans doute devrons-nous faire plus attention aux naissances.

Tim hoche la tête, mais paraît encore soucieux.

— Tu sais, maman, si vous avez besoin d'argent, vous pouvez utiliser celui que tu mets de côté pour moi quand je serai grand, celui pour l'opération espétique de mon visage.

Liia plisse le front, bouleversée par ce que vient de dire son fils. Toutefois, elle essaie de ne pas lui montrer combien ça lui donnerait presque envie de pleurer.

— Es-thé-ti-que. Tu es un amour de générosité, tu sais ça ? Mais personne à part toi ne profitera de cet argent, mon petit perce-neige adoré. Il est pour toi et toi seul, pour quand tu seras prêt.

Tim hausse les épaules.

— Je ne vois pas comment on peut ne pas être prêt à devenir plus beau !

— Encore plus beau, tu veux dire.

Tim passe la langue à l'endroit de sa dent en moins.

— Ça ne sera pas difficile ! Dis, maman, pourquoi il est parti M. Verrier ?

Liia ravale la boule qui vient de se former dans sa gorge.

— Parce que sa voiture était réparée et qu'il devait enfin rentrer chez lui. Allez, c'est l'heure de dormir. À demain, tombeur des Bermudes.

— Tu dis ça parce que je mets toujours des bermudas en été ?

Elle lui embrasse le front.

— Non, parce que tu es une légende ! À demain, et fais de beaux rêves.

Liia quitte la chambre de son fils et s'arrête quelques secondes dans le couloir pour fermer les yeux en se tenant à la rambarde de la mezzanine. La vie est si compliquée en ce moment, elle déteste ne pas avoir été suffisamment discrète pour préserver Tim. Elle le connaît par cœur, il va ressasser ça jusqu'à ce qu'il soit certain que tout aille bien. Elle doit faire plus attention.

Liia soupire et gagne la cuisine. Elle a encore toutes les pâtisseries à préparer pour demain après-midi. Elle commence à sortir les ingrédients et les moules du placard lorsque Nicolas Claus frappe à la porte vitrée.

— Entrez, monsieur Claus, je vous en prie.

— Je suis venu vous donner un petit coup de main.

Liia lève le nez sur l'horloge et sourit. Il est déjà 21 heures.

— Je pense que vous avez plutôt un petit creux et venez chercher quelque friandise ! se moque-t-elle gentiment.

— J'avoue que je ne résiste jamais à un reste de pâte dans un saladier ! Que puis-je faire pour vous être utile ?

Entre les œufs à battre, le chocolat à concasser, la farine à tamiser, et son méchant coup de mou, Liia n'a pas le cœur de refuser son aide. Cet homme est une bénédiction. Du moins, est-ce ainsi qu'elle le voit ce soir.

— J'ai fait lever les roulés à la cannelle, vous voudriez bien les enduire de jaune d'œuf et les saupoudrer de sucre en grains avant que je les cuise ?

— Mais avec plaisir !

Tandis qu'ils s'attellent tous les deux à la pâtisserie, Nicolas Claus laisse échapper un compliment.

— Vous êtes très douée et pas seulement pour faire des gâteaux, vous faites aussi très bien la cuisine. Avez-vous pensé à ouvrir votre restaurant ?

Liia lui sourit.

— Ma mère y avait déjà songé, je crois même qu'à un moment donné, ça faisait partie de leurs projets avec mon père, mais ils n'ont jamais eu l'occasion d'en concrétiser l'idée.

— Et vous, vous aimeriez ?

— C'est énormément de travail, je ne pourrais jamais faire ça toute seule et pour être honnête, je m'y connais autant en restauration qu'en plomberie !

— Vous pourriez apprendre, dit-il en posant sur elle un regard d'une extrême douceur.

— Vous avez raison, mais vous l'avez compris, Tim demande trop d'attention pour que je puisse me plonger dans une formation. Sans compter qu'il faut de l'argent pour se lancer, et le refuge ne le permet pas. Pour le moment.

Nicolas Claus parsème quelques grains de sucre sur les roulés à la cannelle.

— Si c'est quelque chose que vous avez envie de faire, ça se fera.

Elle sourit. Son optimisme est rafraîchissant, mais pas assez pour être communicatif. Liia a toujours gardé les pieds sur terre.

— Vous êtes un mystère, monsieur Claus, et une inépuisable source d'énergie positive.

— Croyez-vous aux miracles, Liia ?

Comme sa question est étrange… De bien des façons, elle pourrait dire que si les miracles ne sont forgés que de crédulité et de désirs chimériques sans consistance, alors dans ce cas, elle n'y a jamais cru. Mais s'ils naissent d'espoirs sincères et profonds, de volonté acharnée et de détermination, si chaque fois que Tim gagne un combat, contredit les pires diagnostics ou gravit les plus hautes montagnes, s'il est à l'image de ce que Nicolas Claus évoque, alors oui, elle croit aux miracles.

— Peut-être un peu, répond-elle.

Nicolas Claus sourit.

— Alors vous aurez votre restaurant, car là où il y a un grand amour, il y a toujours des miracles.

***

Liia ne sait pas exactement pourquoi Nicolas Claus est venu l'aider ce soir-là, peut-être pour lui offrir cette phrase qui résonne encore en elle comme un écho infini au moment de se coucher. Il parle d'amour, alors c'est à Baron qu'elle pense en fermant les yeux quand elle se couche. Il ne quitte pas son esprit depuis qu'il est parti. Liia soupire et enfouit la tête dans l'oreiller.

Et si elle était passée à côté ?

21

— Vous êtes vraiment obligé de partir, monsieur Claus ? demande Tim de sa petite voix triste.

La bonne humeur de Nicolas Claus est permanente, mais aujourd'hui, elle aura bien du mal à redonner le sourire à Tim.

Le sosie du père Noël, vêtu de sa combinaison et de son masque de ski sur la tête, plie bagage ce matin du 14 décembre, soit deux semaines, jour pour jour, après son arrivée. Les huit rennes attelés devant le refuge piaffent d'impatience, tandis que dans l'enclos, les femelles montrent une excitation exacerbée. Mais Tim, lui, est triste comme une pierre. Liia et Jack l'entourent, M. Claus partira d'une minute à l'autre.

— Eh oui, mon garçon, les enfants du monde entier m'attendent. Il y a beaucoup de travail et maintenant que mes rennes sont disposés à reprendre du service, nous n'avons plus une minute à perdre. J'espère que vous avez apprécié, lance-t-il à leur attention, et que vous ne me ferez pas le coup chaque année !

Claude et Elizabeth regardent droit devant eux tandis que les six autres tournent la tête dans une expression de dédain plus vraie que nature.

Liia gardera des rennes de M. Claus un souvenir aussi marquant que de leur propriétaire. Jamais de toute sa vie elle n'a croisé d'animaux aussi expressifs et charismatiques, toutes espèces confondues ! L'expression « il ne leur manque que la parole » ne pourrait être plus vraie.

Tim se détache de sa mère et de son grand-père pour se jeter contre le ventre de M. Claus dans une étreinte émouvante.

— Je ne veux pas que vous partiez !

— Allons, allons, tente de l'apaiser Nicolas Claus en lui tapotant l'épaule. Qui pourra apporter du bonheur pour la nuit de Noël si je reste ici, hum ?

— Mais c'est mon anniversaire, cette nuit-là ! Restez avec moi…

Nicolas Claus s'agenouille pour se mettre à la hauteur de Tim.

— Et je serai là, d'une certaine façon… Regarde…

Il fouille dans sa poche et en ressort un pochon rouge carmin.

— C'est pour toi.

— Qu'est-ce que c'est ?

Nicolas Claus l'arrête lorsque Tim s'apprête à tirer sur la ficelle.

— Tu l'ouvriras tout à l'heure, lorsque je serai parti, tu veux bien ? Et tu l'accrocheras au sapin, comme ça, je serai avec toi le soir de Noël.

À ces mots, la renne Elizabeth donne un coup de talon et pousse un long râle.

— Oui, oui, ne sois pas aussi bougonne ! Avec toi aussi, puisque tu lui as laissé ta précieuse clochette !

Tim se dirige vers Elizabeth pour lui encercler l'encolure de ses petits bras et la serrer très fort contre lui, la tête enfouie dans son épaisse fourrure.

— Et comment tu vas faire pour la récupérer ? lui demande-t-il.

— Ne t'inquiète pas pour elle, le rassure Nicolas Claus en le gratifiant d'un clin d'œil, elle trouvera bien un moyen.

Elizabeth se frotte contre Tim, recule la tête et lui lèche le bout du nez.

— Alors ça, c'est rigolo !

— C'est parce qu'elle t'aime beaucoup. Et crois-moi, elle ne fait pas ça souvent !

De concert, les sept autres rennes montrent leur intention d'obtenir un câlin eux aussi. Leur empressement fait même rire Tim aux éclats. Il leur accorde de l'attention à chacun et finit par s'écarter.

— Nous devons y aller ! annonce Nicolas Claus. Tim, tu m'as dit avoir préparé des carottes et du foin ?

— Oui, monsieur Claus, le sac est là !

Il ramasse un gros pochon en toile de jute posé sur le sol et le met à l'arrière du traîneau.

— Et ça, c'est pour vous, dit Liia en lui remettant une Thermos de café ainsi qu'une boîte de biscuits qu'elle a faits spécialement pour lui la veille.

— Merci, Liia. C'était un véritable plaisir de vous rencontrer, Jack et vous. Mais mon petit doigt me dit que nous aurons l'occasion de nous revoir. Ma femme aime beaucoup la gastronomie française.

Liia sourit. Le voilà reparti dans son idée de restaurant. Nicolas Claus est toujours si optimiste.

Puis il se penche vers Tim.

— Tu n'aurais pas quelque chose pour moi toi aussi ?

Tim rougit un peu et fouille dans la poche de sa doudoune.

— Je me disais aussi ! s'amuse Nicolas Claus en s'emparant de la lettre que lui tend Tim.

— C'est ma liste, mais elle n'est pas très longue…

Nicolas Claus lui pince gentiment la joue.

— Et c'est tout à ton honneur, mon garçon ! Les vœux les plus chers se réalisent sans faire de bruit, le sais-tu ? Sans fanfare ni tambour. Aie confiance en toi.

— Moi, j'ai confiance en vous, dit Tim en se serrant une nouvelle fois contre lui.

Nicolas Claus lui ébouriffe les cheveux et monte dans son traîneau.

— Merci à vous tous pour votre formidable accueil, et même si on n'y est pas encore, joyeux Noël !

Il s'installe derrière les rênes et juste après un dernier geste de la main, pousse un cri de musher et fait claquer les brides.

Les voilà partis. Ils glissent sur la neige au milieu des gerbes de flocons et prennent la direction de la piste de ski.

— Au revoir, père Noël ! crie Tim en courant derrière eux. Au revoir !

Essoufflé, il s'arrête une trentaine de mètres plus loin et les regarde disparaître par-delà la colline. Son cœur de petit garçon en a gros, Liia le sait, mais elle sait aussi qu'il vient de passer deux semaines qu'il n'oubliera jamais. Dans sa tête, il a rencontré l'authentique Santa Claus et il n'est pas près d'arrêter d'en parler.

— Et si nous allions voir ce que M. Claus t'a confié ? suggère Liia en le prenant par les épaules.

— Il va me manquer…

— Je sais, mon petit perce-neige. Allez, viens.

Le pochon à la main, Tim s'agenouille devant le sapin et ouvre son trésor. À l'intérieur du petit sac en toile rouge se trouve un cordeau au bout duquel pendouille une minuscule clé dorée.

— C'est la plus petite décoration de Noël que j'ai vue, fait-il remarquer.

Liia l'observe de plus près, elle est finement ouvragée d'entrelacs et ressemble aux clés qu'on utilise pour les boîtes à bijoux.

— C'est quand même bizarre, dit Tim, on ne la verra pas vraiment quand elle sera sur le sapin, tu ne crois pas qu'elle doit servir à autre chose ?

— Je ne sais pas, répond Liia en haussant les épaules, M. Claus a dit de l'accrocher, fais-le.

Tim s'exécute et regarde une dernière fois à l'intérieur du pochon.

— Maman, il y a un mot !

Il le déroule et essaie de déchiffrer l'écriture déliée et ronde de Nicolas Claus.

— « Avec elle tout est possible… » Qu'est-ce que ça veut dire ?

— Je n'en ai aucune idée !

— C'est peut-être une clé qui ouvre des portes magiques ! s'extasie-t-il. Si j'y pense très fort, elle apparaîtra ! Une porte qui va vers les étoiles !

— Ou les toilettes pour quand tu n'as pas envie de courir à l'autre bout de la maison en pleine nuit, s'amuse Liia.

— Maman… C'est peut-être pas une blague !

— Tu verras bien, mon petit perce-neige… Je dois te laisser. Maintenant que les rennes de M. Claus sont partis, je pense que les nôtres ne vont pas tarder à montrer le bout de leur nez et ils doivent être affamés !

Tim hoche la tête sans donner l'impression de l'écouter, il ne cesse de regarder la minuscule clé accrochée sur le sapin. Liia sourit.

— Prends garde à ne pas ouvrir trop de portes à la fois, je ne voudrais pas te perdre !

***

Liia revient de l'étable, les pieds boueux et pleins de neige, le dos en compote d'avoir poussé autant de brouettes de fourrage et de paille pour rafraîchir la litière des rennes. Il est 15 heures et elle ne serait pas contre un bon café. Elle gagne la grange et se penche pour décrotter ses bottes, quand elle entend une voiture s'engager sur le chemin d'accès déneigé. Elle se retourne et sent son cœur faire un tour sur lui-même lorsqu'elle voit arriver la C3 rouge de Baron. Huit jours qu'il a quitté le refuge, sans qu'ils aient une seule fois essayé de se contacter. Elle n'arrive pas à croire qu'il soit revenu. C'est tout ce qu'ils ont vécu qui remonte à la surface avec une acuité déséquilibrante. Elle avale sa salive, se redresse et prend une profonde inspiration avant de rejoindre la voiture.

La surprise et la déception sont de taille quand elle voit s'en extraire deux fillettes à peine plus jeunes l'une que l'autre, ainsi qu'une femme qui ressemble grandement à Baron.

— Bonjour ! lance-t-elle avec un large sourire à l'attention de Liia. Je suis Raffaela Riz-Verroni, la sœur de Baron.

Les deux gamines, habillées comme si elles allaient séjourner en Alaska en plein épisode arctique, courent aussitôt en direction de l'enclos, surexcitées de voir des rennes. Malgré leurs combinaisons de Bibendum, elles montent sans crier gare sur la clôture et tendent la main pour essayer de les toucher.

— Ce sont des femelles, elles sont un peu craintives à cause de leurs petits, ne faites pas de grands gestes pour qu'elles s'habituent à vous, leur conseille Liia. Elles vous laisseront peut-être les caresser.

— Pourquoi elles n'ont pas de cornes ? demande la plus petite.

— Ce ne sont pas des cornes, mais des bois ! crie sa sœur. Et si elles n'en ont pas, c'est parce qu'elles n'ont pas été sages !

Liia sourit, elle n'avait encore jamais entendu pareille explication.

— Bonjour, je suis Liia Josserand, dit-elle en s'approchant de la sœur de Baron sans trop savoir à quoi s'en tenir. Qu'est-ce que je peux faire pour vous ?

Rafaella Riz-Verroni est aussi grande que Liia, mais donne l'impression de l'être bien davantage avec ses cheveux tressés et remontés très haut sur la tête. Elle a les mêmes yeux que Baron, et la même bouche. C'est troublant.

— Je suis désolée d'arriver à l'improviste, s'excuse-t-elle en fonçant droit sur Liia, main tendue, mais ça m'a pris comme ça. On est mercredi et mes filles avaient très envie de voir des rennes en vrai, et comme Baron a séjourné ici, je me suis dit que c'était l'endroit idéal. Le seul autre élevage que j'ai trouvé sur le Net est en Alsace, ça fait un peu loin depuis Grenoble ! Mais j'aurais peut-être dû réserver ? Mon frère m'a dit que vous serviez des goûters exquis !

Cette fille est un véritable moulin à paroles, Liia peine à remettre de l'ordre dans ses idées.

— Eh bien… oui, je… on va se débrouiller.

— Oh, maman, regarde comme c'est beau, crie la sœur cadette, on dirait que Noël est tombé sur le chalet !

Du doigt, elle pointe les branchages de houx et de sapin parsemés de neige que Jack a installés en bordure des toits. C'est vrai que c'est du plus bel effet. Les rues de Megève pourraient les leur envier.

— On peut faire un bonhomme de neige ? demande l'aînée.

Rafaella Riz-Verroni cherche l'approbation de Liia qui hoche la tête.

— Elles peuvent s'installer devant le kota, la neige est épaisse et l'endroit sécurisé.

Son invitée surprise regarde autour d'elle comme pour inspecter les lieux.

— C'est vrai qu'il y a de la place. Vous pourriez encore construire trois chalets comme celui-ci, dit-elle en regardant la construction d'origine. Et une quantité impressionnante de voitures pourraient se garer.

Liia ne comprend pas trop sa réflexion, mais elle lui sourit poliment. Sa présence est pour le moins étonnante.

— Vous voulez visiter la bergerie en attendant que je prépare le kota ?

— Non ! Je vais vous donner un coup de main.

— Euh… d'accord, si vous voulez.

Puis la sœur de Baron se retourne sur ses filles.

— Louisa, Madène, le bonhomme de neige, c'est par là !

Les deux fillettes obéissent sans discuter et vont s'installer devant le kota.

— Vous n'avez jamais pensé à mettre une clôture pour créer un espace enfants ? demande la sœur de Baron.

— Nous pourrons les surveiller par la fenêtre, la rassure Liia en ouvrant la porte, je vous en prie, entrez.

Comme Nicolas Claus était encore là le matin même, le poêle à bois n'est pas encore éteint et la chaleur est douce. Il suffit à Liia de remettre une bûchette pour raviver les flammes.

— Mon frère est très amoureux de vous, annonce la sœur de Baron de but en blanc.

Liia se retourne, les yeux exorbités.

— Pardon ?

Elle retire sa longue doudoune rouge, l'accroche au portemanteau contre le mur et s'assoit sur le rocking-chair scandinave à côté du feu.

— Si vous ne l'avez pas remarqué, c'est parce que depuis tout petit, Baron s'efforce de ne pas montrer ses sentiments. Surtout lorsque ceux-ci arrivent aussi soudainement. Il est doué pour cacher ce qui peut le rendre faible. C'est un trait de caractère que ma mère et moi avons toujours réprouvé. Mais croyez-moi sur parole, je le connais suffisamment pour être certaine de ne faire aucune erreur. Mon frère est tombé amoureux de vous comme on tombe dans une flaque d'eau : sans prévenir.

Liia se retient discrètement à la table, le cœur battant. Son interlocutrice sourit.

— Et vous ? lui demande-t-elle sans prendre de gants.

— Moi ? Euh… Vous êtes tout de même très directe.

— La vie est trop courte pour s'encombrer de circonvolutions, vous ne croyez pas ?

Bouche entrouverte, Liia secoue la tête comme pour se reprendre.

La sœur de Baron se lève d'un coup et va ouvrir la porte du kota.

— C'est bien, les filles, il est magnifique votre bonhomme de neige.

Liia jette un œil dehors, on dirait un pâté de sable qui vient de s'écrouler.

— Mon frère n'a pas été des plus subtils, je l'admets, et sans doute le reconnaît-il lui-même, mais c'est parce qu'il ne s'attendait pas à vous.

— C'est ce qu'il vous a dit ?

— Non, mais je le connais par cœur. Il fonce bille en tête dans un projet, contrôle mal son dérapage, se prend une porte et… ne sait plus quoi faire. C'est ce qui s'est passé avec vous. Il s'est dit que ne rien vous avouer ne ferait de mal à personne, sauf… qu'il ne s'attendait pas à vous, répète-t-elle. Baron n'a jamais laissé beaucoup de place aux histoires d'amour donc il est presque novice en la matière. Toujours est-il que je ne l'ai jamais vu s'accrocher autant.

Liia fronce les sourcils.

— Parce qu'il s'accroche ? Je n'ai pas eu de nouvelles de lui depuis qu'il a quitté le refuge, vous savez. Il m'a plutôt donné l'impression d'accepter la situation.

— Vous lui en avez donné vous-même ?

— Non, mais… C'était ce qui était convenu. De mon côté en tout cas.

Son interlocutrice hausse les épaules.

— Il respecte votre vœu de silence, voilà tout, mais il espère ! Il espère vraiment.

Liia sent un rire nerveux monter en elle, elle le retient tant bien que mal. Cette situation est irréelle, absurde même.

— Écoutez, Rafaella… Je peux vous appeler par votre prénom ?

— Mais bien sûr, Liia.

— Je trouve incroyable que vous soyez venue jusqu'ici avec vos filles pour me faire un rapport sur l'état émotionnel de votre frère. Vous devez infiniment l'aimer pour faire ça. Toutefois, lui et moi nous connaissons à peine. Je doute qu'il soit raisonnable de parler de tels sentiments, vous ne croyez pas ?

Rafaella hausse un sourcil.

— Oui, je l'aime de tout mon cœur. Mais dites-moi, Liia, vous avez besoin d'avoir des certitudes sur ce qui est raisonnable ou non ou est-ce une simple question ?

— Je…

La porte qui donne sur le couloir menant au chalet s'ouvre tout à coup sur Tim, en même temps que les nièces de Baron entrent dans le kota. Tim ne porte aucun masque et s'immobilise en découvrant que la pièce est occupée. Rafaella ne peut s'empêcher d'écarquiller les yeux en découvrant son visage, et même si elle se reprend, c'est trop tard, ça s'est vu.

Un froid glacial se répand. Liia se crispe et s'attend à un réflexe de protection vive de la part de son fils, mais Tim n'a pas le temps de réagir, il est pris au dépourvu par la petite Madène.

— Bonjour, tu habites ici ?

— Maman t'a déjà dit qu'il ne fallait pas poser de questions ! la reprend sa sœur. C'est malpoli.

Elle s'avance vers Tim avec la plus grande dignité et lève la tête bien haut.

— Je m'appelle Louisa et voici Madène la pipelette !

Tim regarde sa mère, la femme qui est assise à table et les deux fillettes. Il ne sait pas trop comment se comporter.

— Tim, je te présente la sœur et les nièces de M. Verrier, euh… Verroni, lui dit Liia. Rafaella, Louisa, Madène, voici Tim, mon fils.

Madène s'approche de lui.

— Tu as mal ?

Tim secoue la tête.

— Alors tu peux nous aider à faire un bonhomme de neige ?

— C'est moi qui fais les plus beaux de l'univers ! répond-il sans réfléchir une seule seconde. Alors oui, je peux.

— Ouais ! s'écrie la petite. Alors on y va !

— Je dois d'abord aller chercher mon manteau.

Madène sautille, tout excitée.

— On vient avec toi !

Et les voilà partis tous les trois dans le couloir. Liia est soufflée.

— C'est incroyable, Tim n'est jamais aussi sociable du premier coup.

— L'effet Verroni, s'amuse Rafaella. Vous allez réfléchir à ce que je vous ai dit sur mon frère ?

Liia avale sa salive. Baron doit être un homme exceptionnel pour que sa sœur vienne jusqu'ici plaider sa cause. Et si, quelque part, elle trouve ça amusant, elle se dit que la chaleur brûlante qu'elle a ressentie au creux de son ventre quand elle a vu la voiture de Baron entrer dans le domaine n'a rien de drôle, elle est bien réelle. Elle ne cesse de penser à lui, de revivre chacun des instants qu'ils ont partagés, de se dire aussi que c'est ridicule, qu'on ne peut pas s'emballer à ce point et pour si peu. Il est peut-être tombé amoureux comme on tombe dans une flaque, mais Liia, elle, ne sait plus du tout où elle en est.

— Je vais y réfléchir, lui répond-elle.

Rafaella se lève, le regard satisfait.

— Avant que nous prenions l'un des fameux goûters dont vous avez le secret… Baron m'a dit que vous exposiez des objets samis, vous me les montrez ?

La capacité à se rendre attachant appartient sans nul doute, et depuis très longtemps, à cette étonnante famille qui la maîtrise sur le bout des doigts. Liia lui sourit.

— Avec le plus grand plaisir.

22

Baron a failli étrangler Rafaella lorsqu'il a appris ce qu'elle avait fait.

— Mais pourquoi ? a-t-il demandé, horrifié.

— Parce que je voulais en savoir plus sur la fille qui a complètement retourné la tête de mon frère, pardi !

Rafaella et sa curiosité légendaire… Mais cette fois, elle est quand même allée très loin.

— Verdict ? a-t-il demandé en grinçant les dents.

— Le refuge est génial, son fils est génial, ses rennes sont géniaux et… elle est géniale !

Alors il a souri.

Ce que pense sa petite sœur lui a toujours semblé très important, mais dans l'immédiat, la seule bénédiction dont Baron a besoin est celle de Jack Josserand. Le père de Liia va arriver d'une minute à l'autre. Il a accepté de rencontrer Baron au Rooftop Bar, au dernier étage du Grand Hôtel du Soleil d'Or de Megève. Il n'a pas posé de questions, il a juste dit oui.

L'endroit et sa décoration de Noël ne manquent pas de charme avec ses fausses peaux de mouton jetées çà et là sur les fauteuils, ses plaids, ses poufs en velours, ses tapis en laine épaisse, ses rideaux orange à carreaux et sa réplique en grès de la fontaine du village, remplie de glace et de bouteilles de champagne prêtes à être consommées. Le sapin, pourtant humble, habillé de quelques boules de Noël pareilles à des mandarines, fait office de maître des lieux tant il est vert, touffu et magnifiquement proportionné.

La grande verrière tout autour du bar offre une vue panoramique exceptionnelle sur le cœur historique de Megève et sur le massif du Mont-Blanc. Les montagnes aux cimes glacées s'élèvent avec arrogance, tandis que les rues du village grouillent de visiteurs collés aux vitrines les plus prestigieuses. Au Rooftop, comme partout ailleurs dans cette station de sport d'hiver, tout respire le luxe, l'abondance et, paradoxalement, l'authenticité.

Si Baron a choisi un tel endroit, ce n'est pas pour en mettre plein la vue de Jack ou l'impressionner de quelque façon que ce soit, mais parce qu'il est sûr qu'ici, Liia ne pourra jamais les y croiser par hasard. Les habitants de Megève et des environs ne fréquentent généralement pas les hôtels du coin.

Il est presque midi, Baron s'installe dans un canapé en tissu écossais, juste sous un lustre en cristal gigantesque, et commande une bouteille de pétillant rosé ainsi qu'un assortiment de tapas.

Jack entre dans le bar. Avec sa chemise à carreaux et son look de trappeur, il détonne plus avec les clients qu'avec la décoration. Il aperçoit Baron, le rejoint et prend place à côté de lui.

— Bonjour, Jack, merci d'être venu.

— Je vous en prie. Et en plus, vous savez recevoir ! dit-il en voyant le plateau et la bouteille de vin.

— Je vous en sers un verre ?

— Volontiers !

Jack se met à l'aise, croise ses grandes jambes et regarde Baron droit dans les yeux.

— C'est oui.

Baron se retient de battre des cils, il craint d'avoir l'air ridicule.

— Oui ?

— Cher Baron, Patrice Prévost et moi nous connaissons depuis trente ans, vous pensiez vraiment qu'il allait vous laisser la primeur de l'annonce de vos projets ? C'est oui. Je trouve l'idée fort intéressante. Ronja et moi y avions songé sans jamais sauter le pas, nous nous sommes souvent dit qu'il ne manquait qu'un restaurant pour offrir au refuge le sens que nous avions voulu lui donner.

Baron se gratte le front, pris au dépourvu.

— Eh bien, Jack, je croyais devoir faire un peu plus d'efforts que ça pour vous convaincre… Vous m'en voyez ravi.

— N'allez pas pour autant imaginer que je vais vous laisser faire n'importe quoi. Cet endroit est le résultat de toute une vie de travail, d'acharnement et de passion, il est hors de question que je laisse échapper le moindre détail ou vous permette de dénaturer ce dont ma femme et moi avons rêvé.

— Je l'espère bien ! s'exclame Baron, particulièrement touché par son honnêteté. Votre expertise ne sera pas discutable, je m'engage à respecter l'essence même du domaine et ce que vous avez voulu en faire, et surtout, je veux que vous sachiez que même si le restaurant est tenu par Barone Verroni, le chef étoilé, le refuge sera toujours le plus important.

Jack sourit, un petit air taquin dans le fond des yeux

— Le refuge, vraiment ? Rien d'autre ?

— Jack, je…

Jack lève la main pour l'interrompre.

— Un homme amoureux peut cruellement manquer de jugement s'il n'y prend pas garde, et un homme qui ne l'est plus risque de devenir un danger. Ce qui veut dire que je vous aurai à l'œil, Baron, ajoute-t-il tout à fait sérieusement. Mon refuge est important, mais ma fille et mon petit-fils le sont bien plus encore. Je vous aimerai bien tant que vous resterez sur le droit chemin. Si vous déviez ne serait-ce que de quelques pas, vous avez beau mesurer plus de deux mètres, je vous réduirai à l'état d'accordéon, est-ce que je me fais bien comprendre ?

Baron sourit et baisse la tête comme le ferait un gamin qui rencontre le père de sa copine pour la première fois.

— Cinq sur cinq, monsieur ! Je n'ai pas été très malin, admet-il, penaud.

— Je n'ai pas besoin d'explication à ce sujet. Ce qui se passe entre ma fille et vous doit rester secret si vous voulez que mon cœur de père n'accélère pas trop la cadence. Parlez-moi plutôt de votre projet.

Alors Baron lui explique la façon dont il voit les choses et comment il aimerait les entreprendre. Pour commencer et entériner le projet, il voudrait verser un loyer mensuel sans tarder, lequel aiderait le refuge à tenir la barre. Ludovic, son expert-comptable, le suit dans son idée de construction écologique et conforme à l'art de vivre qu'offre le refuge du Perce-neige. Il aimerait un restaurant de pas plus de douze tables, authentique et chaleureux, à l'image de ce que les Josserand ont fait du domaine. Il y aurait un parking paysagé, un simple kiosque en bois pour l'été afin d'y dîner sous les étoiles, et un affichage comme point de randonnée pour attirer les touristes au kota finlandais et goûter les célèbres pâtisseries de Liia Josserand.

Baron parle avec passion, il fait de grands gestes, utilise des termes précis quand il évoque le restaurant et donne l'impression d'y être déjà. Il a de grandes ambitions pour le refuge et n'a qu'un seul regret, que ça ne puisse pas se faire tout de suite.

— Les formalités administratives seront nombreuses, à commencer par l'obtention du permis de construire, mais je vous promets que le restaurant deviendra un endroit incontournable ! conclut Baron.

Jack attrape un morceau de fromage dans le plateau et n'en fait qu'une bouchée.

— Eh bien, vous sauriez vendre un iceberg à un Inuit !

— Mais saurai-je convaincre votre fille ? demande Baron en soupirant.

Jack sourit.

— Certainement pas aussi facilement que vous le souhaiteriez, mais j'ai une idée. Dans huit jours, c'est Noël. Baron, que faites-vous le soir du 24 décembre ?

***

Pour Liia, préparer le réveillon de Noël représente bien plus qu'organiser un repas festif en famille. Elle se souvient parfaitement du 24 décembre, il y a dix ans jour pour jour. Son ventre était bien rond, tendu à l'extrême, et son dos la faisait horriblement souffrir. Elle ne pouvait marcher qu'avec les mains plaquées sur les reins et évitait de faire un seul pas dans la neige par peur de se transformer en culbuto. Tout le monde l'appelait Fifi Brindacier tant son masque de grossesse lui avait couvert le nez de taches de rousseur. Elle ne pouvait pas boire de café sans vomir, manger de cornichons sans avoir le hoquet ni se coucher sans risquer de ne plus pouvoir se relever, mais c'était aussi la plus belle période de sa vie.

C'était le premier Noël que Jack et elle passaient sans Ronja, il neigeait en continu et les flammes de la cheminée dansaient avec une énergie réconfortante. C'est Matt qui avait préparé le repas et Jack faisait comme s'il n'était pas avalé tout entier par la nostalgie et la morosité. Ça sentait bon les branches fraîches de sapin dans la maison, et les oranges confites à la cannelle que Liia avait eu le temps de confectionner. Il se préparait un Noël doux, douloureux et pudique.

À 21 heures pétantes, les premières contractions sont arrivées. Matt était en panique chaque fois que Liia faisait une grimace et laissait échapper un petit gémissement. Ils n'ont pas eu le temps de dîner, tout s'est accéléré. Matt et Jack ont installé Liia dans la voiture et sont partis en trombe à la maternité de Chamonix. Tim est né à minuit et trois minutes. La sage-femme et l'obstétricien savaient qu'il aurait la lèvre et le nez déformés, l'échographie l'avait annoncé, mais ils ne s'attendaient pas à l'ampleur de sa dysplasie. Le visage de Tim était ravagé, il semblait souffrir et ne pouvait presque pas respirer. Liia se souviendra toujours de leur expression horrifiée et des chants de Noël dans la salle d'accouchement qu'on a coupés presque aussitôt.

Tim a été emmené en urgence à l'hôpital d'Albertville. Matt est parti avec lui, et Liia est restée à Chamonix. Elle venait de devenir maman pour la première fois et elle s'est retrouvée seule, sans son bébé. C'était Noël et on venait de lui prendre son cadeau. Son merveilleux trésor. Alors chaque 24 décembre, c'est la vie de son fils qu'elle célèbre, ses derniers moments au creux de son ventre, cette délicieuse soupe de carottes qu'elle avait avalée juste avant de partir parce qu'elle avait faim. Son fils a fait de sa vie une grande joie qu'il convient de fêter chaque année le plus dignement du monde.

À ce titre, la salle commune du chalet a été décorée de guirlandes lumineuses et d'étoiles pendues au plafond. Le sapin est toujours là, brillant, odorant, majestueux, la cheminée est plus vivante que jamais et une immense table est dressée, avec la vaisselle des jours de fête, des bougies partout, des branches de houx, des épines d'épicéa et des bâtons de cannelle parsemés sur la nappe d'un blanc immaculé.

Il est à peine 16 heures et tout est déjà prêt. Jack s'assure que les moutons sont rentrés dans l'étable avant la nuit, Tim essaie ses bonnets de père Noël dans sa chambre, et Liia s'essuie les mains dans son tablier, satisfaite.

Ce soir, elle n'a fait que les pâtisseries. Des roulés à la cannelle, des biscuits aux amandes, une bûche à l'orange, une tarte aux pommes caramélisées et des *runbergintorttu*, le plus poétique des gâteaux finlandais et qui doit son nom au célèbre poète Johan Ludvig Runberg. Les plats principaux, ce sont les Specht qui les apportent. Cette année, sans leurs enfants, ils fêteront le réveillon de Noël avec eux et dormiront au refuge, comme ils le faisaient lorsque Liia était petite et que Ronja et Elena Specht passaient leur nuit à discuter.

Liia retire son tablier et, puisque tout est déjà prêt, décide de prendre le temps de se préparer. Un bon bain, un long shampoing, un soin du visage… tout ce qu'elle n'a jamais l'occasion de faire d'ordinaire. Mais le destin en décide autrement. Alors que Liia sort à peine de la salle d'eau, elle reçoit un appel paniqué d'Elena Specht.

— C'est une catastrophe ! Jean est coincé avec le tracteur à la ferme de la Stassaz. Il a voulu dépanner les Barbier en leur déneigeant le chemin pour leur retour et il s'est retrouvé le cul en arrière !

— Le cul en arrière ? répète Liia en retirant la serviette-éponge de ses cheveux.

— Les roues ! Elles sont coincées dans le ravin.

Le cœur de Liia fait un bond. La ferme de la Stassaz est à proximité de la cascade qui doit être bien gelée à cette époque. Les abords sont très glissants et plutôt dangereux.

— Mais il va bien ?

— Oui, il a pu sortir de la cabine sans mal, mais il faut tout de même aller le chercher et dégager le tracteur avant qu'il ne tombe complètement.

Liia réfléchit, celui de son père est tellement vieux qu'il va mettre une éternité pour se rendre jusqu'aux chutes de la Stassaz, sans compter qu'elle n'est pas sûre qu'il puisse treuiller le tracteur de Jean sans risquer de le faire glisser un peu plus.

— Écoutez, je viens vous chercher avec le 4 × 4 on va voir ce qu'on peut faire. Mais si c'est trop risqué, il faudra appeler les pompiers. J'arrive avec mon père, dites à Jean de ne rien faire d'inconsidéré surtout !

Liia s'habille à toute vitesse, dévale les escaliers et sort pour appeler Jack. Consternée, elle voit que le pick-up de son père n'est plus là.

— Tim ? l'appelle-t-elle en retournant à l'intérieur. Tu sais où est parti papy ?

— Oui, il a dit qu'il allait déposer des trucs à la déchetterie.

— Un vendredi à 17 heures ?

Tim hausse les épaules et retourne à ses jeux.

— Je vais essayer de l'appeler. Les Specht ont un petit problème avec leur tracteur, je file les rejoindre. Tu ne bouges pas, promis ?

— Où veux-tu que j'aille ?

Liia l'embrasse et ressort de la maison. Elle récupère le treuil mécanique, une chaîne, une corde solide et saute dans son 4 × 4.

Elle va d'abord chercher Elena, et ensemble, elles rejoignent Jean.

Liia ne comprend plus rien quand elle voit Jean debout à côté du tracteur, les quatre roues à plat sur le chemin. Elle descend de son véhicule, les sourcils froncés.

— Quelqu'un est venu vous aider ?

— Euh oui ! Les Griffon, Bernie était dans le coin.

Elena s'approche de lui, les mains sur les hanches.

— Tu aurais pu nous prévenir, ça aurait évité à Liia de se déplacer pour rien !

— Désolé, dit-il en remettant en place son bonnet, j'étais un peu perturbé.

Liia lui sourit.

— Pas de souci, Jean, je préfère que ça se termine ainsi. J'appelle mon père pour qu'il évite de venir et je vous raccompagne, Elena. Jean, ça va aller, on peut partir ?

— Ah, ben je vais vous suivre, pour maintenant ! dit-il en ouvrant la porte de son tracteur.

Liia et Elena grimpent dans le 4 × 4, la ferme des Specht est à quinze minutes à peine.

— Liia, lui demande Elena quand elles sont arrivées, ça t'ennuierait de me donner un coup de main pour la dinde ? Je sais que tu n'en manges pas, mais avec tout ça, j'ai pris beaucoup de retard.

— Non, pas de souci. Tout est prêt de mon côté, on n'attendait plus que vous. Mais si vous avez autre chose à me faire faire que manipuler de la viande, je suis preneuse.

— Ma petite Liia, dit affectueusement Elena, je sais que les vieilles habitudes ont parfois la vie dure, mais Jean et moi, on aimerait bien que tu nous tutoies. On t'a connue alors que tu ne marchais pas encore !

Liia sourit. C'est vrai qu'elle a toujours vouvoyé les Specht, alors que leurs enfants tutoyaient ses parents. Ronja disait toujours que Liia avait un petit côté vieille France, c'est certainement vrai.

Elena la fait entrer et Liia reste bouche bée. À en croire l'état de propreté de la cuisine, elle n'a encore rien préparé. Il va falloir mettre la main à la pâte.

Liia garde un visage aimable, décide que ce n'est pas très important et attrape le tablier pendu sur la porte de la cuisine.

— Alors, par quoi puis-je commencer ?

***

Il est 20 h 45 lorsqu'Elena sort la dinde du four. Amuse-bouches, entrée, plat principal, tout y est passé, la table regorge de nourriture.

— Eh bien voilà, on met tout dans la voiture et on file chez toi ! se réjouit Elena.

Liia n'aura pas eu le temps de se préparer comme elle l'aurait souhaité, elle a les cheveux en bataille, le teint de quelqu'un qui vient de passer quatre heures en cuisine, et les vêtements d'un dépanneur automobile, mais elle passera un réveillon de Noël avec sa famille et ses amis et c'est bien là le plus important à ses yeux.

Ils arrivent au refuge vers 21 h 15, toutes les guirlandes extérieures sont éclairées et illuminent la façade du chalet qui, ainsi, prend des airs de maison du père Noël. Avec la neige qui tombe en légers flocons et le sapin qui scintille à travers la fenêtre de la salle commune, c'est magnifique. Liia a toujours adoré cette période où tout doit seulement être beau et chaleureux. Noël au pied des montagnes restera toujours le meilleur endroit du monde.

Liia aide Elena et Jean à transporter les plateaux et entre la première dans le refuge en passant par le chalet. Tim est tranquillement assis dans le canapé avec son grand-père, ils sont en train de disputer une partie de Uno.

— Vous en avez mis du temps, dit Jack.

— Un peu plus et on commençait à manger les desserts sans vous, ronchonne Tim en levant à peine les yeux de ses cartes.

Liia hausse un sourcil réprobateur.

— Dites donc, les Jmelacouledouce, venez nous aider à mettre les plats dans la cuisine au lieu de vous la jouer Marlon Brando dans *Le Parrain.*

— Laissez les invités et demandez plutôt au chef de s'en occuper, s'élève une voix derrière elle.

Liia sursaute, se retourne et écarquille les yeux.

— Baron ? Qu'est-ce que tu fais là ?

23

Liia se tourne vers son père, Tim, les Specht, la bouche grand ouverte…

— Papy a dit qu'il ne fallait rien dire et que ça te ferait une surprise, lui apprend Tim.

Liia regarde son père.

— Parce que tu savais ?

Contrit, ce dernier hausse les épaules.

Liia n'est pas du genre à se donner en spectacle, alors elle fait profil bas, mais tout de même. Comment son père a-t-il pu lui faire un coup pareil ? Et qu'est-ce que ça veut dire ?

— Eh bien, la surprise est de taille…, répond-elle d'une voix la plus neutre possible.

Baron s'approche sans se départir de son sourire. Il est beau comme un dieu, Liia ne l'a pas oublié. Il s'est tressé les cheveux avec de longs rajouts qu'il a attachés en queue-de-cheval, il a un charme dingue. Au début, elle a l'impression qu'il porte une chemise noire à col mao sur un pantalon de même couleur, puis elle percute.

— Mais… Tu as mis une tenue de chef…

— Quelle perspicacité, se moque-t-il. Et tu as raison, le tutoiement est quand même mieux.

— Je me tue à lui dire ! intervient Elena qui, de toute évidence, apprécie le spectacle.

— OK, OK ! les arrête Liia. On m'explique ?

Baron attrape la serviette blanche posée sur le dos d'une chaise et la pose sur son avant-bras.

— Si mademoiselle veut bien se donner la peine…

Il avance de ses pas de géant au milieu de la pièce et, comme il l'aurait fait dans un restaurant, il désigne les fauteuils autour de la table basse.

— Messieurs, mesdames, installez-vous, je vais vous servir un verre de champagne et quelques amuse-bouches.

Elena et Jean rejoignent Tim et Jack qui se dépêchent de ranger les cartes de Uno. Liia, elle, se tourne vers eux, légèrement tendue.

— Si vous voulez bien nous accorder une minute, dit-elle en levant l'index.

Elle attrape Baron par le coude, passe la porte vitrée qu'elle referme et le conduit au fond de la cuisine.

— Mais enfin, à quoi rime tout ceci ? Pourquoi es-tu ici ?

— Pour vous faire la cuisine, répond-il le plus simplement du monde.

Liia a l'impression que quelque chose ronronne dans sa tête quand tout à coup elle comprend la situation.

— Oh ! C'était monté de toutes pièces ? Le tracteur, le repas chez les Specht ? C'était pour que *tu* prépares le dîner de Noël ?

Il se redresse un peu plus, très fier de lui.

Liia n'en revient pas.

— Mais… pourquoi, Baron ? On ne s'est pas donné de nouvelles depuis que tu es parti. Nous ne devions d'ailleurs jamais nous revoir.

— Qui a décidé ça ?

Elle claque la langue d'agacement.

— Personne, mais ça faisait sens !

— Pas pour moi, dit-il, les yeux dans les siens.

Bien sûr, Liia ne peut s'empêcher de repenser aux affirmations de la sœur de Baron. Son rythme cardiaque s'accélère.

— Je suis là pour une raison bien précise, avoue-t-il, mais avant de t'en parler, permets-moi de te faire goûter ma cuisine.

— Sans viande ?

— Ni poisson, lui assure-t-il en souriant.

Elle jette un œil à la table. Les assiettes sont prêtes à être dressées, avec quoi, elle ne sait pas encore, elle suppose que tout attend sagement dans le frigo.

— Et… tout ce qu'on a préparé avec Elena ?

— Ce sera pour demain !

Elle soupire.

— OK… Je retourne dans la salle commune et j'espère que tu vas vite m'expliquer ce que signifie toute cette mise en scène.

Au moment où elle tourne les talons, Baron la retient par le bras. Elle lui fait face et lève les yeux vers les siens. Ils brillent d'un désir qui la fait frissonner.

— Je suis très heureux de te revoir, Liia.

Elle retient sa respiration, regarde un instant sa bouche, avale sa salive et se ressaisit.

— Je vais rejoindre les autres. À tout de suite !

Cette fois elle fait demi-tour sans s'arrêter, le cœur battant plus vite que si elle venait de courir un cent mètres. Baron la met dans tous ses états.

***

Voir sa maison transformée en grand restaurant gastronomique a quelque chose de troublant. Vous mangez et buvez dans une vaisselle que vous connaissez par cœur, dans un endroit dont vous pourriez dessiner les moindres recoins, les yeux fermés, mais vous ne bougez pas vos fesses de votre chaise et dînez à la même table que le chef cuisinier. Et quel chef ! Liia n'a jamais aussi bien mangé de sa vie. Baron a eu la délicate attention de ne cuisiner que des plats végétariens. Pour commencer, des amuse-bouches au fromage somptueux, faits de macarons chèvre et miel, de tuiles de parmesan et truffe, de samossas reblochon et cranberries servis avec un merveilleux champagne zéro dosage aux bulles si fines qu'elles semblaient crépiter sur la langue. En entrée, un velouté de topinambours rôtis au miel et au thym, servi avec de délicieux éclats de châtaignes cuites sur les braises de la cheminée, suivi d'un assortiment de légumes de saison confits dans un mélange de sirop au génépi. En plats principaux, un œuf parfait avec une fricassée de pleurotes, de crème de parmesan et de quinoa grillé, puis une marmite de tofu soyeux au cidre et chanterelles, accompagnée de légumes en Wellington aux épices de Noël. Un plateau de fromages si divins qu'il n'en est resté aucun ! Le tout entrecoupé de vins d'exception minutieusement choisis par Baron. Mais ce qui a peut-être le plus émerveillé Liia, c'est la façon dont Tim a savouré chaque bouchée sans jamais avoir envie de quitter la table tant il se régalait, ne se préoccupant pas de la tête qu'il pouvait bien avoir quand il mâchait, ou des petites miettes laissées sur son menton. Baron n'est peut-être pas kinésithérapeute, compositeur ou contrebassiste, mais c'est un cuisinier exceptionnel, chaque personne à table pourrait le confirmer.

Il est presque minuit, Tim a les yeux rivés sur l'horloge, pour lui, le compte à rebours a commencé. Liia aussi a le cœur qui bat et se serre en même temps et pour plusieurs raisons : son petit garçon va avoir dix ans, son rayon de soleil entraîne avec lui déjà tant d'années de courage et de douleur ; son père, à chaque anniversaire de Tim, songe à sa femme qui n'a jamais connu son petit-fils qu'elle aurait pourtant tant aimé ; Baron qui pose des yeux d'une incroyable ardeur sur elle, lui laissant entrevoir des promesses auxquelles elle n'ose croire. Et puis cette maison où elle a vécu de grands bonheurs et pour laquelle elle veut se battre, coûte que coûte. Liia est émue, ce soir, pour toutes ces choses.

Tim a les poings serrés et quand la grande aiguille de l'horloge s'arrête sur le troisième trait entre le douze et le cinq, il lève les bras.

— J'ai dix ans !

Baron se lève et les lumières s'éteignent d'un coup.

— Qu'est-ce qui se passe ? s'inquiète Tim.

On entend du bruit à travers la porte ouverte qui donne sur la cuisine, et soudain, une lumière étincelante en jaillit et Baron revient avec un gigantesque gâteau Spider-Man sur lequel pétillent des cierges magiques.

Tim est fou de joie quand il comprend que la surprise est pour lui. Tandis que tout le monde chante pour l'honorer, il se lève et patiente jusqu'à ce que les bougies magiques s'éteignent pour souffler les dix autres qui n'attendent que lui.

— Joyeux anniversaire, Tim ! s'écrie la tablée en chœur.

Les cadeaux, le gâteau, les sourires et les baisers, Tim n'est jamais aussi heureux que dans ces moments-là. Mais quand 1 heure du matin arrive, ce petit bout de chou de dix ans révolus tombe de fatigue.

— Pourquoi le père Noël n'est-il pas encore passé ? demande-t-il en regardant en direction du sapin qui clignote toujours.

Liia sourit.

— Parce que tu es encore debout.

— Mais Noël c'est maintenant !

Et il bâille à s'en décrocher la mâchoire.

— Le père Noël n'aime pas qu'on le voie.

— Oui, mais moi je l'ai déjà vu. Tu sais bien.

Puis il écarquille les yeux et forme un o parfait avec sa bouche.

— La clochette de renne Elizabeth a disparu !

— Qu'est-ce que tu racontes ? dit Jack en regardant la cime.

— C'est de la magie ! s'écrie Tim. C'est Elizabeth qui est venue la chercher sans qu'on la voie ! Ils sont venus et on ne les a pas vus !

Liia sourit, elle est plutôt convaincue que la clochette est tombée de son perchoir. Mais son petit bonhomme est tellement émerveillé qu'elle ne dit rien. Ils la trouveront demain.

Ou pas.

— Allez, c'est l'heure de se coucher.

— Non attends ! Il y a déjà un paquet sous le sapin, fait remarquer Tim.

Liia fronce les sourcils et regarde tout le monde. Pas plus les Specht, Baron que son père ne semblent y être pour quelque chose. Tim s'approche alors et se baisse pour ramasser une jolie boîte en carton rectangulaire. Il découvre un coffret en bois à l'intérieur. Il essaie de l'ouvrir, mais elle reste fermée.

— Je n'y arrive pas…

Puis Tim lève la tête et son regard s'arrête sur la minuscule clé suspendue au sapin, celle que Nicolas Claus lui avait offerte le jour de son départ.

— Oh…, dit-il simplement.

Jack et Liia se regardent. M. Claus avait donc tout prévu. Il a caché la boîte, conscient que personne ne regarderait sous le sapin avant le jour de Noël. Du moins, c'est ce dont il vaut mieux se persuader, car Liia, très troublée, mettrait la main au feu que la boîte n'y était pas ce matin.

Tim s'empare de la clé qu'il introduit dans la minuscule serrure. Dans la pièce, le silence est total, tout le monde est suspendu aux gestes de Tim.

On entend un clic, puis le petit garçon soulève le couvercle.

— C'est ma dent ! crie-t-il. M. Claus a retrouvé ma dent, je vais pouvoir faire un vœu !

Jack, Baron et Liia se rapprochent pour regarder à l'intérieur. L'incisive repose sur un coussinet de velours rouge.

— Incroyable…, murmure Baron. Comment a-t-il fait ?

Liia ne sait pas plus quoi dire.

Tim prend délicatement sa dent et l'inspecte.

— C'est tout pointu, on dirait une canine de dinosaure.

— C'est la racine, lui dit Liia, la partie pointue était cachée sous tes gencives.

Tim regarde encore à l'intérieur de la boîte, soulève le coussinet et découvre une carte de visite sur laquelle est écrit à la main :

Les miracles existent pour ceux qui y croient.
Joyeux Noël, Tim. Et joyeux anniversaire.

Émerveillé, il regarde sa mère, ferme les yeux et, poing fermé, serre la dent contre son cœur.

— C'est le meilleur Noël de toute ma vie, dit-il en bâillant.

Liia lui caresse les cheveux.

— Et si tu allais le finir dans ton lit ?

Tim se frotte les yeux et hoche la tête. Il dit bonsoir à tout le monde, suit sa mère jusque dans la salle de bains, se met en pyjama et va se brosser les dents. Quand il retrouve son lit, il pose la boîte sur la table de nuit, avec la dent à l'intérieur.

— Tu veux savoir ce que j'ai souhaité ?

— C'est ton secret, dit Liia en le bordant, mais si tu en as envie, tu peux me le dire.

— J'ai souhaité que les gens que j'aime soient heureux.

Liia lui sourit, émue et reconnaissante d'avoir un petit garçon aussi merveilleux que le sien.

— Et j'ai aussi demandé le dernier Mario Kart sur la Switch, mais comme je l'ai commandé sur ma liste de Noël, je crois que ça compte pas !

— Tu verras bien, dit-elle en l'embrassant. À demain, mon petit perce-neige, et joyeux Noël.

— Joyeux Noël, maman.

Lorsqu'elle redescend dans la salle commune, Jack, Elena et Jean ont disparu, il ne reste que Baron et il est en train de débarrasser la table.

— Ils ont abandonné le navire ? demande-t-elle, un peu amusée et trouvant la situation très prévisible.

— Ils avaient tellement mangé qu'ils ne tenaient plus debout !

— Il faut dire que c'était délicieux.

— Vraiment ?

— Vraiment.

Il pose sur la table la pile d'assiettes qu'il a réunie et prend la main de Liia.

— Viens t'asseoir avec moi.

Fébrile, elle le suit et s'installe à ses côtés dans le canapé.

— Je veux ouvrir un restaurant, ici. Un restaurant végétarien, chaleureux, beau, à ton image. Je veux qu'il te ressemble, qu'il ressemble à cet endroit et qu'il vous apporte, à ton père et toi, de la sécurité et des projets d'avenir. Un lieu incontournable, authentique, capable de faire venir des centaines de touristes chaque année. Je veux lui prêter mon nom, pour toi, pour Tim, pour Jack, pour que vous ne manquiez de rien.

La respiration de Liia s'accélère tandis qu'elle l'écoute lui expliquer tous les détails, lui parler de sa rencontre avec Patrice Prévost, avec son expert-comptable, avec son père, à son insu. Il parle, raconte, imagine et elle le trouve magnifique. Immense. Généreux.

— Pourquoi ? murmure-t-elle, chavirée par l'émotion.

Il pose une main chaude sur sa joue et dessine l'ovale de son visage.

— Ne l'as-tu pas compris ?

— J'aimerais… t'entendre le dire.

Il lui sourit.

— Je suis tombé amoureux comme…

— On tombe dans une flaque d'eau ! disent-ils en chœur.

Ils s'accrochent, les yeux dans les yeux et, irrémédiablement, leurs bouches se rapprochent pour s'arrêter à quelques centimètres l'une de l'autre.

— D'accord, chuchote Liia.

Baron glisse une main autour de sa nuque.

— Et nous ?

— D'accord aussi.

— Et…

— Tais-toi.

Après quoi c'est elle qui l'embrasse, sans aucune pudeur, sans aucune limite. Elle l'embrasse comme si sa vie en dépendait parce qu'il lui a manqué, parce qu'elle rêvait de ce baiser, parce qu'elle ne veut plus penser à rien d'autre qu'à cette tenue de cuisinier qu'elle a envie de lui arracher. Elle s'assoit à califourchon sur lui et le dévore, difficilement contrôlable. Baron glisse les mains sous ses cuisses et la soulève quand il se met debout.

— Où ? demande-t-il entre deux baisers.

— Jusqu'au bout du monde…

Jusqu'à l'éternité.

Épilogue

« Bienvenue au refuge du Perce-neige, en plein cœur du massif du Mont-Blanc. Venez découvrir ses rennes, sa culture finlandaise, ses chambres d'hôtes, son restaurant et ses incroyables pâtisseries. Entrez dans le chalet où le père Noël a séjourné et laissez-vous emporter par la magie. »

Baron lui-même installe la nouvelle pancarte. Il se poste devant et la regarde. Novembre est revenu, il fait beau, il est satisfait.

— Je ne suis toujours pas sûre pour la mention au père Noël, dit Liia.

— Tim avait son mot à dire, et il y croit.

Elle fait la moue.

— On aurait dû indiquer sur le panneau que c'est toi le chef cuisinier.

— Et pour quoi faire ? Les gens viendront juste pour tes desserts.

Liia lève les yeux au ciel.

— Ne dis pas n'importe quoi !

— Tu as peur que les clients ne se pressent pas si on ne le précise pas ?

— Peut-être…

Baron sourit et lui glisse le bras autour des épaules.

— Alors que si tu acceptais de servir de la viande de renne…

Les Moon Boots ont ça de pratique, elles sont lourdes. Liia lève le genou et lui écrase le pied d'un coup sec.

— Hé ! C'était juste pour aider !

— Eh bien, abstenez-vous, monsieur Verroni.

Baron se penche, l'attire à lui et lui embrasse le cou.

— Tu crois qu'on aura la visite de Nicolas Claus cette année ?

— Tim serait intenable et ferait exprès de perdre une autre dent !

— Quand revient-il ?

— De chez son père ? Dans deux jours. Il était très heureux d'y aller, ça fait plaisir à voir. Et toi, quand repars-tu ?

Il butine son cou une nouvelle fois.

— À Grenoble ? Demain, mais je ne resterai pas longtemps. Je vais annoncer que je m'installe au refuge.

— Mais… et ton restaurant ?

Il la regarde dans le fond des yeux.

— Il est ici, avec toi.

Liia secoue la tête.

— Les hommes sont si étranges ! Pourquoi abandonnerais-tu ce que tu as bâti avec autant de volonté et de conviction ?

— Parce que j'en ai déjà fait le tour et qu'ici tout est à construire.

— Mais, ta clientèle ? Tes employés ?

— Il y en aura d'autres.

Et il sourit. Liia le voit, Baron est plein de certitudes, il n'a peur de rien.

Alors elle se détache légèrement de son étreinte.

— Dis donc, tu n'essaierais pas de me piquer ma place en tant que pâtissière, j'espère ?

— Jamais de la vie ! dit-il en levant les mains. Je suis bien plus retors que ça.

— Vraiment ?

— Oui, je veux juste m'attirer tes bonnes grâces et espérer que tu m'acceptes dans ton lit.

— Mais c'est déjà le cas, grand nigaud !

— J'ai besoin de creuser un peu plus, d'y être toute l'année, pour voir.

Liia hausse un sourcil.

— Pour voir quoi ?

Alors il lui chuchote quelque chose à l'oreille. Liia écarquille les yeux.

— Barone Verroni !

***

Et pendant ce temps, quelque part en Laponie…

— Ah non, vous n'allez pas recommencer ! Vous ne pouvez pas me faire le même coup chaque année !

Nicolas Claus a les bras croisés, il ne se fera pas avoir une seconde fois.

— C'est non.

Un renne se détache du groupe et vient se frotter le museau contre son manteau rouge.

— Si vous croyez que vous allez m'avoir comme ça, avec des minauderies de bourricots ! C'est toujours non.

Un deuxième, puis un troisième renne imitent le premier. Nicolas Claus essaie de les repousser, mais on parle tout de même de trois fois 180 kg, au minimum.

— Mais ma parole, vous avez décidé de tous m'enquiquiner. Puisque je vous dis que c'est non. *No, niet, nein, hi, bù!*

Un quatrième, un cinquième, un sixième… Nicolas Claus est encerclé.

— Vous allez vous pousser, à la fin ! Vous m'étouffez !

Le renne Claude et la renne Elizabeth rejoignent l'attroupement.

— Ah, mais vous n'allez pas vous y mettre, vous aussi ! Comment ça, j'ai intérêt à changer d'avis ? Je fais encore ce que je veux.

Mais Claude et Elizabeth ne veulent rien entendre. Les vacances, ils y ont pris goût eux aussi. Alors, de concert, ils se retournent tous les huit et lui montrent leurs derrières.

— Mais qu'est-ce que vous faites ?

Les huit rennes regardent une dernière fois le père Noël, leurs petites queues se lèvent et…

— Noooooooooon !

Note de l'autrice

Il existe bien un élevage de rennes à Megève, le domaine de Coulairon, toutefois, le refuge du Perce-neige ne s'est pas uniquement inspiré de lui. Je me suis aussi laissé séduire par la Ferme aux rennes, à Stosswihr dans le Haut-Rhin, où j'ai puisé l'inspiration pour parler de la culture samie.

Amis de la Vallée Blanche, vous trouverez bien des incohérences dans certaines descriptions. Ne m'en voulez pas trop, l'imagination d'un auteur va parfois beaucoup plus loin que les apparences, et joyeux Noël !

La communauté Charleston a aimé !

Chez Charleston, nous sommes convaincus que, loin d'être une aventure solitaire, la lecture est une invitation au partage. Nous échangeons constamment avec nos lecteurs et lectrices, et nous sommes fiers de la belle communauté d'amoureux des livres que nous formons tous ensemble. Chaque année, nous choisissons au sein de cette communauté vingt lectrices et lecteurs qui nous accompagnent tout au long de l'année et découvrent nos romans en avant-première. Voici leurs avis !

« Sophie Jomain met de l'extraordinaire dans l'ordinaire. J'aime la façon dont elle met le doigt sur la différence des enfants. Elle me bouleverse à chaque fois. Un roman d'une douceur infinie avec un soupçon de magie et d'humour. »

@entredeuxpages

« Sophie Jomain nous fait rêver de montagnes enneigées et de promenades en traîneau. Un roman à lire sans modération. »

@_enlivresque_

« Sophie Jomain réussit à réinventer le roman de Noël. L'intrigue est passionnante, bien développée. C'est un beau mélange d'humour, d'amour et de sujets plus graves et forts. Une excellente lecture de Noël qui m'a donné envie de partir à la montagne pour élever des rennes ! »

@lecturedepetiteplume

« Belle découverte ! Je me suis retrouvée en pleine nature, dans le silence et la plénitude offerts par la neige et les animaux. Un moment féerique, une atmosphère qui m'a tout de suite emportée. »

@leslivresdemilie

« Encore une fois, j'ai été charmée et complètement portée par l'énergie qui se dégage des personnages et des histoires de Sophie Jomain. Une jolie lecture à l'ambiance familiale avec un soupçon de magie. »

@manonlitaussi

« Quel roman ! Une plume addictive et des personnages à qui l'on s'attache profondément. L'endroit enneigé nous embarque directement dans un film de Noël qu'on ne veut pas lâcher. »

@cacobouquine

DE LA MÊME AUTRICE

Découvrez les autres romans de Noël de Sophie Jomain !

Rosalie Ernst est formelle, les tortues ne fêtent pas Noël sous la neige. Adieu marrons chauds, *bredeles* et paysages enneigés. À Saint-Barthélemy, petit paradis perdu au milieu des Caraïbes, c'est cocotiers, sable fin et riches propriétaires blasés.

Alors cette année, pour son premier Noël loin de son Alsace natale, c'est décidé, Rosalie change tout. Car tout changer, n'est-ce pas la raison pour laquelle elle a accepté de s'installer ici et de travailler pour une agence immobilière de luxe ? Mais entre une boss insupportable, un adolescent sauveteur de tortues et un apollon aux abords peu sympathiques, l'ambiance n'est pas vraiment à la fête… À moins que cet étrange Noël ne se révèle au contraire le plus beau de tous ?

Aux *Galeries Hartmann*, la semaine des *Féeries* est le plus gros événement de l'année. Alors, quand sept jours avant leur lancement, le nouveau directeur exige que la décoration de Noël soit intégralement refaite, le sang d'Agathe ne fait qu'un tour : personne ne touchera à son travail, et surtout pas cet arriviste arrogant. Mais le grand magasin est désormais sous la responsabilité d'Alexandre Hartmann, et aussi talentueuse que soit Agathe Murano, c'est avec lui qu'elle devra traiter. Lui et personne d'autre.

Ces deux-là auraient préféré ne jamais se rencontrer, mais puisqu'un père Noël et son chat magique viennent d'être embauchés pour exaucer les souhaits, puisque les guirlandes scintillent et que l'air embaume la cannelle et le pain d'épices, tout devient possible…

Et découvrez aussi :

Cet ouvrage est composé de matériaux issus de forêts gérées durablement certifiées PEFC™.
Le Programme de reconnaissance des certifications forestières (PEFC™) est le plus grand organisme mondial indépendant de contrôle pour une gestion durable des forêts.
Pour en savoir plus, consultez le site www.pefc-france.org

PEFC™ PEFC/14-38-00277

Achevé d'imprimer en juillet 2024
par Novoprint
Troisième tirage
Dépôt légal : octobre 2023
Imprimé en Slovaquie